Wilfried von Serényi

Janus

Für
Rainer und Eva-Beate

♡ Lich

Wilfried

Kassel, 11.9.2011

Ich danke allen, die mich bei der Arbeit
an diesem Buch unterstützt haben.

Wilfried von Serényi

Janus

Kriminalroman

Schardt Verlag Oldenburg

Originalausgabe – Erstdruck

Bibliographische Information der Deutschen Bibliothek:

Die Deutsche Bibliothek verzeichnet diese Publikation in *Der Deutschen Nationalbibliografie*; detaillierte bibliographische Daten sind im Internet über *www.dnb.de* abrufbar.

Umschlagbild: Rainer Griese, Troisdorf

1. Auflage 2011

Copyright © by
Schardt Verlag
Uhlhornsweg 99 A
26129 Oldenburg
Tel.: 0441-21 77 92 87
Fax: 0441-21 77 92 86
Email: kontakt@schardtverlag.de
Home: www.schardtverlag.de
Herstellung: Fuldaer Verlagsanstalt

ISBN 978-3-89841-588-0

1

Berlin im Jahr 1930. In der Toreinfahrt des leergeräumten Kaiserlichen Heeresdepots Nr. 12, eng an die Hauswand gedrückt, wartete Oberkommissar Alexander Hagelstein von der Berliner Kripo. Die Schilderhäuschen links und rechts der Einfahrt, an deren Vorderseite die schwarzweiß-roten Streifen abblätterten, erinnerten an die frühere militärische Verwendung des Gebäudes, ansonsten hätte der längliche Backsteinbau mit seinen vergitterten Fenstern auch gut als Fabrikhalle durchgehen können. Eine halbe Stunde stand Hagelstein schon an dieser Stelle. Der blaue Lkw der Reichsbahn war längst fällig. Jeden Mittwoch fuhr er hier zur selben Zeit vorbei, beladen mit Lebensmitteln für das St. Lazarus Hospital. Sollte er heute etwa einen anderen Weg genommen haben? Oder sollte sich das Umladen vom Güterzug verzögert haben? Ungeduldig schaute Hagelstein auf seine Uhr. Es regnete leicht. Der Wind trieb die Feuchtigkeit durch die verdreckte Passage hindurch in den Hinterhof. Hagelstein schlug den Mantelkragen hoch. Eine Zigarettenlänge noch, dann haust du ab, sagte er zu sich. Er zog die Packung aus der Tasche. Leer. Das mochte er nicht glauben. Eine leere Packung hätte er zerknüllt und fortgeworfen. War der Inhalt vielleicht herausgerutscht? Er tastete das Innere seiner Manteltasche ab. Nichts. Am nächsten Kiosk Zigaretten kaufen, daran war nicht zu denken. Viel zu teuer, wenn es überhaupt welche gab. Seine Rauchwaren besorgte sich Hagelstein auf dem Schwarzmarkt. Dorthin würde er aber erst gegen Abend kommen. Eine Windböe schlug ihm wie eine Ohrfeige ins Gesicht. Er löste sich von der feuchten Wand, ging einige Schritte zurück in den Hinterhof, der nach Auflösung des Depots für die Nachbarschaft als wilde Mülldeponie diente. Durch eine Öffnung ohne Tür, vormals ein Nebeneingang, trat er in die Halle. Hier war von der Uniform bis zum MG alles vorhanden gewesen, was der Soldat für den Krieg benötigte. Unter den Fenstern lagen verstreut die spitzen Überreste eingeschlagener Scheiben herum. Eine geländerlose Betontreppe führte seitwärts zu einer Empore hinauf, wo einst die Wache oder die Verwaltung gesessen haben mochte. Hagelstein hatte einige Tauben gestört, die aufgeregt flatternd durch die erstbeste Öffnung das Weite suchten.

„Ist da jemand?"

Die Stimme, männlich, kam von oben. Vermutlich ein Stadtstreicher, der sein Lager dort hatte. Nur das nicht! Nur jetzt nicht belästigt werden! Hagelstein sprang lautlos aus der Halle und nahm seinen Beobachtungsposten wieder ein. Er hoffte, der Mann auf der Empore war zu faul oder zu betrunken, um sein Quartier zu verlassen. Am alten Depot kamen wenige Fußgänger vorbei. Deshalb hatte sich Hagelstein diesen Platz ausgesucht. Gegenüber, auf der anderen Straßenseite, wo es einige Geschäfte gab, spielte sich das Leben ab. Ein weißes Emailschild mit der Aufschrift „Kolonialwaren" leuchtete durch den Regenschleier herüber. Darunter setzte eine Warteschlange ein, die sich an der Hausfassade entlang bis zum benachbarten Elektrogeschäft ausdehnte. Manche traten mit den Füßen auf der Stelle, um sich in der feuchten Kälte aufzuwärmen. Die dort drüben zählten zu der Mehrheit in der Republik, denen es schlecht ging, die sich durchschlagen mussten. Die Minderheit, an der die Krise vorbeiging, zeigte sich an anderen Stellen, bei anderen Beschäftigungen.

Schon länger hatte Hagelstein den Jungen registriert, der in einigem Abstand zu der Schlange neben seinem Fahrrad stand, das an einem Laternenpfahl lehnte. Seine rote Mütze schwebte wie eine Leuchtboje über dem Asphalt. Er schien auf jemanden zu warten. Hagelstein vermutete, dass er als Posten diente. An dieser Stelle machte die Straße einen scharfen Knick. Soeben rasselte die gelbe Tram im Schritttempo durch das gebogene Hindernis. Ihr folgten ebenso entschleunigt ein Motorrad mit Beiwagen, Marke Viktoria, zwei Pkw der Auto Union, Mittelklasse, ein 2,5 Liter Adler, dahinter ein Dreitonner Ford, den Schluss bildete ein Pferdegespann. Hagelstein waren die Marken sämtlicher Fahrzeuge, die sich auf den Straßen Berlins bewegten, geläufig. Ebenso gut kannte er sich mit Pferden aus, die immer häufiger im Straßenbild auftauchten. Sprit war knapp und teuer. Mancher möbelte deshalb seinen ausrangierten Pferdewagen wieder auf und besorgte sich im Umland einen preiswerten Gaul. Wann würde der erwartete Lkw endlich anrollen? Noch hielt die Neugier, ob die Aktion gelingen und wie sie ablaufen würde, den Oberkommissar unter dieser Ruine fest. Es gab ja auch noch die eine oder andere Ablenkung in der Nähe, wie die Litfaßsäule schräg gegenüber, die lückenlos von oben bis unten mit Plakaten bedeckt war. Ein Männchen zeigte mit einem Stock auf eine gigantische Leinwand, worauf die Zahl Drei über den Worten „Groschenoper" glänzte. Daneben riefen zwei Plakate mit Hammer und Sichel auf: Kämpft für die Rote Fahne! An exponierter Stelle stand lässig der alte Hindenburg neben dem vor Energie fast berstenden Hitler. „Der Marschall und der Gefreite kämpfen mit uns für Frieden und Gleichberechtigung", las Hagelstein, dem der Text viel zu lang erschien.

Ihm war entgangen, dass sich in seinem Rücken eine Gestalt lautlos herangeschlichen hatte. Er fuhr herum, als ihn jemand am Ärmel zupfte. Also doch! Der Stadtstreicher aus der Halle gab keine Ruhe. Aus einem abgetragenen, schmierigen Soldatenmantel ragte wie aus einer Glocke ein mächtiger Kopf heraus, bedeckt mit einer Wollmütze, unter der verklebte Haare hervorquollen. Den Mund entstellte eine kräftige Hasenscharte. Gelbliche, schadhafte Schneidezähne und einige ihrer ebenso verfärbten Nachbarn lagen frei und erzeugten den Anschein eines permanenten Grinsens in seinem Gesicht. Ein Ärmel seines Mantels baumelte inhaltslos herab.

„Gehen Sie weiter, aber dalli", drängte Hagelstein.

„Da will einer frech werden!"

Jetzt hätte Hagelstein seine Dienstmarke zücken können. Doch er hatte das Gefühl, damit wenig zu bewirken.

„Weitergehen!"

„Du hältst nach ihm Ausschau, stimmt's?"

„Weiter, weiter!"

Hagelstein fasste den Mann am Arm und versuchte, ihn hinaus auf den Gehweg zu zerren. Doch der ließ sich nicht beirren und setzte sich zur Wehr. Eine Auseinandersetzung konnte Hagelstein hier und jetzt am allerwenigsten gebrauchen.

„Du suchst ihn, du bist Schupo, stimmt's?"

„Quatsch."

„Ich hab ihn letzte Woche gesehen, dort drüben in der Kurve. In einer Droschke hat er gesessen."

„Wen haben Sie gesehen?"

„Unseren Lagerarzt aus Russland, den Teufel, der mir den Arm abgeschnitten hat und meinen Kameraden die Beine, die Ohren, die Schwänze und mehr. Ich hab's sofort im Revier gemeldet und ihn genau beschrieben. Verbrecher musst du sofort anzeigen, und jetzt seid ihr hinter ihm her, stimmt's?"

In seinem Hirn muss sich etwas verschoben haben, mutmaßte Hagelstein. Er klaubte zwei Zehnpfennigstücke aus der Tasche.

„Die gehören Ihnen, wenn Sie jetzt gehen."

„Ich bin schon weg."

Auf der anderen Straßenseite wenig Veränderung. Die Warteschlange hatte ein Stück zugelegt. Der Junge hüpfte im Kreis um das Fahrrad herum. Wenn der so viel Geduld hat, muss ich sie auch haben, dachte Hagelstein, nun fest entschlossen, die Sache nicht vorzeitig abzubrechen. Bald fand er seine Beharrlichkeit belohnt. Aus dem Dunst am Ende seines Sichtfeldes tauchten die massigen Konturen eines Lkw auf. Das war er, der dunkelblaue Sechstonner Magirus der Reichsbahn. Der Fahrer schien es eilig zu haben. Forsch überholte er einen Lieferwagen, danach musste er vor der kritischen Biegung stark abbremsen. Jetzt wurde es spannend. Das war die Stelle, wo sie vor einer Woche den Lkw um einige Pakete erleichtert hatten. Ein Tandem tauchte plötzlich wie aus dem Nichts auf, von zwei Jugendlichen gefahren, deren strohblondes Haar Hagelstein auffiel. An dem Fahrrad hing ein einachsiger, kastenförmiger Anhänger. Das Tandem folgte dem Lkw dichtauf. Beide rollten mit gedrosseltem Tempo in die Kurve hinein. In diesem Moment öffnete sich um einen Spalt die rückwärtige Seite der Persenning über der Pritsche. Ein Karton kam zum Vorschein und fiel auf die Fahrbahn. Der Beifahrer des Tandems sprang ab, fasste das Paket und warf es in den Anhänger. Inzwischen war die zweite Ladung von der Pritsche gefallen, die ebenfalls blitzschnell im Kasten landete. Der Ablauf wiederholte sich, bis der Junge sechs Pakete eingesammelt hatte. Während das Tandem in einen Fußweg einbog, sprang ein Mann in Arbeitsmontur vom Lkw herunter, lief über den Bürgersteig zu dem Fahrrad des Jungen, das noch immer am Laternenpfahl lehnte, riss es an sich, sprang in den Sattel und schoss hinter dem Tandem her. Von dem jungen Aufpasser mit der roten Mütze, der sich dort die Zeit mit Sprüngen vertrieben hatte, war nichts mehr zu sehen. Hagelstein hatte nicht bemerkt, wohin er verschwunden war. Eigentlich hätte er längst einschreiten müssen. Die Polizei ist zu jeder Zeit und an jedem Ort im Dienst. Stattdessen verließ er mit einem Lächeln auf den Lippen in aller Ruhe seinen Unterstand.

„Wartet nur Bürschchen, bald haben wir euch", murmelte er auf dem Weg zur Straßenbahn.

2

Zurück im Polizeipräsidium, traf Hagelstein seinen Kollegen Horst Grimm in dessen Büro an. Grimm, vor kurzem erst zum Kommissar befördert, unterstand dem ranghöheren und dienstälteren Hagelstein, was im Umgang miteinander kaum zur Geltung kam. Grimms Büro war, wie behördlicherseits vorgegeben, kahl und nüchtern eingerichtet. Die Stühle mit Sitzflächen aus plattem Holz ließen bei jedem Besucher schon nach kurzer Zeit den Druck im Gesäß ansteigen. Wer gar unter Hämorrhoiden litt, kam aus dem Herumrutschen nicht mehr heraus. Spartanisch wie das Mobiliar zeigte sich auch das übrige Bild des Raumes. Außer einem vergrößerten, schon vergilbten Foto der Polizei-Kegler ließ nichts auf persönliche Seiten oder Vorlieben des Büroinhabers schließen. Keine Fotos der Familie, keine Drucke bevorzugter Gemälde, keine Sammlerstücke, nicht einmal ein bunter Wandkalender. Hagelstein hatte einmal angeregt, wenigstens Sitzkissen auf die Stühle zu legen. Es blieb aber alles beim Alten. „Die Leute kommen schneller zur Sache, wenn sie hart sitzen", meinte Grimm. Dabei hätte er sich locker einiges leisten können, um sein Büro wohnlicher zu gestalten. Er gehörte zu den vermögenden Kollegen, dessen Kapital weder Revolution noch Inflation, weder Rezession noch Sparmaßnahmen der Regierung hatten gefährden oder gar empfindlich schrumpfen lassen können. Einen riesigen Mietblock in bester Lage in Wilmersdorf mit weitläufigen Geschäftsräumen im Souterrain hatte ihm sein Vater vererbt. Mochten seine Mieteinnahmen zeitweise auch schwanken, im Kern blieben sie krisenfest. Sein Einkommen als Kommissar bezeichnete Grimm, wenn er gelegentlich im Freundeskreis seine Zurückhaltung ablegte, als Taschengeld. Gleichwohl hatte er nie erwogen, den Dienst zu quittieren. Auf Spannung und Abwechslung, vor allem den munteren Austausch mit der Kollegenschaft, mochte er keinesfalls verzichten. Seinen Reichtum stellte Grimm nicht zur Schau, er zeigte keinerlei Neigung, damit zu prahlen. Da er als kollegial, geradlinig und spendabel galt, dazu seine Arbeit zuverlässig und couragiert erledigte, erfreute er sich im Amt großer Beliebtheit und genoss beruflichen Respekt. Eine kleine Schwäche fiel dabei kaum ins Gewicht. Grimm scheute das körperliche Training und wies demzufolge sportliche Defizite auf. Fettansätze um die Hüfte, ein sichtbar vorgewölbter Bauch und ein kräftiges Doppelkinn zeugten davon. Schlechte Nachrichten, Entgleisungen seiner Vorgesetzten oder sonst widrige Verhältnisse konnten die Züge heiterer Gelassenheit aus seinem rosigen Gesicht nicht vertreiben. Begegnete Grimm einem Kollegen irgendwo, pflegte er sich zuerst nach dessen persönlichem Befinden zu erkundigen, bevor er auf das Dienstliche zu sprechen kam.

„Hast du kalte Füße bekommen, Alex?" fragte Grimm.

„Es ging, obwohl ich fast eine Stunde lang warten musste. Ausgerechnet heute hatte der Lkw Verspätung."

„Und?"

„Voigt war da, seine Söhne tauchten auf einem Tandem hinter dem Lkw auf. Wieder sechs Pakete nach gleichem Muster entwendet. Hast du mal eine Zigarette?"

Unnötig zu fragen, Grimm hatte, obwohl Nichtraucher, immer Zigaretten in der Schublade.

„Wir können nicht mehr lange warten. Der Schaden wird von Tag zu Tag größer. Morgen möchte ich Voigt verhaften", sagte Grimm.

„Erfreut bin ich nicht gerade. Ich möchte vorher seinen Informanten haben, der ist mir wichtiger. Ist Voigt erst weg, geht uns sein Informant durch die Lappen."

„Wenn es überhaupt einen gibt. Voigt und seine Jungen könnten doch alles selbst ausspioniert haben."

„Bedenke doch, Horst! Voigt holt sich gezielt gut absetzbare Ware aus Schuppen, Güterwagen und Lkw. Wie soll er jedoch auskundschaften, wo Radios, Lederwaren, Uhren, Zigaretten, Konserven und dergleichen transportiert, umgeladen oder gelagert werden und dazu auch noch, wie das Zeug bewacht wird? Damit wäre er nicht nur überfordert, es wäre für ihn viel zu gefährlich. Ohne eine Quelle bei der Bahn oder sonst wo, könnte Voigt nichts ausrichten."

„Die Zeit arbeitet gegen uns. Seit Wochen ermitteln wir verdeckt in dem riesigen Bahnbetrieb ohne den geringsten Hinweis auf einen Mittelsmann."

„Voigts Bekanntenkreis?"

„Haben wir durchkämmt. Es gibt einen einzigen schwachen Ansatz. Zwei Etagen über den Voigts wohnt ein Paul Zschoch mit Frau und Tochter. Zschoch ist Wachtmeister bei der Schupo in Wedding. Er kann im Lehrter oder Moabiter Bahnhof jederzeit dienstlich unterwegs sein, ohne dabei aufzufallen. Zschoch soll mit Voigt befreundet sein, nicht besonders eng, aber immerhin. Die Familien verkehren miteinander."

„Paul Zschoch, den kenne ich vom Schießstand. Guter Schütze. Ich kann mir schwer vorstellen, dass er Voigt mit Informationen versorgt."

„Trotzdem, ich lasse mal feststellen, ob er durch die Bahnhöfe geht und was er da macht."

Grimm hatte sich, wie man es von ihm kannte, des Falles mit aller Energie und Umsicht angenommen, obwohl er dafür im Grunde nicht zuständig war. Grimm und Hagelstein arbeiteten mit ihrer kleinen Gruppe in der Mordkommission. Diebstahl, Raub oder Betrug gehörten dagegen in das Vermögensdezernat. Doch darin hatten Entlassungen, Kürzungen, Frust und Streitereien regelrecht eine Bresche geschlagen, so dass die Bearbeitung teilweise und vorübergehend ausgelagert werden musste. Selbst die Mordkommission blieb davon nicht verschont. Mit der Bemerkung, es würde den Horizont erweitern, schob der Polizeidirektor die Diebstahlssache Hannes Voigt der Gruppe Hagelstein zu. Da Grimm nicht ganz ausgelastet war, nahm er sich der Sache an.

Hagelstein ging zurück in sein Büro, um ungestört telefonieren zu können. Er griff zum Hörer und begann, eine Nummer zu wählen. Viermal hatte die Scheibe sich bereits gedreht mit diesem schnarrenden Geräusch, das in einem Klicken endete, da hielt Hagelstein inne. Er legte auf. Besser, du besuchst ihn, dachte er. Seinen vormaligen Abteilungsleiter, Dr. Koch, seit längerem schon in Pension, hatte er sprechen wollen. Der Grund dafür lag bereits mehrere Jahre zurück. Damals war Hagelstein vom Schupodienst zur Kripo gewechselt. Um den Betrieb kennenzulernen, hatte ihn der Abteilungsleiter in die anhängigen Verfahren eingeführt. Dazu war Hagelstein gerade etwas eingefallen, das er gern geklärt hätte. Es hatte mit dem Stadtstreicher im Soldatenmantel zu tun, der ihm am Morgen über den Weg gelaufen war.

Dass Hagelstein nach dem Krieg bei der Polizei untergekommen war, empfand er noch heute als großes Glück. An der Front hatte mal ein Kamerad zu ihm gesagt: Du stehst unter einem guten Stern. Hagelstein hatte den Krieg von Anfang bis Ende in den Gräben und Bunkern der Ypern-Front in Flandern als MG-Schütze verbracht. Wie viele junge Engländer und Belgier er niedergemäht, wie viel Leid und Trauer er damit verursacht hatte, darüber hatte sich Hagelstein zu keiner Zeit vertiefte Gedanken gemacht. Das hatte ihn bis heute nicht weiter berührt.

Begeistert und entschlossen war er in den Krieg gezogen. Für Kaiser, Volk und Vaterland hatte er freudig sein Leben aufs Spiel gesetzt und seine todbringende Waffe bedient. Den Feind töten, das hatte ihm nicht mehr bedeutet als das Knattern seines wassergekühlten MG 08/15. Auch damit, wie sich Werte, Überzeugungen und Maßstäbe verschieben können, wenn die Umstände andere werden und Leitfiguren anderes vorgeben, auch damit hatte Hagelstein sich nicht auseinandergesetzt. Solchen Abgründen ging er zu seinem eigenen Schutz lieber aus dem Weg. Eher war er geneigt, sich an seinem geradezu unverschämten Glück aufzurichten. Von Fügung zu sprechen, schien ihm zu verwegen. Inmitten krepierender Granaten, im Kugelhagel der feindlichen Maschinenwaffen, in Wolken von Giftgas, bei Sturm und bei Verteidigung war er bis auf einige Schrammen, Beulen und Kratzer unverwundet geblieben. Ihm selbst weniger, dafür aber anderen umso mehr, erschien das als ein Wunder.

Als die Vossische Zeitung eine Serie über die Kriegserfahrungen der heimgekehrten Soldaten brachte, war Hagelstein dabei. Sein Soldatenschicksal nebst einem Foto aus der Heimat und mehreren von der Front füllten eine ganze Seite der Vossischen. Auf diesen Artikel war der Berliner Polizeipräsident bei der Morgenlektüre gestoßen. Solche Leute konnte er bei der Polizei brauchen. Hagelstein begann seine Laufbahn im Bezirk Schöneberg bei der Schutzpolizei. Hier tat er ein Jahr lang Dienst, bis sein Revierleiter ihn als besonders begabt, demzufolge bei der Schupo unterfordert, für höhere Aufgaben empfahl. So landete Hagelstein schließlich bei der Kripo. Dort nahm ihn der Abteilungsleiter Dr. Koch unter seine Fittiche und brachte ihm den Kripodienst mit allem Drum und Dran, mit allen Finessen und Tricks bei. Seinen Eid auf die junge Republik hatte Hagelstein voller Hoffnung auf eine bessere Zukunft abgelegt. Doch die Republik erstickte unter der Last der Reparationen, die ihr die Siegermächte gnadenlos auferlegt hatten. Revolution, Inflation, Rezession suchten sie heim, Not, Elend, Hunger, vor allem Arbeitslosigkeit im Gefolge. Als sich Hilflosigkeit und gar anarchistische Tendenzen breitmachten, erinnerte sich Hagelstein immer öfter an den Kaiser, der es an Taten und Entschlossenheit nicht hatte fehlen lassen. Wilhelm konnte mit der Faust dreinschlagen, wenn es darauf ankam. Vor allem, das empfand Hagelstein sehr lebhaft, der Kaiser stand für die Selbstachtung des Volkes. Deutschland hatte 1870/71 den Krieg gegen Frankreich bravourös gewonnen, danach ein Kaiserreich gegründet, war Wirtschaftsmacht geworden und stand militärisch mehr als auf der Höhe der Zeit. Wehmütig verglich Hagelstein gelegentlich die Kaiserzeit mit der Gegenwart. Leider ließ sich der schneidige Wilhelm nicht wieder auf den Thron zurückholen. Dafür erschien ein anderer am politischen Horizont im Reich, den Hagelstein für nicht minder tatkräftig hielt, ein Mann, der ein anderes Deutschland versprach und gar Hagelsteins früheren Dienstgrad eines Gefreiten bei der Infanterie vorzuweisen hatte.

3

Wachtmeister Paul Zschoch hatte Frühschicht. Pünktlich wie gewohnt, betrat er das Revier in Wedding, das sich im Parterre eines neuklassizistischen Wohnhauses ausgebreitet hatte. Wo früher die gute Stube für Behaglichkeit gesorgt hatte, stand unweit der Tür ein mächtiger Tresen als erste Anlaufstelle für ratsuchende, beschwerdeführende oder Anzeige erstattende Bürger. Das ehemalige Esszimmer mit seiner stuckverzierten Decke diente als Büroraum für mehrere Kollegen, und im Schlafzimmer lösten Verhöre am kahlen Tisch die vormaligen Freuden in weichen Betten ab. Im Rauch- und Arbeitszimmer waren an die Stelle ehrwürdiger, englischer Möbel Militärpritschen gerückt, die der Bereitschaft dienten. Allein Bad, WC und Küche erfuhren eine unveränderte Nutzung, ebenso wie der Flur, wenn er auch mit Steckbriefen vollgehängt war. Die anwesenden Kollegen empfingen Zschoch mit der Nachricht, es drohe eine weitere Kürzung der Bezüge. „Hier, lies", jemand knallte ihm das Berliner Tageblatt vor die Brust. „Brünings jüngste Notverordnung", so lautete der Leitartikel. Eingangs bezog sich der Redakteur auf den bekannten Schwarzen Freitag aus dem Oktober 1929. Ein heftiger Kurssturz an den New Yorker Börsen hatte in der ganzen Welt eine Wirtschaftskrise ausgelöst, unter der das Deutsche Reich besonders litt, da es riesige Kredite an die angeschlagene USA zurückzahlen musste. Der Staat konnte seine politischen und sozialen Aufgaben nur noch unzulänglich erfüllen. Der Reichstag verausgabte sich in Streitereien. Um der Rezession die Stirn zu bieten, begann der Reichskanzler mittels Notverordnungen zu sparen, zu kürzen und zu streichen, was das Zeug hielt. Der öffentliche Dienst fiel der Sparwut als Erstes zum Opfer. Die bereits gekürzten Bezüge sollten ein weiteres Mal schrumpfen, was die meisten Staatsdiener unter das Existenzminimum drücken musste.

Zschoch las nicht mehr weiter. Er brauchte nicht lange zu rechnen. Ihn würde es im mittleren Dienst besonders hart treffen. Wütend bespuckte er das Kanzlerporträt in der Mitte des Artikels, warf die Zeitung auf einen Stuhl und zischte: „Jetzt reicht's." In diesem Moment des Ärgers betrat der Revierleiter den Raum. Er winkte Zschoch zu sich. Beide gingen in eine der Kammern, worin der Revierleiter sein Einzelbüro hatte. Jetzt bekommst du die Quittung für dein Spucken, befürchtete Zschoch.

„Setz dich, Paul, ich hab was für dich. Aber du musst dich beeilen."

Unauffällig atmete Zschoch durch und sah seinen Vorgesetzten fragend an.

„Kannst du um neun Uhr im Schöffengericht Tiergarten sein?"

„Warum nicht?"

„Langsam, du musst erst zu Hause vorbei und dich umziehen. Ich möchte, dass du bei Gericht in Zivil erscheinst. Geht das?"

„Wird schon. Was soll ich da?"

Der Revierleiter lehnte sich zurück, schloss dabei ein Auge bis auf einen Spalt. Wie ein Schütze sah er aus, der sich auf Kimme und Korn konzentriert.

„Eigentlich ist es unzulässig. Wir haben bei dem Prozess nichts verloren. Das ist Sache der Politischen Polizei oder der Kripo. Von denen wird's im Saal wimmeln. Ich möchte aber nicht bei anderen nachfragen, wie es gelaufen ist. Ich hätte gern sozusagen einen persönlichen Beobachter vor Ort, verstehst du?"

„Geht in Ordnung."

„Verhandelt wird gegen Dr. Goebbels wegen Beleidigung des Polizeipräsidenten. Es ist wichtig, dass du pünktlich bist. Einen Dienstwagen kann ich dir nicht stellen, das ist dir ja klar."

„Ich schaffe das, ich nehme das Fahrrad."

„Ehe ich es vergesse, ein Sitzplatz ist für dich reserviert. Frag nach Gerichtswachtmeister Schucht, falls es Schwierigkeiten gibt."

Zschoch fuhr nicht den weiten Weg zu seiner Wohnung, um sich umzuziehen. Er radelte zu seiner nahegelegenen Dependance. Über der

Bäckerei Dvorsak, im ersten Stock, bewohnte er eine Kammer. Von dort bis zum Amtsgericht brauchte er nicht länger als eine Viertelstunde.

Vom Revier kommend, stieg er vor der Ladentür der Bäckerei aus dem Sattel und schob sein Fahrrad in den seitwärtigen Fahrradständer. Von hier eilte er am Geschäft vorbei, bog um die Hausecke und gelangte durch einen schmalen Vorgarten zum seitlichen Hauseingang, den er aufschloss.

„Ihre Schwester ist Mehl holen", sagte der Lehrling, der im Treppenhaus die Steinstufen säuberte.

„Macht nichts, ich muss sowieso gleich weg."

„Soll ich Ihnen ein Brot einpacken?"

„Heute nicht."

Zschoch stieg an Putzeimer und Lehrling vorbei zum ersten Stock hinauf. Auch für die Wohnungstür besaß er einen Schlüssel. Innen ging er über knarrende Dielen durch den langen Flur, vorbei an braunlackierten Türen, die alle zur Hälfte offen standen. Seine Schwester, Ehefrau des Bäckers Dvorsak, sorgte peinlich für die Durchlüftung aller Räume, wenn sie die Wohnung verließ. Am Ende des Flures hatte sein Schwager ein kleines Zimmer mit ausrangierten Möbeln bestückt, das eigentlich für Gäste gedacht war, nun aber Zschoch als Refugium diente. Eine Bettcouch, ein Bauernschrank, ein Schreibtisch mit Lampe und Stuhl, ein Ohrensessel mit Samt bezogen und ein abgeschabter Orientteppich sorgten für einigermaßen angenehme Wohnlichkeit. Dieses Quartier hatte Zschoch der Fürsorge seiner Schwester zu verdanken. Als ihr kürzlich aufgefallen war, wie hohl und ungesund ihr Bruder aussah, und er ihr darauf seine Sorgen anvertraut hatte, stellte sie ihm spontan das Zimmer zur Verfügung. „Hier sind die Schlüssel. Wenn es mit Gretchen wieder erträglicher wird, kannst du sie mir zurückgeben. Jetzt müssen wir dich erst mal dick füttern", hatte sie gesagt.

Gretchen, Zschochs Ehefrau, hatte seine Flucht zu den Dvorsaks ausgelöst. Seit einigen Monaten litt sie unter einer unerklärlichen Abgeschlagenheit, gegen die sie vergeblich mit frischer Luft, Bohnenkaffee und Kopfständen versucht hatte anzukämpfen. Einige Fachärzte gaben Ratschläge, die zu nichts führten. Gretchen verfiel zunehmend in Missmut und Depression, Stimmungen, für die der anwesende Lebenspartner als Blitzableiter herhalten musste. Oft ließen Kleinigkeiten sie hochfahren und in endloses Gezeter verfallen. Zschoch, der weder die Geduld noch die Leidensfähigkeit eines Mönches besaß, suchte über seine berufsbedingte Abwesenheit hinaus mehr und mehr das Weite. Kein Wunder, dass ihn die private Unordnung bald abmagern ließ. Dabei zeichnete sich sein Körper ohnehin nicht durch Gardemaß aus. Guter Durchschnitt hatte der Stabsarzt bei seiner Musterung zu Größe, Gewicht und muskulärer Beschaffenheit gesagt.

Zschoch öffnete den Bauernschrank, dessen Scharniere nach Öl verlangten, holte Jacke, Hose, Mantel hervor und begann, sich umzuziehen. In der Uniform, die er jetzt auszog, fühlte er sich schon lange nicht mehr wohl. Sie saß viel zu locker am Körper, den Gürtel musste er um zwei Löcher enger schnallen, allein der steife Tschako mit dem Preußenstern an der Stirnplatte passte noch haargenau auf seinen Kopf. Seine Zivilkleidung hingegen saß wie angegossen. Er wollte schon in den Mantel schlüpfen, da fiel ihm ein, dass eine Krawatte bei Gericht angebracht wäre. Sie hing an der Innenseite der Schranktür. Hätte er sie jetzt nicht noch geholt, wäre ihm der Zettel auf dem Boden entgangen, der vom Schreibtisch heruntergeflattert sein musste. Seine Schwester hatte ihn geschrieben, mit Datum von heute. „Hannes Voigt hat angerufen. Er kommt heute Abend vorbei", stand darauf.

Neben den Dvorsaks war Hannes Voigt der Einzige, der von seinem Refugium in der Bäckerei wusste. Selbst Voigt hätte davon nichts erfahren, wäre da nicht vor einiger Zeit dieser Vorfall in Zschochs Wohnung gewesen. Zschoch war übel gelaunt in seiner Küche auf und ab gegangen. Den Nachweis seiner Bezüge nach der ersten Kürzung hatte er gerade in der Post vorgefunden. Das Geschirr vom Abendessen stand noch auf dem Tisch. Es war seine Aufgabe, es abzuräumen. Den Abwasch übernahm Gretchen, beim Abtrocknen war er wieder dran. Es schellte an der Wohnungstür. Es war sein Freund und Nachbar Hannes Voigt, der wortlos an ihm vorbei in die Küche ging. Dort ließ er sich auf einen Stuhl fallen, schlug die Hände vors Gesicht und schluchzte. Zschoch konnte keine Tränen sehen, schon gar nicht bei seinem Freund, den er noch nie hatte weinen sehen, solange sie sich kannten.

„Was ist los, Hannes?"

„Kubicky hat dichtgemacht. Von heute auf morgen. Alle sind ihre Arbeit los."

Zwanzig Jahre lang war Voigt in der Werkstatt der Glaswerke Kubicky beschäftigt gewesen. Öfen, Fließbänder, Maschinen aller Art musste er instand halten, sogar für die Wasserhähne war er zuständig. Zwischendurch musste er aushilfsweise auch mal in die Produktion, wo er in Hitze, Staub und Lärm zwischen den Glasbläsern schuftete. Sein Arbeitsplatz galt als krisenfest. Bis heute. Mit dem Arbeitslosengeld, das nach den Kürzungen noch übrig blieb, konnte er seine fünfköpfige Familie bei weitem nicht ernähren.

„Erst mal trinken wir einen, Hannes." Zschoch verwahrte ein Fläschchen Schnaps im Medizinschrank, in erster Linie zur Wundpflege. Beide kippten kurz hintereinander zwei Stamper. Gretchen nippte nur kurz an ihrem Glas.

„Es wird schon wieder, Hannes. Überschlaf die Sache erst einmal." Ein guter Rat, der aber bei Hannes nicht mehr nötig zu sein schien. Erstaunlich schnell hatte er sich gefasst. Sein Trübsinn schien wie weggeblasen. Ihm ging durch den Kopf, wie er seine missliche Lage wenden könnte.

„Ich habe mal in einem Film gesehen, wie Ganoven aus Lagerhallen, Güterwaggons und fahrenden Lkw Ware herausgeholt haben. Einen Lkw unterwegs zu erleichtern, das ist ein Kinderspiel. Und wie man das Zeug vermarktet, das brauche ich dir ja nicht zu schildern."

Zschoch sah ihn fragend an, worauf Voigt nachsetzte.

„Ich brauche dazu nur ein wenig Hilfe von jemandem, der sich in Bahnhöfen auskennt, zum Beispiel im Moabiter oder Lehrter Bahnhof. Die gehören doch zu deinem Revier. Kurz, ich müsste wissen, wo etwas lagert, wann, wie und wohin es weitertransportiert wird, vor allem wie das Zeug bewacht wird."

„Hannes, wenn du mich im Auge hast, vergiss es. Komm, wir gehen ein Stück durch die frische Luft und dann auf ein Bier ins Kuckuck."

Die Straßenlaternen leuchteten schon. Die Hände in den Jackentaschen vergraben, durchschritten die beiden wortlos Lichtkegel um Lichtkegel. Schließlich unterbrach Zschoch das Schweigen.

„Ich wollte vor Gretchen nicht sprechen, verstehst du? Da lässt sich schon was machen, also ich besorge dir die Informationen. Bedingung ist, dass niemand erfährt, von wem du sie hast, deine Frau nicht, deine Söhne nicht, dein möglicher Partner nicht, niemand. Das musst du mir schwören."

„Du kannst dich auf mich verlassen. Ich biete dir zehn Prozent vom Gewinn."

„Das schlag dir aus dem Kopf. Ich mache es für dich und deine Familie. Willst du das alleine angehen?"

„Nicht allein."

„Mit wem?"

„Mit meinen Söhnen, jedenfalls für den Anfang, bis ich eine Organisation aufgebaut habe mit Leuten, die verlässlich sind."

„Deine Söhne! Kommt nicht in Frage, da mache ich nicht mit. Die fliegen von der Schule, wenn etwas herauskommt."

„Erstens kommt nichts heraus. Ich bin immer dabei und vorsichtig genug. Zweitens, sollten die Jungs wirklich erwischt werden, dann habe ich sie gezwungen, sie mussten mir gehorchen. Drittens, ich will meine Söhne nicht verhungern und verludern lassen. Sag mir, wie ich anders an Geld kommen kann."

„Nein, ich mache nicht mit, nicht, wenn du die Jungen einspannst."

„Dann wenigstens in den Herbstferien, vielleicht noch eine Woche länger. Bis dahin habe ich andere gefunden."

Zschoch ließ sich schließlich breitschlagen. Jetzt ging es noch um den Informationsaustausch.

„Ich melde mich bei dir, wenn ich etwas weiß. Wir reden aber nicht in der Wohnung darüber, weder bei dir noch bei mir. Es könnte absichtliche oder unabsichtliche Mithörer geben. Wir machen wechselnde Treffpunkte aus", legte Zschoch fest.

„Wie erreiche ich dich, wenn es mal brennen sollte?"

„Auf keinen Fall im Dienst. Sollte ich nicht zu Hause sein, rufst du bei meinem Schwager in der Bäckerei an, du weißt ja, Dvorsak. Ich sage ihm und meiner Schwester Bescheid. Bei den Dvorsaks steige ich ab und zu ab, wenn ich es bei Gretchen nicht mehr aushalte. In meinem Zimmer dort können wir auch mal ungestört reden. Aber behalte das für dich, Hannes."

4

Sich durch Mengen hindurchschieben, notfalls mit Hilfe der Ellenbogen, das konnte Zschoch, das war er gewohnt. Die Masse der Sensationslüsternen vor der Treppe des Amtsgerichts durchstieß er mühelos. Vor dem protzigen, zweiflügeligen Portal standen breitbeinig mehrere mit Maschinenpistolen bewaffnete Kollegen. Zschoch hielt einem von ihnen seinen Dienstausweis hin. Das genügte aber nicht. Erst als man auf einer Liste seinen Namen fand, durfte er durch. In der Eingangshalle liefen unterschiedliche Geräusche aus Etagen, Fluren und Räumen wie in einem riesigen Resonanzkasten zusammen. Über ihm auf der Empore belagerten schwatzende Gestalten eine Tür. Sie würden alle in den Raum eingesogen, sobald der Gerichtsdiener die Sache aufrief. Zschoch stieg hinauf. „Strafsache Dr. Josef Goebbels", kündigte der Aushang an. Nochmals zückte Zschoch seinen Ausweis. Der Gerichtsdiener, dessen dunkelblaue Uniform an einen Kapitän der Lüfte erinnerte, führte den Besucher zu einem reservierten Eckplatz in der letzten Reihe. Der Angeklagte in feinem Anzug und mit akkurat gebundener Krawatte saß bereits auf seinem Platz neben dem Verteidiger. Ihm gegenüber auf der anderen Seite des Richterpultes warteten drei Staatsanwälte auf ihren Auftritt. Goebbels winkte hin und wieder spöttisch lächelnd ins Publikum, wo Zschoch eine Reihe seiner Anhänger und Parteigenossen vermutete. Dann war es so weit. Der Gerichtsdiener rief die Sache auf, die letzten freien Plätze füllten sich, die Saaltür wurde geschlossen. Kurz darauf trat die Kammer durch eine Holztür hinter dem Richtertisch ein. Alle erhoben sich, bis der Vorsitzende sein Barett abgelegt und zum Platznehmen aufgefordert hatte. Die beiden Schöffen in Zivil, wohl um ihre Unparteilichkeit zur Schau zu stellen, machten eine Miene, als ginge sie der ganze Rummel nichts an. Der Vorsitzende eröffnete die Sitzung. Nachdem die geladenen Zeugen den Saal verlassen hatten, vernahm er den Angeklagten zur Person, der als Beruf Politiker angab. Als der Vorsitzende damit zu Ende war, meinte er, man hätte sich das eigentlich ersparen können, sei doch der Angeklagte schon zum x-ten Mal vor Gericht zitiert worden, also im Hause und beim Publikum kein Unbekannter mehr. Süffisant grinsend konterte Goebbels mit der Bemerkung, das könne er ja sehr gut verstehen, der Beschleunigungsmaxime diene die Prozedur gewiss nicht, indes seien solche Wiederholungen in Anbetracht des kurzen Gedächtnisses mancher Richter sehr wohl angebracht.

Der Vorsitzende, ein junger Richter, dem die Gelassenheit eines erfahrenen Kollegen abging, ließ sich dazu hinreißen, mit dem Angeklagten die Klingen zu kreuzen. Damit riskierte er glatt einen Befangenheitsantrag oder gar einen Verweis seines Direktors. Er fragte den Angeklagten, ob es an der Anberaumung des Termins auf den frühen Vormittag liegen könne, dass er ausnahmsweise mal die Ladung befolgt habe und persönlich vor Gericht erschienen sei, ohne vorgeführt werden zu müssen?

„Ins Schwarze getroffen, Herr Vorsitzender, morgens fällt es mir in der Tat etwas leichter, den hier zu erwartenden Schwachsinn zu ertragen."

„Sehen Sie, dass es Ihnen vormittags leichter fallen würde, dem Verfahren zu folgen, das hatte sich die Kammer auch gedacht. Darauf sind wir gekommen, weil Sie, wie man hört, bestrebt sein sollen, Ihrem Führer und Vorbild hingebungsvoll in allem nachzueifern, wobei es allerdings eine Ausnahme geben soll. Der Gepflogenheit des Führers, die Nacht zum Tag zu machen und als Folge davon bis in die Puppen zu schlafen, seien Sie dem Vernehmen nach nicht gefolgt. Sie sollen Frühaufsteher sein und ein Mittagsschläfchen schätzen. Ein Morgenmensch also mit entsprechender Leistungskurve. Das hat die Kammer berücksichtigt. Aber kommen wir jetzt zur Sache."

Damit ließ der Vorsitzende keine Lücke frei für eine Gegenrede des Angeklagten. Die wird er sich aufsparen, dachte der gespannt zuhörende Zschoch in der letzten Reihe.

Nachdem das Gelächter im Saal verstummt war, verlas der Staatsanwalt die Anklage. „Dem Angeklagten, Dr. Josef Goebbels, Gauleiter von Berlin, wird vorgeworfen, den Polizeipräsidenten der Hauptstadt in einer Rede als Schweinespitzel und Rüsselspitzel bezeichnet zu haben." Weitschweifend begründete der Staatsanwalt die Anklage. Danach erhielt der Angeklagte das Wort.

„Ich bestreite, die Worte Schweinespitzel oder Rüsselspitzel in meiner Rede benutzt zu haben. Ich habe das nicht gesagt. Es ist nicht meine Art, jemanden zu nennen und dann Beschimpfungen daran anzuknüpfen. Außerdem habe ich die Worte Schweinespitzel oder Rüsselspitzel, unter denen ich mir beim besten Willen nichts vorstellen kann, bis zu diesem Verfahren gar nicht gekannt. Gelegentlich, aber gewiss nicht in diesem Zusammenhang, mag ich vielleicht von Rüsselputzern gesprochen haben. Diesen Ausdruck habe ich geprägt, um Untergebene, die sich bei ihrem Vorgesetzten auf unanständige Weise einschmeicheln wollen, zu kennzeichnen. Auf einen Polizeipräsidenten, der selbst die Spitze seiner

Behörde ist, kann dieses Wort also nie und nimmer angewendet werden."*

Es folgte die Beweisaufnahme. Da es keinen Mitschnitt der Rede gab, waren sechs Zeugen geladen, davon hatte die Staatsanwaltschaft die Hälfte benannt. Die Zeugen warteten vor der Tür auf ihren Aufruf. Der Gerichtsdiener verließ den Saal, um den ersten Zeugen der Staatsanwaltschaft, einen Polizisten, hereinzubitten. Kurz darauf trat er achselzuckend ohne Begleitung eines Zeugen wieder ein. „Nicht anwesend."

„Dann rufen Sie den zweiten Zeugen", so der Vorsitzende.

Erneut kam der Gerichtsdiener unverrichteter Dinge zurück. „Nicht anwesend."

„Ist denn überhaupt noch einer da?" fragte der Vorsitzende scharf.

„Ja, die restlichen Zeugen sind anwesend."

Nun entbrannte im Gericht eine Debatte darüber, ob die verbliebenen Zeugen im heutigen Termin vernommen werden sollten. Die Staatsanwaltschaft hatte etwas dagegen. Die Abwesenden seien ihre Hauptzeugen, die als Erste vernommen werden müssten. Außerdem müsse ein Gesamteindruck entstehen, der aber sei nicht herstellbar, wenn ein Teil der Zeugen erst Tage oder Wochen später vernommen würde. Nach kurzer Beratung mit den Schöffen verkündete der Vorsitzende, dass die Verhandlung unterbrochen und ein neuer Termin von Amts wegen anberaumt würde. Danach verhängte er ein üppiges Ordnungsgeld gegen die säumigen Zeugen, bat den Staatsanwalt, der Sache nachzugehen und schloss die Sitzung.

5

In der Menge der aus dem Gericht herausströmenden Zuschauer entdeckte Hagelstein den Wachtmeister Zschoch in Hut und Mantel. Er wollte ihm soeben in Richtung des Fahrradparkplatzes folgen, da tippte ihm jemand auf die Schulter. „Sieh da, der Rüsselspitzel! Hat dich der Chef mal wieder zum Spionieren losgeschickt, oder bist du aus eigenem Antrieb hier?"

---

* Zitiert aus: Ralf Georg Reuth: Goebbels. Piper, München 1990, Seite 201.

Dr. Koch, Hagelsteins ehemaliger Abteilungsleiter und Mentor, seit zwei Jahren zwar in Pension, aber immer noch mit besten Drähten ins Innere verschiedener Behörden, stand, den Mantel unterm Arm, an seiner Seite.

„Servus Klaus. Wie geht es dir?"
„Wie du siehst, stets auf der Höhe. Gehen wir irgendwohin, eine Kleinigkeit essen?"
„Das trifft sich gut. Ich wollte dich sowieso dieser Tage besuchen."
„Wann warst du das letzte Mal bei mir, Alex?"
„Vor einem Jahr etwa."
„Dann wird es Zeit, dass du mich wieder einmal besuchst, am besten abends, wir könnten zusammen ausgehen. Ich habe allerhand Neues zu bieten in meiner Straße. Ein Varieté, das Las Vegas, hat eröffnet. Das Babylon nebenan hat sich vergrößert und verschönert. Zurzeit läuft ‚Der blaue Engel' mit der Dietrich. Das Livadia, zehn Minuten von meiner Wohnung, ist auch neu, eine feine Nachtbar. Überwiegend Russinnen dort. Die schönsten Frauen holen sie dem Sozialismus weg. Es ist immer so: Sind die Zeiten schlecht, steigt die Feierlaune, die Leute amüsieren sich, wo sie nur können. In den Pestzeiten haben sich die Menschen von einer Orgie in die andere gestürzt, um noch was zu erleben, bevor der Tod sie holt."

Sie betraten das Alt Masuren, ein Lokal, in dem Dr. Koch Stammgast war. Er wählte einen Tisch in Fensternähe aus. Die Tischplatte zwischen ihnen war frisch abgeschliffen und lackiert. In der Mitte leuchtete ein rotweiß kariertes Deckchen, das einem metallenen Aschenbecher und einem Zündholzständer als Unterlage diente. Der Wirt begrüßte sie mit Handschlag.

„Unsere Ostpreußenkarte ist leider geschrumpft", bedauerte der Wirt. „Ich bekomme zurzeit nur wenig für eine ordentliche Küche. Fleisch kann ich nur am Wochenende anbieten. Und auch das geht nur über Beziehungen. Mein Bruder musste vor einigen Wochen sein Restaurant in Potsdam sogar schließen. Es läuft momentan allgemein schlecht in der Gastronomie. Nun ist mein Bruder ausgewandert."

„Wohin?"

Der Wirt deutete mit dem Daumen aufwärts zur Zimmerdecke. „Ins Paradies, wenn es denn eines gibt. Selbstmord. Dauernd steht etwas in den Zeitungen über Selbstmorde. Es muss sich etwas ändern in unserem Staat, und zwar schnell."

„Ja, schnell und grundlegend muss sich etwas ändern", erregte sich Koch und fuhr fort: „Die Sparverordnungen dieser Stümper in der Reichskanzlei sind der Tod für die Wirtschaft. Statt den Geldfluss anzukurbeln, würgen sie ihn ab. Todesverordnungen sind das, ein Skandal!"

Der Wirt stimmte natürlich zu. Endlich kam er auf sein Angebot an Speisen zurück. Mit Omelette, Erbsensuppe und Bratkartoffeln war die Auswahl erschöpft.

„Belegte Brote?" fragte Koch.

„Nur Schmalz."

Hagelstein nickte.

„Also dann Schmalzbrote zum Sattessen, Doppelkorn und Pils für beide", orderte Koch. Hagelstein zog ein Päckchen Overstolz aus der Tasche, tippte mit dem Zeigefinger auf die Rückseite der Packung, bis zwei Zigarettenenden hervortraten.

„Du rauchst doch noch?"

Koch nahm sich eine der Zigaretten. Anstatt sie anzuzünden, legte er sie in den Aschenbecher. „Nach dem Essen", sagte er.

Bald brachte die Kellnerin das Bestellte. Der Wirt hatte sich hinter die Theke verzogen. Koch himmelte die Kellnerin an, konnte seinen Blick nicht von ihr lösen, während sie am Nebentisch bediente. „Die erinnert mich an eine Schauspielerin aus dem ‚blauen Engel', die mir gefallen hat. Du wolltest mich also besuchen, ich nehme an, nicht nur zum Zeitvertreib?"

„Ich habe eine Frage an dich, vielleicht auch mehrere, kommt darauf an."

„Schieß los!"

„Als ich vor Jahren bei dir in der Kripo anfing, warst du mit einem Fall befasst, den du als streng vertraulich bezeichnet hattest. Deshalb habe ich von dir nur wenig darüber gehört. Das Strafverfahren gegen einen Stabsarzt Otto Lauber. Er soll irgendwo in Russland Kriegsgefangene ohne Narkose, vor allem ohne Notwendigkeit operiert, ja sogar zu Tode gespritzt haben. Inzwischen ist die Sache ja publik geworden, Lauber soll auf einem Bahntransport umgekommen sein. Stimmt das?"

„Lass mich zunächst richtigstellen: Lauber war kein Stabsarzt. Dazu hätte er Offizier sein müssen. Er hatte Medizin studiert, arbeitete in einem Krankenhaus, als der Krieg ausbrach. Er meldete sich sofort zur Front. Nach kurzer Einweisung landete er in Ostpreußen. Dort geriet er schon in den ersten Kriegstagen in russische Gefangenschaft. Ich kenne seine Vita sehr genau. Lauber ist definitiv tot. Das haben mir die russischen Kollegen aus Moskau bestätigt. Zaristische Konterrevolutionäre haben im Sommer 1918 kurz vor Swerdlowsk einen Zug überfallen. Lauber, der auf Reisen war, haben sie dabei mit vielen anderen erschossen. Er wurde daraufhin amtlich für tot erklärt. Wenn ich Lauber je erwischt hätte, wäre ich in die Kriminalgeschichte eingegangen. Warum willst du das wissen?"

„Dieser Tage hat mich ein Kriegsinvalide angesprochen. Er will Lauber in der Nähe des leeren Heeresdepots beim Nordbahnhof gesehen haben. Angeblich hat er seine Beobachtung beim nächsten Revier angezeigt."

„Fata Morgana!"

„Wenn es nur der Invalide gewesen wäre, hätte ich die Sache ruhen lassen und nicht danach gefragt. Der Mann schien mir sowieso leicht geistesgestört. Ich habe aber eine weitere Quelle, die ernst zu nehmen ist. Ich rechne mal zurück, es war etwa vor einem Monat. Die Majorin der Heilsarmee, Frau Knufinke, die nicht weit von mir wohnt, besuchte mich unangekündigt. ‚Ich muss Ihnen etwas erzählen, Herr Hagelstein, das sollte die Kripo wissen', sagte sie.

‚Das kann nichts Erfreuliches sein, treten Sie ein', antwortete ich.

Frau Knufinke ließ sich zeremoniell auf dem Sofa nieder. ‚Also, Herr Hagelstein, Sie wissen doch, dass wir ein Heim für Kriegsinvaliden in Kreuzberg betreiben. Zwei Heiminsassen, die zu den Rüstigen gehören und oft in der Stadt unterwegs sind, wollen jemanden gesehen haben, der angeblich schon tot ist. Sein Name ist nicht nur in ganz Berlin, sondern im ganzen Reich bekannt: Lagerarzt Dr. Otto Lauber. Die beiden wollen Lauber unter den Zuschauern auf der Rennbahn wiedererkannt haben. Ich habe nach ihren Beschreibungen ein Porträt gezeichnet. Nehmen Sie die Skizze an sich und halten Sie die Augen offen', sagte Frau Knufinke. Sie saß noch eine Weile bei mir und berichtete mir von ihrer Arbeit bei der Heilsarmee."

„Quatsch!" sagte Dr. Koch.

„Aber wie erklärst du dir, dass gleich drei Leute in verhältnismäßig kurzer Zeit jemanden wiedererkennen wollen?"

„Drei Invaliden, die offenbar unter Laubers Messer waren. Das wird traumatische Spuren in der Psyche hinterlassen haben. Wer darunter leidet, entfernt sich manchmal von der Wirklichkeit. In Berlin leben genug Männer, die Lauber mehr oder weniger ähnlich sehen. Läuft einer von ihnen dem Opfer dieses Arztes über den Weg, erzeugt er bei dem Traumatisierten ein Trugbild, das dieser zweifellos für die Realität hält. Reicht das?"

Koch winkte der Kellnerin, um zwei weitere Biere zu bestellen.

Kaum war sie außer Hörweite sagte er: „Auch ich leide unter einem Trugbild: In der Kellnerin sehe ich meine Schönheit aus dem ‚blauen Engel‘, ich bin angenehm traumatisiert von ihren Reizen. Hast du noch mehr Fragen?"

„Wo ist Lauber geboren und aufgewachsen?"

„In Rostock. Studiert hat er in Göttingen. Als seine Untaten sich herumsprachen, begann ein Kesseltreiben gegen seine Eltern. Presse, Nachbarn, Laubers Opfer, eine ganze Meute stürzte auf sie los. Die Eltern sind fortgezogen, fluchtartig, nach Frankfurt an der Oder, wo sie Verwandte hatten. Laubers Mutter hat den Kummer nicht verkraftet. Sie hat sich in der neuen Wohnung erhängt. Otto Laubers Vater habe ich damals in Frankfurt aufgesucht, um ihn zu vernehmen. Er hat sich in Schweigen gehüllt. Jetzt habe ich dir mehr erzählt, als du eigentlich wissen wolltest."

„Es sieht so aus, als wollte ich noch mehr wissen. Ich werde mir mal die Akte aus dem Archiv holen."

„Da wirst du Pech haben. Nach Abschluss meines Verfahrens hat die Politische Polizei den Vorgang an sich gezogen. Du wirst eine Begründung vorlegen müssen, um die Akte zu bekommen. Die Geschichte kann neugierig machen, nicht wahr? Lauber hat eine Dimension an krimineller Phantasie und Energie erreicht, die alles übertrifft, was wir bisher kennengelernt haben. Du hast täglich mit Kriminellen zu tun, Alex. So wie ich früher im aktiven Dienst. Du musst dich mit ihnen beschäftigen, nicht nur mit ihrer Tat, die oft abscheulich ist, auch mit ihrem Leben, ihrem Charakter, ihrer Psyche, ihrer Vergangenheit. Ohne berufliche Neugier wären wir schlechte Polizisten. Lauber hat mich darüber hinaus beschäftigt, es war eine Art Faszination, die dieser Mensch auf mich ausgeübt hat. Nachdem ich erfahren habe, dass Lauber tot ist, war der Jagdtrieb gekappt, und ich habe mich auch innerlich langsam aus der Sache zurückgezogen."

Koch drückte den Rest seiner Zigarette im Aschenbecher aus. „Solltest du nicht an die Akte herankommen, Alex, gebe ich dir einen Tipp. In der Ausgabe des Berliner Tageblattes vom 15. März 1923 steht ein Interview mit dem Vorstandsvorsitzenden des Kyffhäuserbundes. Ich kenne das Datum so genau, weil ich an diesem Tag mit der frischen Zeitung unterm Arm den Zug nach Moskau bestiegen habe. Wegen Lauber musste ich dorthin reisen, um Unterlagen einzusehen und Gespräche zu führen. Das war zwischen der sowjetischen GPU und unserer Politischen Polizei so eingefädelt und galt als streng geheim. Für die Kollegen war ich im Urlaub an den Masurischen Seen. Inzwischen ist das Schnee von gestern und nicht mehr so geheim. Trotzdem, behalte es für dich. Kurzum, wenn deine Neugier anhalten sollte, dann setze dich in eine Bibliothek und lasse dir die Zeitung von damals vorlegen. Außerdem gibt es eine Dokumentation, die der Kyffhäuserbund in Auftrag gegeben hat. Sie ist vor kurzem erschienen. Ein dicker Schinken, für den du viel Zeit brauchst. Die Zeugen, die ich damals vernommen habe, findest du auch in dieser Dokumentation. Es sind Laubers Helfer, zum Beispiel seine Krankenschwestern und sein Assistent, dazu einige Gefangene, die mit Lauber zu tun hatten. Die Genannten kannst du dir herauspicken, dann weißt du genug. Ich hätte gewiss noch mehr Zeugen vernommen, wenn nach Bekanntwerden von Laubers Tod das Verfahren nicht erledigt gewesen wäre."

6

Nach Dienstschluss, zwei Tage waren seit seinem Gespräch mit Dr. Koch vergangen, wollte Hagelstein noch auf ein Bier in die Eckkneipe hinter dem Polizeipräsidium. Dorthin war er bereits unterwegs, als er sich eines anderen besann. Er bestieg die Tram zur Humboldt Universität. Dort betrat er die Bibliothek.

„Sie können im Lesesaal schon Platz nehmen, ich bringe Ihnen die Ausgabe an den Tisch." Die freundliche Bibliothekarin griff zum Telefon und gab seinen Wunsch durch, Berliner Tageblatt vom 15. März 1923.

Im Lesesaal war es, obwohl fast alle Tische besetzt waren, still wie in einem Konzert, kurz bevor der Dirigent den Taktstock hebt. Hagelstein fand einen Platz in Fensternähe. Er knipste das Leselicht an. Auf die hölzerne Tischplatte war ein Herz mit Bleistift gezeichnet, darunter einige schon verwischte Buchstaben. Die abgestandene Luft trug den Geruch von Papier, Bohnerwachs und dem, was die brütenden Studenten absonderten. Nach wenigen Minuten lag eine Mappe vor ihm, darin gefaltet die angeforderte Zeitung. Hagelstein fand das Interview im politischen Teil:

„Herr Backes, Sie sind Vorstandsvorsitzender des Kyffhäuserbundes. Was ist der Kyffhäuserbund?"

„Er ist eine Vereinigung ehemaliger Soldaten. Wir pflegen die Kameradschaft und unterstützen uns gegenseitig. Der Verein erfüllt eine Menge Wohlfahrtsaufgaben, unter anderem kümmert er sich um Kriegsversehrte und Kriegshinterbliebene."

„Der Kyffhäuserbund hat einen Soldaten, den Lagerarzt aus Perm, bei der Staatsanwaltschaft angezeigt. Weshalb?"

„Nach dem Krieg kamen uns mehr und mehr Berichte über Gräuel in dem genannten Lager zu Ohren. Viele der aus russischer Kriegsgefangenschaft heimgekehrten Kameraden brachten es nicht über sich, aus der Zeit ihrer Gefangenschaft zu berichten. Andere dagegen litten nicht unter dieser Blockade, sie fühlten sich im Gegenteil motiviert, das Schreckliche offenzulegen. Unter ihnen waren viele Insassen aus dem Lager Perm. Sie erhoben schwere Beschuldigungen gegen den dortigen Lagerarzt, Dr. Otto Lauber. Wir beabsichtigen, eine Dokumentation zu erstellen. Darin wollen wir nicht nur die Kriegsgefangenen, sondern auch die Krankenschwestern und andere Helfer des Lagerarztes zu Wort kommen lassen. Unabhängig davon haben wir bereits vor einem Jahr der Staatsanwaltschaft eine Anzeige gegen Lauber zugeleitet, die daraufhin ein Verfahren gegen ihn eröffnet hat."

„Wieso ein Deutscher? Üblicherweise bekam nur ein Russe den Posten des Lagerarztes, wie ja auch die Wächter und der Kommandant Russen waren."

„Lauber genoss die Gunst des Lagerleiters. Wie es zu dieser Allianz gekommen ist, das können Sie in der Dokumentation nachlesen. Der Kommandant hat Lauber zum Lagerarzt bestimmt. Lauber hat seine

Macht missbraucht, um die Menge der Grausamkeiten, denen die Gefangenen tagtäglich ausgesetzt waren, durch besondere Raffinesse anzureichern."

„Welche Grausamkeiten?"

„Die Kriegsgefangenen litten unter den unmenschlichen Zuständen in den überfüllten Lagern. Dort herrschte die blanke Not. Dazu kamen die fortwährenden Quälereien durch das brutale Wachpersonal. Bedenken Sie: Keine der unter Waffen stehenden Mächte war auf eine solche Flut von Kriegsgefangenen vorbereitet, am allerwenigsten die Russen. Mobilmachung und Kriegserklärungen erfolgten in kürzester Zeit, und ebenso schnell fielen die ersten Schüsse an der Front. Vor lauter Zuversicht und Begeisterung hatte niemand bei den Stäben und Kommandos die Lasten der Kriegsgefangenschaft einkalkuliert. Der Krieg sollte ja in wenigen Monaten beendet sein. Davon waren alle Seiten überzeugt, besonders der deutsche Kaiser glaubte das. Die wenigen, notdürftig errichteten Lager platzten schnell aus allen Nähten. Es fehlte jegliche Hygiene, es fehlte ein Minimum an medizinischer Versorgung. Hunger, Durst und Krankheiten waren an der Tagesordnung. Die katastrophalen Verhältnisse führten unweigerlich zu Seuchen, Elend und Tod. Für Aufseher, Kommandanten, aber auch für Mitgefangene bot das Lager eine freie Arena, worin sie Hass, Bosheit und Grausamkeiten aller Art an den Schwachen und Wehrlosen ungehemmt, vor allem unbestraft, auslassen konnten. Der jeweilige Staat, dem das Lager zugehörte, wollte es, war sogar damit einverstanden, dass es den Soldaten des Gegners möglichst schlecht ging. Von oben erhielten die Quäler und Henker somit Rückendeckung und fühlten sich ermutigt."

„War das den ganzen Krieg hindurch so, also vier Jahre lang?"

„Nein. Nach den ersten beiden Kriegsjahren, also gegen Ende 1916, verbesserte sich die Lage der Gefangenen allmählich. Die internationalen Hilfsorganisationen verstärkten ihre humanitäre Tätigkeit, aber auch ihren Einfluss auf politischer Ebene. Mitglieder von Wohlfahrtskomitees reisten durch die Länder, um die Lager zu inspizieren. Missstände prangerten sie öffentlich an. Das wirkte. Langsam drehte sich der politische Wind. Es kamen mehr Hilfsgüter an ihr Ziel, anstatt unterwegs zu versickern. Der Weg der gelieferten Lebensmittel wurde genauer überwacht. Die Allmacht der Lagerkommandanten berührte diese Wendung hingegen nicht. Hier und da mag sich die Barbarei gegenüber den Gefangenen abgeschwächt haben, beendet war sie aber noch lange nicht."

„In diesem Milieu konnte Lauber sich offenbar ungehemmt entfalten. Was wird ihm denn konkret vorgeworfen?"

„Lauber hat Torturen erfunden und eingeführt, die es vorher noch nicht gegeben hat. Seine Erfindungen hat sogar die Geheimpolizei übernommen, so imposant und effektiv müssen sie gewesen sein. Schlimmer waren Laubers medizinische Experimente mit Gefangenen, die seiner Willkür ausgeliefert waren. Er soll ohne medizinische Indikation operiert und amputiert haben, vor allem, um seine Opfer zu quälen. Berichtet wird auch von einer Art Privatpraxis, zu der außer ihm und einer Krankenschwester niemand Zugang hatte. Dort soll er merkwürdige Forschungen am Gehirn seiner Probanden betrieben haben. Lauber muss wahnsinnig gewesen sein. Gefangene haben berichtet, dass er die Existenz der Seele oder eines Astralkörpers experimentell nachweisen wollte."

„Was ist denn mit Lauber nach Auflösung des Lagers passiert?"

„Wissen Sie, irgendwo tauchen solche Täter in der Gesellschaft unter, die kleinen ebenso wie die großen. Viele finden bei der Polizei Verwendung oder beim Staatsschutz, wo sie die eingeübte Praxis fortsetzen können, um Geständnisse zu erpressen oder einfach jemanden aus Spaß zu quälen. Otto Lauber hatte Pech. Er war kein Russe. Er musste das Land also verlassen. Die hiesige Staatsanwaltschaft hatte zwar das Verfahren gegen Lauber in Gang gesetzt und die Ermittlungen eingeleitet, doch man konnte des Verdächtigen nicht habhaft werden. Lauber war in Deutschland nicht auffindbar, ebenso wenig in Russland oder sonst wo. Wie ich hörte, hat man sogar in Südamerika vergeblich nach ihm gesucht."

„Dann waren alle Ermittlungen umsonst?"

„Nicht ganz. Die Aussagen der Zeugen konnten zumindest für unsere Dokumentation genutzt werden."

„Anonym, nehme ich an."

„Ja, die Befragten sind namentlich nicht aufgeführt."

Hagelstein faltete die Zeitung zusammen. Er ging nach vorne und erkundigte sich bei der Aufsicht nach der nächsten Kneipe.

7

Die Kneipe lag im Untergeschoss des Instituts für Meereskunde. Der Tabakgeruch schlug Hagelstein schon im Flur entgegen, ebenso das Stimmengewirr, das die einfache Holztür nicht zurückhalten konnte. Weiter als einen Schritt ging Hagelstein zunächst nicht hinein. Das Lokal war überfüllt, alle Tische besetzt, auf der freien Fläche gegenüber der Theke standen Grüppchen herum. Die Lüftung schien überfordert. Rauchschwaden füllten zum Schneiden dicht den Raum. An der Holzvertäfelung rundum an den Wänden hingen ungeordnet Plakate, vorwiegend der KPD, der USP und des Spartakusbundes, dazwischen ein Hitlerkopf, den Judenhut, Zwirbelbart und Monokel zierten. Hagelstein wollte schon umkehren, da entdeckte er am Ende der Theke einen unbesetzten Hocker. Dorthin stieß er vor. Daneben, ums Eck, saßen zwei junge Frauen, die eine hübsch, die andere weniger. Sie warfen dem Wirt einige Worte zu, der daraufhin lachte. Hagelstein tippte auf Studentinnen, was sonst.

„Ist der Platz frei?" fragte er artig. Die beiden nickten. Während er sich auf das schmale Rund hievte, musterten sie ihn unauffällig. Es fiel ihnen schwer, ihn einzuordnen. Wie ein Professor sah er nicht gerade aus, wie ein Hausmeister auch nicht. Der Wirt stellte ihm unaufgefordert ein Bier hin. Hagelstein wusste es zu schätzen, wenn ihm jemand den Wunsch von den Augen ablas. Er prostete den Studentinnen zu. Ein Gespräch einzuleiten, fiel ihm nicht schwer.

„Ich rate mal, Sie sind beide nicht aus Berlin."

„Treffer", sagte die Hübsche.

„Woher?"

„Aus Lübeck, beide aus Lübeck."

„Kenn ich. Nach Lübeck haben wir mal einen Betriebsausflug gemacht."

„Sind Sie denn Berliner?"

„Waschecht."

„Professor?"

„Nicht ganz. Mein Beruf fängt aber auch mit P an."

Die beiden lachten. Eine sagte: „Prokurist."

Die andere: „Pudelfrisör."

„Nah dran, wirklich nah dran. Aber bevor Sie weiter raten, beantworten Sie mir bitte eine Frage, egal, was Sie studieren."

„Und?"

„Lässt sich die Existenz der Seele wissenschaftlich nachweisen?" fragte Hagelstein, dem der Bericht über den verrückten Seelenforscher immer noch im Kopf herumspukte.

„Dacht ich mir's doch. Das also war des Pudels Kern! Ein fahrender Skolast. Der Kasus macht mich lachen", sagte die weniger Hübsche.

„Mir wird von alledem so dumm, als ging' mir ein Mühlrad im Kopf herum. Wo haben Sie denn den Dr. Faust gelassen?" fuhr die Hübsche fort.

„Heinrich verspätet sich. Doch bevor er eintritt, hätte ich gern die Frage beantwortet."

„Geisteswissenschaftlich oder naturwissenschaftlich?"

„Beides."

Die Hübsche holte tief Luft. „Geisteswissenschaftlich lässt sich alles nachweisen, selbst der liebe Gott, erst recht die Seele. Man zieht heimlich eine beliebig ausgebrütete Prämisse heran und baut darüber ein logisches Gerüst auf. Schon hat man den Beweis für alles, was man beweisen möchte. Ist die Sache gar spannend, stellen sich schnell die Jünger scharenweise ein, um die Wahrheit gehörig zu verbreiten. Für den anderen Teil ist meine Kommilitonin zuständig. Sie studiert Biologie."

„Also naturwissenschaftlich. Nehmen wir die Röntgenstrahlen. Wir können damit die Knochen sichtbar machen, also etwas Grobstoffliches. Um mit irgendeinem Instrument an die Seele heranzukommen, müsste ich erst wissen, wie sie beschaffen ist. Ist sie zumindest feinstofflich, oder gleicht sie einem elektromagnetischen Feld? Ist sie eher dem Gedanken gleich, also vollständig immateriell? Seit tausenden von Jahren wird über die Seele gesprochen, aber bis heute hat niemand erklärt, woraus sie besteht. Da auch ich es nicht weiß, kann ich keine Messung vorbereiten, um ihr näher zu kommen. Was uns bei den Atomen gelungen ist, lässt sich bei der Seele nicht einmal ansetzen. Also Fehlanzeige."

„Und Erfahrungen mit dem eigenen Astralkörper?"

„Wertlos, da unwissenschaftlich. Aber warum wollen Sie das alles wissen?"

„Ich kannte jemanden, der auf diesem Gebiet geforscht hat."

„Hat er Ergebnisse?"

„Keine! Glauben Sie denn wenigstens an eine Seele?" fragte Hagelstein.

„Glauben, was ist das? Das müssen Sie mir erst mal genauer definieren."

„Lieber lade ich Sie zu einem Bier und Schnaps ein. Wenn sich auch die Seele nicht nachweisen lässt, dann doch wenigstens der Weingeist."

„Sie sind also doch Professor?"

„Nein, Polizist."

„Ich fasse es nicht, ein Schnüffler und so charmant!"

Gelöst verließ Hagelstein gegen Mitternacht die Kneipe. Schwankend winkte er ein Taxi heran.

8

Ein Berg Bratkartoffeln duftete aus der Pfanne mitten auf dem gedeckten Tisch. Hannes Voigt öffnete eine Halbkilo-Dose Blutwurst, prüfte kurz den Inhalt und stellte sie neben die Pfanne. Danach sprach er das Tischgebet. Zufrieden sah er zu, wie sich seine drei Söhne die Teller voll häuften. Nach seiner Frau Ilse, die eine kleinere Menge nahm, bediente er sich selbst. In nächster Zeit würden sie sich satt essen können. Dafür war gesorgt. Und dabei sollte es nach Voigts Plänen auch bleiben. Mit leerem Magen würde er seine Jungen nicht aus dem Haus gehen lassen. Zwei von ihnen besuchten die Schule, der ältere sogar das Gymnasium, der dritte sollte in Kürze eine Lehre als Elektriker beginnen.

„Einer unter den Millionen, das bist du", sagte Ilse und schob ihm die Zeitung zu. Sie war von gestern. Eine Nachbarin, die sich den Bezug der Vossischen leisten konnte, legte ihnen jeden Morgen die Ausgabe vom Vortage vor die Tür.

„Schon fünf Millionen Arbeitslose. Steht der Kollaps vor der Tür?" stand fett gedruckt auf der Titelseite. Hannes Voigt beförderte das Blatt, mit vollen Backen kauend, unwillig hinüber auf den Küchenschrank.

„Uns geht's nicht schlecht, oder? Die können schreiben, was sie wollen. Wir holen uns selbst, was wir brauchen", sagte er.

Nun saßen sie schweigend beim Essen, bis Bratkartoffeln und Blutwurst restlos vertilgt waren. Danach sagte Hannes Voigt: „Heute Abend holen wir Radios aus der Halle. Um neun Uhr geht's los. Dunkle Kleidung und Mützen."

„Schon wieder Mützen, weshalb denn?" fragte Emil, der jüngste.

„Damit eure Haare nicht leuchten."

Was die hellblonden, lockigen Haare betraf, hatte sich die Mutter bei allen drei Söhnen durchgesetzt.

„Als Nächstes stehen einige Kisten Schuhe auf dem Programm. Langsam wird mir unser Depot zu klein, nachteilig ist auch, dass es zu nah an der Straße liegt. Wir müssen uns ein anderes suchen, es sollte irgendwo abseits liegen und abschließbar sein. Fällt euch dazu etwas ein?" Hannes Voigt blickte in die Runde.

„Klar, in den alten Spreewerken. Ich kann da mal nachsehen", sagte Emil.

„Wann?"

„Morgen nach der Schule, ich nehme den Freddy mit."

„Freddy darf aber nichts wissen."

„Klar."

„Gut. Und jetzt bringst du noch etwas bei den Zschochs vorbei."

Voigt holte aus der Speisekammer einen Karton, dem er mehrere Dosen entnahm, die ein Etikett mit appetitlich aufgeschnittenen Würsten über der Aufschrift „Justus und König" zierte. Er ließ die Dosen in einen Stoffbeutel fallen. „Gib die Sachen im Beutel ab", sagte er.

Wie besprochen fuhr Emil am nächsten Tag auf seinem Fahrrad zu den Spreewerken, einer stillgelegten Gewehrfabrik im Weddinger Industriegebiet. Sein Freund Freddy saß, die Beine gespreizt, auf dem Gepäckträger.

Totale Abrüstung hatten die Sieger nach Ende des Weltkrieges dem Reich auferlegt. Waffen- und Munitionsfabriken hatten bis auf geringe Ausnahmen keine Zukunft mehr. Die wertvollen Produktionsmaschinen aus den Spreewerken mussten abmontiert, verpackt und als Teil der Reparationen in französische oder englische Häfen verschifft werden. Von dem Rest landete alles, was sich noch als irgend brauchbar erwies, wie Kabel, Lampen, Schalter, Rohre, Türen, Armaturen, zur weiteren Verwendung bei der näheren oder weiteren Nachbarschaft. Die kahlen, entleerten Räume dienten schließlich noch einigen Tieren als Unterschlupf und den Kindern als Abenteuerspielplatz. Dann und wann schlugen auch Obdachlose darin ihr Lager auf.

Emil schob sein Fahrrad über den niedergetretenen Maschendrahtzaun. Zunächst verdeckten hochgewachsene Büsche die Sicht auf den Komplex. Nach wenigen Metern hob Emil warnend die Hand, riss sein Fahrrad zurück und versteckte es zwischen Holunderbüschen.

„Da ist was", sagte er.

„Was?" fragte der hinter ihm stehende Freddy.

„Ein Auto." Emil schob einige Äste auseinander. Neben einem Tor stand ein grauer Lieferwagen geparkt.

„Was will der denn hier?"

„Keine Ahnung, wir schleichen uns ran."

In einem Bogen näherten sich die beiden dem rückwärtigen Laderaum, dessen Tür um einen Spalt offen stand. Emil schielte hinein. Leer. Sie wagten sich nun nach vorn. Da sie im Fenster der Fahrerkabine keinen Kopf entdeckten, stiegen sie beide auf das Trittbrett und blickten hinein. Bis auf eine Zeitung auf dem Beifahrersitz entdeckten sie nichts. Emil deutete auf das Tor. Diesen Weg ins Innere wählten sie aber nicht. Sie zwängten sich am Ende des Gebäudes durch ein Fenstergitter in die Halle, die in drei Abschnitte unterteilt war. Emil legte den Zeigefinger an die Lippen. Zu hören war nichts. Zu sehen ebenso wenig, jedenfalls nicht in dieser Abteilung. Durch eine zerbeulte Stahltür gingen sie in die nächste. An ihre Ohren drang jetzt ein Geräusch. Seitwärts führte eine Treppe in den Keller. Von dort unten kam es. Es klang wie dumpfe Hammerschläge.

9

„Hier müssen wir durch den Zaun." Der kleine Emil zerrte seinen Vater an der Hand zu der Stelle, wo der Maschendraht niedergetreten war. Emil hatte zu Hause über seine Erkundungen in den Spreewerken berichtet.

„Das will ich mir mal ansehen", hatte sein Vater daraufhin gesagt. Emil war stolz auf seinen Erfolg und brannte darauf, den Vater in der Industrieruine herumzuführen. Die beiden schritten durch den Hof, mal über Kies, mal über wild eingewachsene Grasflächen, auf die Halle zu. Emil zeigte die Stelle, wo der graue Lieferwagen geparkt hatte. „Der Mann hat im Keller zwei Türen ausgebaut mit Rahmen und Haken. Das

Zeug hat er hinauf zu seinem Auto geschleppt", wusste Emil zu berichten.

Durch das Tor betraten sie den mittleren Teil der Halle. Emil lief an der Kellertreppe vorbei, hinüber in den seitlichen Abschnitt. Ab und zu schlugen Stahlfenster gegen die Rahmen, wenn der Wind sich in den Resten der Glasscheiben verfing.

„Der schläft schon wieder", sagte Emil.

An der Rückwand lag eine Matratze am Boden, darauf gekrümmt und laut schnarchend eine Gestalt, die mit einem grünen Mantel bis über die Ohren zugedeckt war.

„Der hat mit dem Türdieb gesprochen. ‚Streng dich nicht so an, Kumpel', hat er gesagt. Danach ist er zurück auf sein Bett. Als ich mit dem Freddy später fortging, lag er da und schnarchte wie jetzt", sagte Emil.

Im Keller fanden sie nur noch einen einzigen verschließbaren Raum, dessen Tür aber stark beschädigt war.

„Das wird hier nichts mit dem Depot, übrigens ist mir im Haus auch zu viel los." Hannes Voigt deutete mit dem Daumen schräg nach oben, etwa in die Richtung, wo der Stadtstreicher sein Lager hatte. Er wollte wieder hinauf.

„Warte Papa. Ich habe dir doch von dem Gang erzählt. Hast du das vergessen?"

Sie folgten dem Kellergang bis ans Ende. Dort stießen sie, hinter einem Mauervorsprung versteckt, auf ein Gittertor, das in die Querwand eingelassen war. Ein mächtiges Vorhängeschloss hing am Riegel. Der Gang setzte sich dahinter fort.

„Dahinter liegt ein Anbau. Freddy meint, das ist früher eine Werkstatt oder ein Lager gewesen. Wir müssen außen herum. Der Eingang ist nur noch ein Loch, alles drum herum ist mit Hecken zugewachsen. Da geht niemand mehr durch. Keller gibt es unter dem Anbau genug. Da könnten wir das Depot einrichten", sagte Emil.

Sein Vater schaute auf die Uhr. „Das schaffe ich jetzt nicht mehr, ein zweites Gebäude zu besichtigen. Ich muss erst in der Stadt etwas erledigen. Wenn ich fertig bin, komme ich zurück und schaue mir den Keller an. Zeig mir schnell noch, wie ich zum Eingang komme."

Zwei Stunden später drückte sich Hannes Voigt durch eine Öffnung, die vom Seiteneingang zu der vermutlichen Werkstatt noch übrig geblieben war. Der Fußboden der Ruine war übersät mit schwarzen Ölflecken, die ihren Geruch noch nicht ganz verloren hatten. Die Flügel eines Metalltores an der Vorderfront waren von innen miteinander verschweißt und ließen sich keinen Millimeter mehr bewegen. Durch die Fensterlöcher drückte sich das Geäst von Holunder, Brombeeren und Haselnuss, die das Gebäude in einem breiten Ring dicht umschlossen. Im Kegel der Taschenlampe stieg Voigt die Stufen der Kellertreppe abwärts. Unten fand er einige sogar noch verschließbare Räume vor, deren metallbeschlagene Holztüren teilweise offen standen. Unversehrte Gitterfenster sorgten für genügend Luftzufuhr. Die Räume schienen trocken genug zu sein, um dort vorübergehend empfindliche Waren wie Radios, Elektromotoren, Kaffee oder Zigaretten lagern zu können. Er ließ das Licht seiner Taschenlampe durch den Kellergang wandern, an dessen Ende es die Gittertür einfing, vor der sie vorher von der anderen Seite gestanden hatten. Ein runder Metalldeckel im Boden machte ihn neugierig. Sollte ein Abwasserschacht darunter sein? Es fiel ihm nicht schwer, den Deckel mit eingehaktem Mittelfinger anzuheben und seitlich abzulegen. Das Licht drang in einen Schacht. Vorsichtig stellte er einen Fuß auf die oberste, verrostete Metallklammer. Sie hielt. Nun stieg er Stufe um Stufe abwärts. Auf dem Grund trat er in einen trockenen Kanal, der rechtwinklig zum Kellergang unter dem Gebäude verlief. Gebückt folgte er dem Kanal, der alsbald in einen mannshohen Tunnel mündete, in dessen ausgebautem Bett eine trübe, von allerlei Abfall durchmischte Brühe dahinströmte. Unangenehmer Kloakengeruch stieg Voigt in die Nase. Über den drei Fuß breiten, kantigen Rand des Kanalbettes ging er ein Stück in Fließrichtung des Wassers vorwärts. Seine Schritte hallten ums Mehrfache verstärkt durch die Höhle. Ihm wurde plötzlich schwindelig. Er erschrak, führte es auf die schlechte Luft hier unten zurück. Bei der Wende auf dem schmalen Grat wäre er fast ins Wasser gerutscht. Über den trockenen Zulauf, der früher die Abwässer aus der Fabrik befördert haben mochte, gelangte er zurück zu dem Aufstieg. Er legte den Deckel sorgfältig in die Fassung, warf noch einen Blick in sein künftiges Depot und verließ alsdann die Ruine durch das Wandloch. Draußen zwängte er sich durch die Büsche, bis zum Rand des freien Platzes, der die Fabrik säumte. Halbwegs in Deckung blieb er hier stehen, weil er eine Stimme hörte. Lautstark mit sich selbst redend, verließ ein Mann die Halle, bekleidet mit einem moosgrünen Lodenmantel, der bis zu seinen Knöcheln herabfiel. Nach wenigen Schritten begann er zu gestikulieren, dabei stampfte er mit den Füßen auf den Boden, als hätte ihn der Zorn gepackt. Auf diese Weise bewegte er sich langsam auf die Lücke im Zaun zu, die einen Durchgang zur Straße erlaubte.

Voigt sah auf die Uhr. Heute Abend wollte er bei Zschoch aufkreuzen. Seinen Besuch hatte er bereits telefonisch bei Zschochs Schwester angekündigt. Ein freundliches Gespräch würde das nicht werden. Drei Stunden Zeit blieben ihm noch. Nach Hause wollte er nicht. Also durch die Zaunlücke, dann ein Stück die Straße entlang bis zur nächsten Plakatsäule, worauf er vorher das Kinoprogramm erblickt hatte. „Goldrausch", „Panzerkreuzer Potemkin", „Im Westen nichts Neues", „Der blaue Engel", „Berlin Alexanderplatz", „Cyankali". Voigt bestieg die Tram und fuhr zum Ufa-Palast. Er freute sich auf „Goldrausch".

„Paul, du hast Besuch." Zschochs Schwester, Frau Dvorsak, öffnete nach kurzem Anklopfen die Tür und ließ Hannes Voigt eintreten. Der machte keine Umschweife.

„Schuhe! Das war dein letzter Tipp vor einer Woche. Wenn ich die morgen geholt habe, ist die Ware alle. Hast du Nachrichtensperre? Was ist los?"

„Es war abgemacht, dass du deine Söhne nach den Herbstferien nicht mehr beteiligst. Vor zwei Wochen hat die Schule begonnen, und sie sind noch immer dabei. Ich habe dir klipp und klar gesagt: Das mache ich nicht mit."

„Ein, zwei Wochen noch, und die Jungs sind raus. Ich habe schon jemanden, der braucht noch etwas Zeit."

„Erzähl das deiner Schwiegermutter. Und noch etwas. Ihr habt vor einigen Tagen einen Wächter niedergeschlagen. Seid ihr übergeschnappt? Von mir gibt's keine Tipps mehr. Das ist mein letztes Wort."

„Ich gebe dir mein Ehrenwort, spätestens in zwei Wochen steigt mein Partner ein. Dann brauche ich die Jungen nicht mehr."

Zschoch antwortete nicht. Er war nicht umzustimmen, das spürte Voigt, und schon sah er seine Felle davonschwimmen.

„Dann muss es eben ohne dich weitergehen. Unersetzbar bist du nicht. Und noch etwas sage ich dir: Sollte ich auffliegen, dann hängst du mit drin." Voigt wurde lauter. „Ich werde den Mund nicht halten. Weshalb auch? Du fliegst aus dem Dienst und bist deine Pension los."

Enttäuscht und zorngeladen verließ Voigt das Zimmer, wobei er nicht vergaß, die Tür zuzuknallen. Zschoch hörte, wie er sich im Flur noch eine Weile mit den Dvorsaks unterhielt, bevor die Wohnungstür heftiger als üblich ins Schloss fiel.

10

Sonntag, irgendwo läuteten Kirchenglocken zur Frühmesse, einsam fuhr eine beleuchtete Straßenbahn vorbei, langsam erwachte die Stadt. Für die Polizei eine ereignisarme Zeit. Der Diensthabende döste in seinem Stuhl vor sich hin. Tiefer in den Schlaf zu sinken, wagte er nicht. Der Notruf riss ihn hoch.

„Ich habe, nein, mein Hund hat einen Toten gefunden."

„Wie heißen Sie, und wo ist das?" Der Anrufer erhielt Order, an Ort und Stelle zu warten, bis die Streife eingetroffen war.

In der Morgendämmerung des Feiertages riss das Telefon den Oberkommissar Hagelstein aus allen Träumen. Der Schupo in der Leitung meldete ihm den Fund einer Leiche.

Am Rande des wüsten Geländes, das die Spreewerke umgab, dort, wo im Zaun ein Loch war, erwarteten ihn bereits drei Schupos und ein Spaziergänger, dessen Hund aufgeregt an der Leine zerrte. In der Miene des ankommenden Oberkommissars spiegelte sich keinerlei Unmut oder Ärger über den frühen, feiertäglichen Einsatz. Sein vorgeschobenes Kinn ließ energisches Handeln erwarten. Hagelstein hatte es in der Kürze der Zeit geschafft, eine Begleitung zusammenzutrommeln, darunter seinen Kollegen Grimm und eine gertenschlanke, junge Frau, die soeben die Polizeischule abgeschlossen hatte. Hagelstein schickte zunächst zwei der Schupos zurück ins Revier und ließ sich vom dritten zum Fundort führen. Die schlanke Polizistin hatte er vorher beauftragt, den Finder der Leiche, dort, wo er gerade stand, näher zu befragen und danach auf den nachkommenden Mediziner zu warten. Der Schupo führte die beiden Kripobeamten ein Stück über den Schotterplatz vor der Halle, bog dann in eine Lücke zwischen zwei Schlehenbüschen ab, folgte dort einem Trampelpfad, der an einem gemauerten Podest endete. Darauf lag der Tote auf dem Bauch, das Gesicht in ein Grasbüschel gedrückt, das aus einer Lücke im Mörtel herauswuchs. Hagelstein bat seinen Kollegen, die

Umgebung zu überprüfen, während er selbst mit den routinemäßigen Arbeiten begann. Kein Puls, keine Hautwärme. Am Kopf, den er abtastete, fand er nichts Auffälliges. Er drehte den Toten herum, auf dessen Gesicht einige trockene Grashalme klebten. Hagelstein hatte keine Mühe, Hannes Voigt zu erkennen, den sie lange genug hatten observieren lassen. Nun untersuchte er die Kleidung. Die Taschen leer, keine Geldbörse, kein Ausweis, nicht einmal irgendwelche Schlüssel oder ein Schnupftuch. Unter dem Kragen des aufgeknöpften Hemdes entdeckte er schließlich einen schmalen, blauroten Striemen, der sich um den Hals herumzog. Grimm kam bald zurück, deutete mit gen Himmel gedrehten Handflächen an, dass er nichts gefunden hatte. „Das können die Spurensucher besser. Ist er hier gestorben?" fragte er.

Hagelstein hob die Füße des Toten an, fuhr mit dem Zeigefinger über die Schuhsohlen. „Wäre er selbst bis hierhin gerannt, hätte er Spuren von Erde oder Staub unter den Schuhen haben müssen. Vermutlich hat der Täter ihn in der Halle oder sonst wo in einem Raum erdrosselt, anschließend hierher geschleppt und abgeworfen. Beim Transport hat er wohl einige Haare gelassen."

In Hüfthöhe zeigten sich neben dem Ärmel ein paar Haare, die sich vom dunklen Stoff der Jacke abhoben.

„Schauen wir uns jetzt die Halle an, bevor die Spurensucher alles auf den Kopf stellen", sagte Hagelstein.

Auf dem Vorplatz kam ihnen die Kollegin in Begleitung des Forensikers entgegen. Hagelstein berichtete kurz, woraufhin die beiden zwischen den Büschen verschwanden, um sich die Leiche vorzunehmen. Die Kommissare indes betraten die Halle. Gründlich suchten sie den Boden ab. Dabei stießen sie auf das Lager des Stadtstreichers im seitlichen Teil. Außer der Matratze und einer leeren Blechdose hatte dieser nichts hinterlassen. Jedoch entdeckte Hagelstein in der Nähe einen Knopf aus Hirschhorn. In den Keller hinabzusteigen, machten sie sich nicht mehr die Mühe. Der verdeckt hinter der Halle liegende Anbau interessierte sie ebenso wenig. In diese entlegenen Zonen würde Hagelstein seine Spurensucher schicken.

Am Montag nahmen die Ermittlungen an Fahrt auf. Hagelstein nahm keine Rücksicht auf Trauergefühle. Voigts Frau Ilse und die Söhne verhörte er eingehend. Danach kamen Voigts Nachbarn und Bekannte sowie das Wachpersonal der nahegelegenen Bahnhöfe an die Reihe, auf die er hauptsächlich seine Mitarbeiter ansetzte. Den Unternehmer Kubicky, Voigts ehemaligen Arbeitgeber, nahm er sich selbst vor. Zwei Hehler, die Voigts Diebesgut aufgekauft und gewinnbringend abgesetzt hatten, saßen ganz schnell in U-Haft. Längst wusste die Kripo, bei wem Voigt seine Pakete abgegeben hatte. In den großen Berliner Zeitungen erschien die Suchmeldung nach einem Unbekannten, der in einer Halle der verlassenen Spreewerke in der Voltastraße kampiert hatte, dazu das Foto eines auffälligen, handgeschnitzten Hirschhornknopfes mit dem Bild eines Auerhahnes, den vermutlich der Gesuchte von einer Jagd- oder Trachtenkleidung verloren hatte. Der Gesuchte sei des Mordes verdächtig, hieß es. Mit der Bitte um sachdienliche Hinweise schloss die Meldung.

Wachtmeister Zschoch blieb von den ausgreifenden Ermittlungen nicht verschont. Nicht nur, weil er mit Voigt befreundet war, Hagelstein hatte auch einen anderen Anlass, ihn zu befragen. Mit der Aussagegenehmigung seiner Behörde versehen, erschien Zschoch im Büro des Oberkommissars. Er trug Uniform, als wollte er damit einen Fingerzeig auf den gemeinsamen Dienstherrn geben, sozusagen die berufliche Nähe zum Ermittler andeuten, den dieser Umstand allerdings nicht im mindesten milder oder zugänglicher stimmte. Allzu viel an Offenbarungen erwartete Hagelstein ohnehin nicht von diesem Schupo. Bisher war es jedenfalls nicht gelungen, Zschoch als Voigts Informanten und Komplizen zu überführen. Die Umfrage bei einigen Bediensteten der nahegelegenen Bahnhöfe hatte sich als wenig ergiebig erwiesen. Ja, der Wachtmeister Zschoch komme öfter zum Bahnhof, inspiziere die Bahnsteige, zeige sich auch mal auf dem Güterbahnhof und unterhalte sich mit den Leuten. Er gelte als gesprächig und gesellig. Neugierig? Könnte man wohl sagen, besser wäre es aber, von beruflichem Interesse zu sprechen. Der Schupo sollte doch wissen, was im Revier abläuft. Oft beschließe der Wachtmeister seinen Rundgang im Bahnhofsrestaurant bei einem Glas Wasser. Natürlich sei er gut informiert, vielleicht sogar besser als der Bahnhofsvorsteher.

Hagelstein kam zu dem Punkt, bei dem er ansetzen wollte.

„Kollege Zschoch, Frau Voigt hat ausgesagt, dass ihr Mann sich über Sie geärgert habe. Es habe eine Auseinandersetzung gegeben. Sie konnte sogar den Zeitpunkt eingrenzen: drei Tage vor dem Mord an ihrem Mann. Ich lese Ihnen das mal vor: ‚Eigentlich war es belanglos. Mein

Mann kam am Mittwochabend spät nach Hause. Sofort hat er einen Schnaps gekippt. Ich kenne ihn lange genug. Das macht er immer, wenn ihm eine Laus über die Leber gelaufen ist. War was? habe ich ihn gefragt. Der Paul will nicht so, wie ich es will, Frau Ilsebill, hat er geantwortet. Ich habe nachgehakt, weshalb denn? Wir hatten einen kleinen Streit, Schwamm drüber. Mehr hat er nicht gesagt.'" Hagelstein legte das Protokoll beiseite. „Ist das richtig? Hatten Sie Streit mit Ihrem Nachbarn, und worum ging es?" fragte er.

„Die Sache war belanglos. Es sind oft Kleinigkeiten, die zu Streitereien führen. Es ging um die Kellertür bei uns im Haus. Unsere Keller sind alle mit Gattern verschlossen, also man kann in die Räume schauen. Manche haben deshalb Pappe an die Tür genagelt. Voigt hatte sich eine massive Tür besorgt, die er einbauen wollte, sogar aus Metall. Ich war dagegen, weil sie nicht zu den übrigen passt. Außerdem hätte er den Vermieter vorher fragen müssen. Darüber hatten wir Streit."

„So heftig, dass Voigt sogar einen Schnaps gebraucht hat!"

„Wahrscheinlich hatte er sowieso schon schlechte Laune."

„Ist Ihnen in letzter Zeit bei Voigt etwas aufgefallen, irgendeine Veränderung? Es kann unbedeutend sein."

„Eine Veränderung schon: Er hat seinen Arbeitsplatz verloren. Das ist ein gewaltiger Einschnitt im Leben."

„Sonst nichts?"

„Nichts."

„Voigt war, seit er seine Arbeit verloren hat, regelmäßig auf Diebestour. Dazu hat er sogar seine Söhne missbraucht. Das haben Sie nicht bemerkt, nehme ich an."

„Davon habe ich erst dieser Tage gehört. Ich kann es immer noch nicht glauben. Was geschieht denn mit Voigts Söhnen?"

„Sie fliegen nicht von der Schule. Auch die Elektrofirma sträubt sich nicht gegen eine Lehre. Vor Gericht müssen sie aber noch. Ich denke jedoch, das wird milde ausgehen."

Zschoch lächelte zufrieden, sobald sich die Tür zu Hagelsteins Büro hinter ihm geschlossen hatte. In Gedanken klopfte er sich selbst auf die Schulter. Dennoch braute sich langsam Unheil über ihm zusammen. Es fing damit an, dass der Himmel über den Dvorsaks sich eintrübte. Verantwortlich dafür war des Bäckers Angst vor Unannehmlichkeiten oder gar Strafe.

„Es geht hier um Mord, Klara, wir müssen der Polizei sagen, dass Paul sich mit Voigt gestritten hat beim letzten Besuch. Das könnte wichtig sein." Dvorsak hatte das kürzlich nach der Lektüre des Berliner Tageblattes, worin die Mordgeschichte bei den Spreewerken geschildert wurde, zu seiner Frau gesagt.

„Ich möchte nicht, dass du zur Polizei gehst. Paul könnte in Verdacht geraten. Wenn du das machst, gibt es Ärger", lautete klipp und klar die Antwort, womit Dvorsak zunächst einen Dämpfer erhielt und vorerst schwieg.

Drei Tage später fing er wieder damit an. Die Sache ließ ihm keine Ruhe. „Wir sind verpflichtet, das zu melden", sagte er.

Seine Frau zeigte sich uneinsichtig. Ein weiteres Mal gab der Bäcker nach und versuchte, sich selbst davon zu überzeugen, dass Schweigen Gold sei. Vergeblich! Seine Unruhe nahm sogar noch zu. Ohne Rücksicht auf Verluste fuhr er eines Tages ins Polizeipräsidium, brachte beim Pförtner sein Anliegen vor und landete im Büro des Oberkommissars Hagelstein, dessen Zuvorkommenheit ihn fürs Erste beruhigte. Nachdem er Hagelstein über die familiäre Bindung zu Zschoch aufgeklärt hatte, berichtete er über des Schwagers Zweitwohnung in seinem Haus und warum er sie bezogen habe.

„Voigt hat ihn ab und zu abends dort besucht. Am Mittwoch vor dem Mord, das habe ich mir genau gemerkt, hatten die beiden einen heftigen Streit. Voigt ist dabei laut geworden und hatte, als er fortging, einen knallroten Kopf."

„Wissen Sie, worüber sich die beiden unterhalten und gestritten haben?"

„Nein. Ich habe nur das Wort ‚Pension' gehört. Ich halte mein Ohr nicht an die Tür anderer. Ich bin nicht neugierig."

Keine zwei Stunden nach diesem Gespräch empfing Hagelstein den Wachmeister Zschoch zur zweiten Anhörung in seinem Büro.

Sein Schwager Dvorsak habe kürzlich die Kripo besucht und dabei einiges erzählt, sagte Hagelstein. Also ein Zimmer bewohne Zschoch über der Bäckerei. Das ginge ihn ja als Ermittler eigentlich nichts an. Wenn er aber höre, dass der ermordete Voigt dort hin und wieder zu Besuch gewesen sei, dann sehe das anders aus. „Sagen Sie jetzt bitte nicht, Voigt habe Sie aus freundschaftlicher Anhänglichkeit besucht. Kommen Sie mir auch nicht wieder mit der Geschichte von der Kellertür oder einem anderen Märchen. Ein Geständnis wäre in Ihrer Lage jetzt angebracht. Worüber also wurde gesprochen?" fragte Hagelstein.

„Sie haben eine sichere Stelle, Herr Hagelstein. Sie können sich in Voigts Lage nicht hineinversetzen. Ich habe sozusagen Tür an Tür erlebt, wie die Not über ihn und seine Familie hereingebrochen ist, nachdem er seine Arbeit verloren hatte. Das hat mich schwer mitgenommen. Er hat mich dann gefragt, wo die Waren im Moabiter Bahnhof lagern und wie sie bewacht werden. Na ja, ich habe ihm dann einen Tipp gegeben. Ich dachte, damit könnte ich ihm aus der Not helfen."

„Das konnte aber nicht alles sein."

„Er hat später weitere Informationen über die Warenlager von mir bekommen."

„Na endlich, daher wusste Voigt so gut Bescheid. Die Polizei dein Freund und Helfer! Wer außer Voigt kannte noch die Nachrichtenquelle?"

„Niemand. Wir hatten vereinbart, dass es strikt unter uns bleibt."

„Und am Mittwoch vor dem Mord, worüber haben Sie sich da so heftig gestritten?"

„Ich bin ausgestiegen, weil Voigt nicht aufhören wollte, seine Söhne bei den Diebestouren mitzunehmen. Außerdem haben sie einen Wächter verletzt, das ging mir zu weit."

„Haben Sie etwas für Ihre Dienste bekommen?"

„Keinen Pfennig. Ich wollte Voigt und seiner Familie helfen, das war mein einziges Motiv."

„Durch Gesetzesbruch? Aber damit werden sich andere befassen. Voigt soll nach dem Streit das Haus wütend verlassen haben. Hat er versucht, Sie zu erpressen?"

„Erpressen? Er hat gedroht, mich anzuzeigen, wenn die Sache herauskommt."

„Voigt hatte Sie also in der Hand. Ein Wort von ihm und Sie wären aufgeflogen. Entfernung aus dem Dienst, Pensionsverlust, Gefängnis, das alles hätte Ihnen gedroht. Nachdem Sie sich mit ihm überworfen hatten, wurde Voigt doch brandgefährlich für Sie. Jeden Tag oder jede Nacht konnte Voigt der Polizei ins Netz gehen. Ein unruhiges Leben für Sie, Kollege Zschoch. Wäre das nicht ein Grund, Voigt zum Schweigen zu bringen? Wo waren Sie vorigen Samstag zwischen sechzehn und zwanzig Uhr?"

„Auf der Rennbahn, danach in der Kneipe, im Auerhahn, um genau zu sein, danach in meinem Zimmer bei den Dvorsaks."

„Das schlüsseln Sie mir bitte mal genau auf, und nennen Sie Zeugen, wenn es geht."

Nachdem Zschoch hierzu Angaben gemacht hatte, entgegnete Hagelstein: „Es bleiben mir zu viele weiße Flecken auf der Karte. Sie werden verstehen, Kollege, ich kann Sie nicht zurück ins Revier oder nach Hause gehen lassen. Sie bleiben vorerst bei uns, bis über eine U-Haft entschieden ist."

Noch am Vormittag musste Zschoch vom Polizeigewahrsam in die U-Haft wechseln. Er stand unter Mordverdacht.

11

Das Krankenhaus Am Urban genoss einen guten, ja vorzüglichen Ruf. Das lag nicht nur an den fähigen Ärzten und der fürsorglichen Patientenpflege. Auch die Verwaltung des Hauses hatte ihren Anteil daran, sorgte sie doch sozusagen im Hintergrund für die wirtschaftlichen, technischen und organisatorischen Voraussetzungen des medizinischen Betriebes. Darauf wies die Leiterin der Verwaltung, Frau Pedersen, gern bei sich bietenden Gelegenheiten hin. Sie führte ihr Ressort fachkundig und mit strenger Hand. Von dem ihr unterstellten Personal forderte sie unnachgiebig die Tugenden ein, die man in Preußen schätzte: Disziplin, Pflichtbewusstsein, Pünktlichkeit, Arbeitseifer. Da ihrem Wunschbild wegen der allgemeinen menschlichen Unzulänglichkeit noch lange nicht alle nachkamen, verging kein Tag, an dem Frau Pedersen nicht an irgendwem irgendetwas auszusetzen hatte. Weil sie selbst in jeder Hinsicht vorlebte, was sie von anderen verlangte, war sie gewissermaßen unangreifbar. Kritik oder Widersprüche fanden bei ihr keinen Ansatz. Besonders Ungerechtigkeit oder Ungleichbehandlung konnte ihr niemand vorwerfen, was ihre Autorität um ein Weiteres stärkte. Eine einzige Schwäche, wenn es überhaupt eine war, ließ sich bei ihr dennoch ausmachen. Frau Pedersen legte auffällig viel Wert darauf, ihre Schönheit durch ausgesuchte Kleidung, passenden Schmuck und dezentes Make-up zu betonen. Auch deswegen, nicht allein wegen ihrer Tüchtigkeit, war die Verwaltungsdirektorin bei den Chefärzten gern gesehen, vor allem wenn es darum ging, auswärtige Gäste zu empfangen oder Pressekonferenzen abzuhalten.

Die ruhigen Abendstunden nutzte Frau Pedersen gewöhnlich, um sich zu Verwaltungsarbeiten in ihr Büro zurückzuziehen, das im ersten Stock des rückwärtigen Traktes lag. Dort am Schreibtisch saß sie eines Abends mit Abrechnungen, Kalkulationen und Einsatzplänen beschäftigt, als die Oberschwester der HNO-Station nach kurzem Anklopfen eintrat. Zwei Schwestern und ein Pfleger würden, da angeblich von der Grippe befallen, ihren Dienst morgen früh nicht antreten können. Das habe sie soeben erfahren. Diese Lücke könne sie so schnell nicht schließen. Der Leiter des Pflegedienstes habe eine Unterstützung abgelehnt. Sie habe Zweifel an der vorgebrachten Grippe. Genau dieses Trio sei schon vor einiger Zeit wegen einer anderen Erkrankung schlagartig ausgefallen. Deshalb sei hier eine sofortige Kontrolle zu Hause angebracht. Das müsse aber von der Verwaltung in die Hand genommen werden, da es ja um mögliche Dienstverletzungen ginge. So ereiferte sich die Oberschwester.

Besuche um diese Zeit widerstrebten Frau Pedersen schon von vornherein. Wenn aber ausgerechnet die HNO-Oberschwester eintrat, um ein Problem abzuladen, stieß das auf wenig Geduld und Verständnis. Diese Schwester benahm sich, als gäbe es im Haus keine Telefone. Wegen jeder Lappalie machte sie sich persönlich auf den Weg, um das Gespräch zu suchen, anstatt mal den Hörer in die Hand zu nehmen. „Nichts gegen soziale Kontakte, aber wir haben ja auch noch das Telefon", so hatte Frau Pedersen wiederholt mehr Zuwendung zur Haustechnik angemahnt, irgendwann sogar mit schärferen Worten eingefordert. Doch der Bewegungsdrang dieser Kollegin ließ sich durch nichts bremsen.

„Überraschende Kontrollen zu Hause sind nicht zulässig. Ein sofortiges ärztliches Attest könnten wir morgen früh anfordern. Wenden Sie sich deshalb morgen an den zuständigen Sachbearbeiter. Ihren Besuch bei mir heute Abend hätten Sie sich ersparen können", bügelte Frau Pedersen ihre Mitarbeiterin ab.

Brüsk verabschiedete sich die zurechtgewiesene Oberschwester.

Frau Pedersen öffnete das Fenster, lehnte sich ein Stück hinaus und zog begierig die frische Luft ein. Eine Reihe Laternen leuchteten unter ihr den rückwärtigen Platz aus. Das Licht drang ein Stück in den angrenzenden kleinen Park hinein, ließ dort die Konturen einiger Büsche und die vorderen Äste einer mächtigen Eiche sichtbar werden.

Dahinter, im Dunkeln, stand unbemerkt und reglos eine Gestalt, die zum Fenster, worin Frau Pedersen sichtbar war, hinaufstarrte.

Frau Pedersen schloss das Fenster, trat zurück und schaute auf die Uhr. In Kürze erwartete sie Besuch. Sie betrachtete sich im Spiegel, zog Lippenstift nach, ordnete ihre Haare, öffnete die Bluse ein Stück und sprühte etwas Parfüm in den Ausschnitt.

Der Beobachter unten im Park trat ungeduldig von einem Fuß auf den anderen. Der Wind strich raschelnd durch das Geäst der Eiche. Der untere Ast zweigte tief genug vom Stamm ab, um sich aufschwingen zu können. Von dort konnte er versuchen, höher zu klettern. Er grinste, schon lange war er nicht mehr auf einen Baum geklettert. Etwa in der Höhe des Bürofensters fand er dicht am Stamm einen einigermaßen bequemen Hochsitz, der ihm den gewünschten Einblick erlaubte. Er zückte sein Opernglas. Frau Pedersen saß nicht am Schreibtisch. Auf der Platte keine Akten, stattdessen eine bauchige Flasche mit zwei langstieligen Gläsern, daneben ein Strauß bunter Tulpen, die den öden Tisch schmückten. Der Voyeur rutschte auf dem Ast zur Seite, soweit es eben ging. Vergeblich. Der hintere Teil des Zimmers blieb ihm verborgen, und was dort geschah, ebenfalls. Er rückte Stück für Stück zurück zum Stamm. Mit sich selbst beschäftigt, war ihm entgangen, wie jemand die Flasche mit den Gläsern vom Tisch nahm. Da sich in dem einsehbaren Feld nichts bewegte, dafür aber die Schmerzen im Gesäß allmählich unerträglich wurden – Pendeln mit den Beinen und gelegentliches Anheben des Hintern brachten keine Linderung –, trat der Beobachter den Abstieg vom Baum an und wartete unten geduldig, bis das Licht im Fenster erlosch.

„Sie arbeiten zu lange, Frau Direktorin", bemerkte der Pförtner am Haupteingang, kurz auf die Uhr schauend, deren Zeiger sich der elf näherte.

Pedersen blieb stehen. „Sind Sie ein Abend- oder ein Morgenmensch, Herr Zick?"

„Beides, Frau Direktorin, beides."

„Ich eher ein Abendmensch. Gute Nacht, Herr Zick."

Pedersen zog ihr Fahrrad aus dem Ständer an der Hauswand, ließ den Dynamo an den Reifen springen und befestigte ihre Tasche auf dem Gepäckträger. Bei trockenem Wetter wie heute ließ sie ihren Pkw zu Hause. Von der gut ausgeleuchteten Urbanstraße musste sie bald in eine Seitenstraße abbiegen, wo die Laternen nicht so dicht beieinander standen. Mitunter verschlechterten hochgewachsene Büsche der Vorgärten sogar ein wenig die Sicht. Hier fuhr Pedersen langsamer, den Blick auf den Lichtkegel ihrer Lampe fixiert. Sie bemerkte nicht, dass weit hinter ihr ein Fahrrad auftauchte. Wer immer es fuhr, Vorsicht schien er nicht zu kennen. Der Abstand verringerte sich schnell. Ein Klingelzeichen hinter ihr ließ Pedersen erschrocken zusammenfahren. Jemand schoss an ihr vorbei. Allein die Ballonmütze aus Leder, worauf sich das Licht spiegelte, blieb ihr von der Erscheinung im Gedächtnis.

12

„Alex, es gibt Arbeit für dich. Eine Tote, sie heißt Sarah Pedersen. Der Ehemann hat angerufen, hier ist die Adresse." Der Chef schob Hagelstein einen Zettel zu. Er machte sich sofort auf den Weg.

Die Tote lag vor der Haustür. Über die wenigen Stufen zum Eingang zog sich ein Streifen Blut abwärts, das über den Steinen geronnen und unten im Kies versickert war. Zwei Ärzte der Forensik untersuchten die Leiche. Hagelstein entging nicht, dass der Haustürschlüssel von außen im Schloss steckte. Die Frau schien überrascht worden zu sein, als sie aufschließen wollte. Von den Ärzten hörte Hagelstein, dass der Tod letzte Nacht etwa zwischen elf und zwölf Uhr eingetreten sei. Weiteres werde ihm nach der Obduktion berichtet. Die Todesursache war augenfällig: Der Täter hatte seinem Opfer die Kehle durchgeschnitten. Hagelstein untersuchte die Kleidung. Danach öffnete er die Handtasche, die neben der Ermordeten lag. Er fand nichts, was sich vom üblichen Inhalt abgehoben hätte. Er prüfte die Brieftasche, stellte die persönlichen Daten fest und erhielt durch eine Visitenkarte Kenntnis von Arbeitsstelle und Funktion der Toten. In der Geldbörse steckten Scheine. Das Opfer trug ein Armband ums Handgelenk und zwei Ringe an den Fingern. Er betrat das Haus, ließ sich von einem Schupo zum Ehemann führen. Pedersen stand reglos vor dem Fenster seines Arbeitszimmers. Erst nach zweimaliger Anrede drehte er sich herum. Der erfahrene Kapitän zur See, der zurzeit kein Schiff befehligte, hatte Haltung und Fassung verloren. Blass und ausdruckslos starrte er den Kommissar an, der in der Tür stehen geblieben war. Nach der gebotenen Kondolenz fragte Hagelstein, ob er in der Lage sei, ihm einige Fragen zu beantworten. Pedersen nickte.

„Ihre Frau muss nach elf Uhr zurückgekommen sein. Haben Sie etwas gehört?"

„Ich bleibe nicht jedes Mal wach, bis sie nach Hause kommt. Gestern bin ich gegen zehn Uhr zu Bett gegangen. Gehört habe ich gar nichts. Meine Frau leitet die Verwaltung in der Klinik Am Urban. Die Arbeit wächst ihr über den Kopf. Sie verlässt ihr Büro gewöhnlich erst spät."

„Wie spät?"

„Vor acht Uhr ist sie selten zu Hause, manchmal wird es sogar elf Uhr oder später, so wie gestern offenbar."

„Haben Sie denn in der Nacht nicht bemerkt, dass das Bett Ihrer Frau leer war?"

„Ich leide an Schlafstörungen. Deshalb nehme ich jeden Abend eine Tablette. Danach schlafe ich wie ein Toter. Außerdem schlafen wir getrennt."

„Der Hausschlüssel steckt von außen. Ist das Ihrer?"

„Nein."

„Dann wollte Ihre Frau wohl gerade aufschließen, als sie überfallen wurde. Der Täter hätte leicht hereinkommen können. Fehlt etwas in der Wohnung?"

„Ich habe nichts festgestellt. So genau habe ich das aber noch nicht geprüft."

„Sie haben die Tote gefunden. Wann war das?"

„Ich wollte vor dem Frühstück die Zeitung aus dem Kasten holen. Da habe ich sie gefunden. Das war gegen acht Uhr."

Pedersen hielt sich an der Fensterbank fest. Hagelstein wollte ihn nicht überfordern. „Kümmert sich jemand um Sie?" fragte er.

„Ja, meine Schwester. Sie muss gleich hier sein."

„Dann möchte ich mir einmal die Wohnung ansehen." Hagelstein besichtigte Raum für Raum. Danach verließ er das Haus. Draußen fand er die Spurensicherung am Werk. Sein nächster Weg führte ihn zum Krankenhaus Am Urban. Ihm war klar, dass es dort eine ganze Menge zu tun gab. Im Krankenhaus hatte sich der Verlust schon herumgesprochen. Der ärztliche Direktor empfing den Oberkommissar in einem blitzsauberen Besprechungszimmer, worin einige Vitrinen medizinische Geräte aus dem Mittelalter präsentierten. Das Angebot an Kaffee und Kuchen übertraf bei weitem den spärlichen Beitrag, den der Arzt zur Aufklärung des Mordes bereithielt. Frau Pedersen sei eine hervorragende Kraft gewesen, die im ganzen Haus Respekt genossen habe. Gewiss könne man Feinde und Neider in einer solchen Position haben, vor allem als Frau, die in eine Männerdomäne eingedrungen sei. Ja, Entlassungen und Abmahnungen habe man hin und wieder vornehmen müssen. Solche Maßnahmen seien in einem gut geführten Betrieb nicht zu umgehen. Dass jemand deswegen Drohungen ausgesprochen habe, sei ihm nicht bekannt.

„Wie viele Kündigungen hatten Sie etwa im letzten halben Jahr?"

„Legen Sie mich nicht fest, mehr als zwei oder drei waren es nicht."

„Von den Betroffenen hätte ich gern die Personalakten, auch die Akte von Frau Pedersen. Kann ich jetzt ihr Arbeitszimmer besichtigen?"

In Pedersens Büro herrschte eine strenge Ordnung, wie überall im Haus. Sie schien eine Vorliebe für Tulpen gehabt zu haben, denn mehrere Fotos dieser Pflanze zierten die Wände, und eine Vase mit frischen Blumen stand noch auf ihrem Schreibtisch in Fensternähe. Der rückwärtige Teil des Zimmers war gemütlich mit einer Couch und dazu passenden Sesseln ausgestattet. In den Schränken fand Hagelstein neben Akten, Büchern und Bürogerät auch ein eingebautes Waschbecken nebst Spiegel vor und im benachbarten Abteil eine Miniküche mit allem drum und dran.

„Frau Pedersen bleibt abends oft länger", bemerkte der ärztliche Direktor. Beim Hinausgehen warf Hagelstein einen Blick durchs Fenster hinunter in den Park, worin eine Eiche, die schon viel braunes Laub abgeworfen hatte, alles andere überragte. Im Flur drückte ihm jemand die gewünschten Personalakten in die Hand.

Eine Nachricht erreichte Hagelstein am Nachmittag, die seine nächsten Schritte diktierte. Der Gerichtsmediziner teilte mit, die Tatwaffe müsse ein sehr scharfes Messer gewesen sein, ein Rasiermesser oder ein Skalpell. Was aber interessanter sei: Die Pedersen habe kurze Zeit vor ihrem Tod Geschlechtsverkehr gehabt, und das recht heftig. Ihr Liebhaber habe einige Spuren auf ihrem Körper hinterlassen. Hagelstein schickte zwei Kollegen zum Krankenhaus, die Pedersens Büro noch mal genauer unter die Lupe nehmen sollten. Er selbst fuhr erst am Abend wieder dorthin. Er wollte mit dem Pförtner reden, der in der Mordnacht Dienst hatte. Mit Pförtnern hatte Hagelstein bislang gute Erfahrungen gemacht. Sie verfügten über eine Fülle an Zeit, die es zu vertreiben galt. Wenn sie nicht gerade etwas lasen, Kreuzworträtsel lösten oder Radio hörten, beschäftigten sie sich gern mit dem, was im Hause vor sich ging. Sie waren von Berufs wegen neugierig, besonders darauf, was hinter den Kulissen ablief. An ihnen musste, von Ausnahmen abgesehen, die Belegschaft vorbei, darunter mancher, der recht gesprächig war, und mancher, dem sein innerer Zustand ins Gesicht geschrieben stand. Im üblichen Glaskasten, der mit allerhand technischem Gerät, Plänen, Listen, Ansichtskarten und einem Radio bestückt war, unterhielt sich Hagelstein mit dem Nachtpförtner. Er war Rentner und stellte sich mit Zick vor.

„Wann hat Frau Pedersen gestern Abend das Haus verlassen?" fragte Hagelstein.

„Es war kurz vor elf Uhr. Ich habe auf die Uhr geschaut."

„Geht sie immer so spät nach Hause?"

„Nein, meistens zwischen acht und neun Uhr, aber ein- oder zweimal die Woche wird es später. Sie ist eben arbeitswütig."

„Das kann aber auch andere Gründe haben, beispielsweise könnte Frau Pedersen abends im Büro Besuch empfangen."

„Nicht, dass ich wüsste."

„Denken Sie noch einmal nach, Herr Zick. Es geht um Mord."

Irgendetwas musste Herr Zick in sich ausfechten, das verriet sein Mienenspiel. Schließlich gab er mit vieldeutigem Augenaufschlag von sich, dass er mit dem, was er jetzt sage, nichts und niemandem etwas unterstellen wolle. Daraufhin beschrieb er etwas: „Sehen Sie sich mal um, Herr Kommissar. Dort rechts die große Treppe führt hinauf zur Krankenversorgung, ambulant und stationär. Gegenüber, im toten Winkel, Sie können es von hier nicht sehen, geht die Treppe hinauf zum Verwaltungstrakt."

„Das kenne ich, ich war schon mal hier."

„Dann werden Sie weiter hinten auch die Aufzüge gesehen haben, der große geht hinauf zu den Stationen, der kleine zur Verwaltung. Was Sie nicht wissen werden: Wenn man vom medizinischen Bereich zur Verwaltung will, muss man hier unten sozusagen durch das Nadelöhr. Auf den Etagen gibt es keine direkte Verbindung von hier nach dort.

Das ist so konzipiert, um die herumwandernden Patienten von der Verwaltung fernzuhalten."

„Und da haben Sie etwas beobachtet?"

„Ja."

„Erzählen Sie."

„Genaugenommen habe ich nichts beobachtet, sondern etwas gehört, jedenfalls das erste Mal. Ich bin Musikliebhaber und habe deshalb ein feines Gehör, müssen Sie wissen. Meinen Pförtnerkollegen fehlt das. Abends wird die Geräuschkulisse im Haus bekanntlich geringer. Einzelne Töne heben sich dann besser heraus. Öffnet sich da vorn eine Aufzugtür in der Nacht, höre ich genau, ob es die vom großen oder vom kleinen Aufzug ist. Nachdem ich hier vor einem Jahr angefangen hatte, waren keine zwei Wochen vergangen, da stieß ich auf etwas Merkwürdiges. Ich hörte abends gegen neun Uhr, wie die Tür des Stationsaufzuges auf und zu ging und kurz darauf, wie die Tür des Verwaltungsaufzuges sich bewegte. Jemand musste also von der Station herunter und zur Verwaltung hinauf umgestiegen sein. Tagsüber, beim laufenden Betrieb, wäre das belanglos. Aber zur späten Stunde, wenn die Verwaltung verwaist ist, wird das interessant. An diesem Abend blieb ich wachsam, und tatsächlich wiederholte sich der Vorgang gegen halb elf Uhr in umgekehrter Reihenfolge. Erst bewegte sich die kleine Aufzugtür, danach die große. Eine Viertelstunde später kam Frau Pedersen die Treppe herunter und verließ das Haus."

„Daraus muss ich meinen Schluss ziehen, Herr Zick", sagte Hagelstein.

„Warten Sie noch damit. Ich habe mehr zu bieten. Man muss sich als Pförtner doch ab und zu die Beine vertreten, nicht wahr, Herr Kommissar. Der Weg ist zwar nicht lang, aber besser als gar nichts. Es ist das kurze Stück bis zur Ecke dort links an der Seite. Weiter geht es nicht, da ich ja den Eingang und meinen Platz nicht aus den Augen verlieren darf. Dieser äußerste Punkt meines Weges erlaubt mir, die beiden Aufzugtüren im Blick zu haben. Und er hat noch einen Vorteil: Wenn ich mich dicht an die Wand drücke, entdeckt mich dort keiner, der den Aufzug oder die Treppe benutzt. Nach meiner ersten Feststellung mit dem Gehör, habe ich mich anschließend einige Abende, etwa um die gleiche Zeit, an der besagten Ecke aufgestellt. Und siehe da! Ich konnte beobachten, wie jemand kurz vor neun Uhr von einem Aufzug in den anderen umstieg und ungefähr zwei Stunden später wieder den Rückweg antrat. Das geschah an zwei Tagen die Woche, meistens dienstags und freitags. Sicher wie der Sonnenuntergang erschien dann Frau Pedersen kurze Zeit nach diesem Manöver. Da hat sich sozusagen ein Takt herausgebildet. Ich hätte Kalender und Uhr danach stellen können."

„Sie haben demnach den späten Besucher erkannt?"

„Ja, es war ein Oberarzt aus der Chirurgie. Ich notiere Ihnen den Namen."

„Ist es dabei geblieben? Mir geht es vor allem um gestern Abend."

„Nein, nach einem halben Jahr ungefähr trat ein Wechsel ein. Dem Arzt folgte ein Pfleger. Kürzlich wurde auch der abgelöst. Aktuell ist es ein Student, der bei uns Nachtdienst leistet. Ich schreibe Ihnen die Namen auf."

„Haben Sie diesen Studenten gestern Abend beobachtet?"

„Nein, ich habe im Radio Musik gehört, den ‚Tannhäuser'. Wagner begeistert mich. Da ich die Geschichte ja kenne, habe ich mich immer seltener auf meinen Posten gestellt. Ob da ein neues Gesicht auftaucht, finde ich nicht mehr so spannend."

„Haben Sie jemandem von Ihren Beobachtungen erzählt?"

„Herr Kommissar! Ich mag Frau Pedersen. Mit ihrer Ehe soll es nicht zum Besten stehen. Da kann man verstehen, dass sie sich Liebhaber sucht. Nein, Frau Pedersen rücke ich nicht in schiefes Licht. Niemand weiß davon."

„Und der andere Kollege vom Nachtdienst? Sie werden sich doch abwechseln?"

„Der hat nicht das Ohr für die Feinheiten der Aufzugstüren, wenn er überhaupt auf Töne achtet. Ich habe ihn mal unauffällig ausgehorcht. Dem ist nichts aufgefallen."

Drei Namen hatte Hagelstein nun auf dem Zettel, einen weiteren fügte er im Geiste hinzu: Kapitän Pedersen.

13

Während Hagelstein damit begann, die gekündigten Mitarbeiter des Krankenhauses sowie die vom Pförtner genannten Liebhaber der Frau Pedersen, nicht zu vergessen deren Ehemann, im Präsidium zu befragen, wobei er mit einem Geflecht von Täuschung und Lüge rechnete, begünstigte der Himmel die Ermittlungen in der Mordsache Voigt. Von oben ging nämlich ein zweitägiger, kräftiger Regen über Stadt und Umland nieder, der den Pegel der Spree bedrohlich ansteigen ließ. Vielerorts drückte sich das Wasser durch die Abflüsse zurück in die Keller. Hier und dort hob es sogar die schweren Deckel der Gullys an und sprudelte an die Oberfläche. Pausenlos tönten die Martinshörner der Feuerwehr durch die Häuserschluchten. Der Notarzt war unterwegs, um Herzkranke oder Nervenschwache, die dem Schrecken nicht gewachsen waren, zu versorgen. Was am Ufer nicht fest verankert war, riss die unbändige Strömung des Flusses mit sich. Neben Astwerk, Pflanzen, Brettern, Dosen, Flaschen, Fässern, Kisten und allerhand Kleinmüll, schwamm auch die eine oder andere Sitzbank flussabwärts. Ein Teil dieses Ballastes staute sich in den Buchten des Flussbettes oder blieb, von der Strömung zur Seite gedrückt, an flachen Stellen der Ufer liegen. Als der Regen endlich aufhörte und der Wasserstand sank, gelangte so manches an die Oberfläche, was die Flut mit sich getragen hatte. Für Spaziergänger am Ufer der Spree im Charlottenburger Schlossgarten war es nicht zu übersehen. Zunächst tauchte nur eine Hand auf. Das helle Fingerwerk hätte gut als Handschuh durchgehen können, der nach kurzer Zeit wieder im schlammigen Wasser versank. Doch dann, wohl durch eine Unterströmung emporgehoben, erschien, Gesicht nach oben, ein ganzer Körper, eingehüllt in einen dunkelgrünen, vom Schlamm stellenweise verfärbten Mantel. Die zum Rumpf gehörenden Glieder dümpelten im Wasser auf und nieder.

Als Hagelstein in Begleitung seines Kollegen Grimm am Fundort eintraf, hatte die Schupo den aufgedunsenen Körper bereits mit Haken an Land gezogen. Er lag im Gras neben dem Kiesweg, Wasser sickerte aus der Kleidung. Als Erstes registrierte Hagelstein die Hirschhornknöpfe mit dem eingravierten Auerhahn am Mantel. „Scheint der Vermisste aus den Spreewerken zu sein", sagte er. Er knöpfte Mantel und Jacke auf. Aus der Innentasche zog er ein Portemonnaie, dessen Inhalt zwar aufgeweicht, ansonsten aber unbeschädigt, vor allem gut lesbar war. Unschwer erkannte Hagelstein den Ausweis des toten Hannes Voigt. Dazu kamen dreitausend Reichsmark in großen Scheinen zum Vorschein, exakt die Summe, die Voigt von einem Hehler für die Lieferung von Radios erhalten hatte, ein Tatbestand, der durch das sofortige Geständnis des Hehlers belegt war. Aus einer auffällig ausgebeulten Seitentasche des Mantels zog Hagelstein eine Flasche heraus, die bis auf einen kümmerlichen Rest geleert war. Das Etikett hatte dem Wasser widerstanden. Wodka Kutusow, mit einem Gehalt von fünfundfünfzig Prozent, das Beste vom Besten.

„Besoffen in die Spree gefallen. Der hatte nicht mal Zeit, etwas von dem großen Geld auszugeben", mutmaßte Grimm.

„Und der teure Wodka?"

„Entweder gestohlen oder von Voigts Geld bezahlt, das neben den Tausendern noch in der Börse steckte."

„Mag sein. Aber was sollen wir von der Papiersammlung unter Mantel und Jacke halten?"

Überall klebten Papierfetzen zwischen der Kleidung, ein Teil davon bedruckt, offensichtlich von Zeitungen stammend. Hagelstein zog ein Stück vom Hemd ab. Es hatte einen glatten Rand mitten durch die Schrift hindurch. Danach nahm er eine Probe der unbeschrifteten Stücke, zog eine Lupe hervor, die er immer bei sich hatte, und überprüfte die Beschaffenheit des Papiers. Zum Schluss hielt er sich das Material unter die Nase. Wortlos reichte er es danach nebst Lupe an Grimm weiter. „Was hältst du davon?"

„Die einen sind geriffelt, die anderen, die bedruckten, sind in Format geschnitten. Echtes Klopapier das eine, Ersatzklopapier aus Zeitungen das andere, würde ich sagen."

Hagelsteins anerkennender Blick traf den Kollegen. „Und deine Schlussfolgerung?"

„Wenn er in der Spree geschwommen wäre, selbst Tage und Wochen lang, hätte das Zeug nicht in solcher Dichte unter die Kleidung geraten können. Klopapier, Binden und Ähnliches fließt durch die Kanäle in die Kläranlagen oder in den Fluss. Ich nehme an, der Mann hat längere Zeit in einem Kanal gelegen, und zwar mit dem Kopf in Strömungsrichtung. So konnte das Wasser den mitschwimmenden Abfall von den Füßen her unter Mantel, Jacke und Hosenbeine drücken, wo es sich mit der Zeit angesammelt und verdichtet hat. Das Hochwasser muss den Toten dieser Tage hinaus in den Fluss gedrückt haben."

„Genau meine Meinung, Respekt, Kollege. Hast du eine gute Nase? Der Kloakengeruch des Papiers und der Kleider bestätigt unsere Annahme. Den hat das Spreewasser nicht ganz vertreiben können. Was ist jetzt zu tun?"

„Ich würde den Gerichtsmediziner begleiten. Wir sollten dabei sein, wenn er unseren Stadtstreicher auszieht. Die Kleidung sollten wir sofort mitnehmen, die Papierchen darin genauer untersuchen, davon einige trocknen und zu den Akten nehmen. Auch sollten wir baldmöglichst wissen, wann etwa und woran der Mann gestorben ist."

„Du scheinst meine Gedanken erraten zu haben, Kollege. Nichts anderes hatte ich im Sinn. Aber bevor es losgeht, noch eines: Wie kam der Kerl in das Abwasser?"

„Er könnte hinuntergeklettert sein. Da unten stinkt es zwar, aber es ist warm. Er könnte aber auch hineingefallen sein, es gibt einige Baustellen in der Stadt. Dort unten ist er wahrscheinlich besoffen ins Kanalwasser gerutscht, darin liegengeblieben und ertrunken."

„Oder?"

„Jemand hat ihn in den Kanal befördert und dort unter Wasser gedrückt."

„Ich bin auf die Autopsie gespannt."

Inzwischen war der Rechtsmediziner eingetroffen. „Wir haben zwar viel zu tun, aber Ihnen zuliebe öffne ich unseren Schwimmer sofort, meine Herren. Bitte folgen Sie mir", sagte er.

Sie betraten den bis zur Decke hinauf gekachelten, in kaltes Licht getauchten Autopsiesaal, worin es nach Formalin, Putzmitteln und Vanille roch. Ein Helfer rollte die wassergefüllte Leiche auf einer transportablen Bahre neben den stählernen Operationstisch.

„So, Herrschaften, ziehen wir ihn aus." Der Doktor sprach mit lauter, harter Stimme, die im Zaum zu halten ihm schwer fiel. Er zog die Rückenlehne der Bahre hoch, worin der Tote nun saß wie auf einer Strandliege. Mühsam befreite ihn der Gehilfe Stück für Stück von seiner Kleidung. Die Papierabfälle zwischen Mantel, Jacke und Hemd sowie vom Inneren der Hosenbeine streifte er mit einer groben Bürste in einen Karton hinein. Hagelstein tastete vorsichtshalber jedes Kleidungsstück ab, bevor es in einer Wanne landete. Dabei stieß er in einer unterteilten Innentasche auf ein Fläschchen, das verkorkt und bis zur Hälfte mit einer hellen Flüssigkeit gefüllt war. Er roch daran, zuckte zurück und reichte es dem Doktor weiter.

„Chloroform, die Armendroge heutzutage. Opium für die Reichen, Chloroform für die Mittellosen. Das Zeug ist ja als Lösungsmittel überall für wenig Geld zu haben. Sie schicken sich mit wenigen Atemzügen auf die Reise, wenn sie auch unterwegs nicht viel sehen. Hauptsache sie sind Hunger und Schmerzen für eine Weile los. Manche kommen nicht wieder zurück. Ob auch unser Wassermann dazu gehört, werden wir in Kürze wissen."

Mit Wegnahme der Kleidung nahm der Verwesungsgestank noch zu. Der Doktor und sein Helfer hoben den Toten auf den Stahltisch, worauf sie den Körper mit einiger Mühe zurechtrückten.

„Wollen Sie zuschauen, draußen warten, oder soll ich Sie später anrufen?" fragte der Doktor.

„Ich muss gehen", sagte Grimm. Hagelstein blieb. Jedoch nicht lange. Als Bauch und Brust der Leiche offen lagen, half das bekannte Pfefferminzbonbon ebenso wenig wie die aromatische Nasensalbe. Am Nachmittag kam der erwartete Anruf aus der Gerichtsmedizin. Die ermittelte Todesursache war keine Offenbarung. Ertrunken, und zwar im Abwasser, was Partikelchen in der Lunge verrieten. Der Mann musste also hilflos gewesen sein, als er in das Kanalwasser fiel. Ob er volltrunken war, ließ sich wegen der langen Liegedauer nicht mehr feststellen. Spuren von Chloroform fanden sich im Fettgewebe. Ob ihn das Mittel nur in Rausch oder schon in Schlaf versetzt hatte, konnte nicht mit Sicherheit bestimmt werden. Der Tod war schätzungsweise vor drei Wochen eingetreten, also in Zeitnähe zu dem Mord an Hannes Voigt.

„Und jetzt spitzen Sie die Ohren, Herr Kommissar", sagte der Arzt, „ich habe Ihnen ein wenig vorgegriffen, aber das werden Sie mir verzeihen. Ihre Kollegen von der Spurensuche waren so nett, mir ein Härchen zu überlassen, aus dem Büschel, das an der Jacke des ermordeten Voigt klebte. Ich habe es mikroskopisch mit den Haaren dieses Toten verglichen. Ich bin sicher, Ihr Labor wird mein Ergebnis bestätigen: Es sind die gleichen Haare. Wie kommt Voigts Portemonnaie in die Jacke des Stadtstreichers, und wie kommen dessen Haare an die Jacke von Voigt? Herr Hagelstein, Sie haben den Mörder, wenn auch schon tot! Wir wissen jetzt auch mehr darüber, wie die Sache abgelaufen sein könnte. Derjenige, der Voigt erdrosselt hat, muss ihn sich über die Schulter geworfen haben, um ihn vom Tatort zu entfernen. Bei dieser Prozedur, so nah am Kopf, können leicht einige Haare vom Träger auf das geschulterte

Opfer übergehen, besonders wenn sie lang und struppig sind wie bei unserer Wasserleiche."

„Ihr Spürsinn in Ehren, Doktor, aber Sie sind haarscharf an einem Punkt vorbeigeschrammt. Der Mann könnte doch ebenso gut den toten Voigt irgendwo gefunden, seinen Tascheninhalt an sich genommen und die Leiche anschließend am jetzigen Fundort versteckt haben. Das heißt, wir haben den Mörder noch lange nicht."

„Wehe, da habe ich mich wohl zu weit vorgewagt. Schuster bleib bei deinen Leisten!"

„Gleichwohl möchte ich noch Ihre Meinung hören. Wer auch immer der Mörder war, warum schultert jemand den Toten und wirft ihn in die Hecke?" fragte Hagelstein.

„Nach allem müssen wir doch annehmen, dass die Tat entweder in der Halle oder im Hof davor begangen wurde. Wer die Leiche versteckt, wird zweierlei bezwecken: Er will Zeit gewinnen, um sich zu entfernen, womöglich gar um untertauchen zu können, oder er will einen Verdacht gegen sich abwenden. Besonders Letzteres könnte auf unseren Stadtstreicher zutreffen. Der eine oder andere seiner Kumpel wird gewusst haben, wo er kampiert. Jederzeit hätte einer von denen oder gar ein Fremder vor oder in der Fabrik auftauchen können. Also musste er Spuren, die auf ihn hinweisen könnten, beseitigen", meinte der Doktor.

„Aber warum im Gebüsch draußen? Warum nicht zum Beispiel im Keller?"

„Alles innerhalb des Gebäudes deutet auf seinen Bewohner. Das sieht anders aus, wenn der Tote draußen im Gelände liegt." Der Doktor wusste auf alles eine Antwort.

„Wenn der Täter überhaupt so weit gedacht hat."

„Denken ist so wichtig nicht, wenn jemand einen guten Instinkt besitzt. Wir müssen ihn interpretieren, egal was nun sein Handeln steuert, ob Kopf oder Bauch."

„Sollte es der Stadtstreicher gewesen sein, die Zeit zur Flucht hat er dann aber nicht genutzt."

„Offensichtlich nicht. Möglicherweise hat ihn das viele Geld euphorisch gestimmt, und er hat sich erst mal einen Chloroformrausch verpasst oder einen Wodkarausch oder beides zusammen."

„Oder jemand hat dabei nachgeholfen."

„Auch möglich. Auf jeden Fall: Die Indizien gegen ihn sind beachtlich."

„Bliebe noch herauszufinden, wer er ist. Heben Sie uns den Wassermann noch einige Tage bei sich auf! Danke, Doktor."

Hagelstein suchte Grimm im Büro auf. „Horst, wir müssen versuchen, den Landstreicher aus den Spreewerken zu identifizieren. Aus allen Stellen, die solche Leute betreuen, muss jemand her und sich den Toten ansehen. Wärmestuben, Heime, Schlafplätze, Küchen, die ganze soziale Palette müssen wir mobilisieren. Fang am besten bei der Heilsarmee an. Erste Adresse dort ist eine Majorin namens Knufinke, die kennt Gott und die Welt hier in Berlin. Übrigens, hast du morgen früh Zeit, dir mal die Unterwelt anzusehen, ich meine den Kanal unter den Spreewerken?"

„Kann ich machen."

„Such dir einen kräftigen Schupo als Begleiter aus."

Mit dem Schupo hatte Grimm Pech. Da Adolf Hitler zu einer Großkundgebung in Berlin erwartet wurde, was Randale, Zusammenstöße und Schlägereien nach sich zu ziehen drohte, war kein Schupo für den Kloakengang des Kommissars abkömmlich. Auf den Kollegen Hagelstein wollte er nicht zurückgreifen, der hatte anderes zu tun. Seine Expedition um einen oder zwei Tage verschieben wollte er auch nicht, da er viel zu neugierig, viel zu begierig war, nach Spuren zu suchen, die auf den im Abwasser Ertrunkenen hinweisen könnten. Die Spurensucher, die unlängst nach Voigts Tod in die Kanalisation vorgestoßen waren, hatten ihm eine Beschreibung geliefert, nach der er vorgehen konnte. Er besorgte sich eine kräftige Stablampe im Magazin. Gummistiefel hatte er zu Hause.

14

Als geeigneten Ort für einen Informationsaustausch mit seinem Kollegen Grimm suchte sich Hagelstein gern die Kantine aus. Nicht zur Mittagszeit, wo es zu laut, zu unruhig und zu voll war. Selten hatte man da einen Tisch für sich, andere Kollegen kamen hinzu, was zum Abbruch brisanter Gespräche führen musste. Viel günstiger für einen Austausch erwies sich die kleine Pause am Vormittag.

„Ob der Stadtstreicher aus der Spree den Hannes Voigt umgebracht hat, bleibt zweifelhaft, solange wir nicht ausschließen können, dass er den Toten gefunden, bestohlen und versteckt hat. Die belastenden Indizien, also Geldbörse und Haare, passen mir zu glatt zusammen", resümierte Hagelstein.

„Willst du damit sagen, dass jemand sie manipuliert haben könnte?"

„Möglich ist es. Habt ihr den Mann inzwischen identifiziert?"

„Ja. Der Leiter des Männerheimes am Wasserturm kannte ihn. Er heißt Jakob Kluge, war Schauspieler, sogar einigermaßen bekannt, ist irgendwann abgerutscht und hat den Wiederaufstieg nicht mehr geschafft. Im Männerheim hat er ein halbes Jahr lang gewohnt, danach ging es weiter bergab. Die Herkunft seines Lodenmantels mit den Hirschhornknöpfen ist auch geklärt. Der Besitzer hat mich angerufen. Die Kleidung nebst einem Jagdgewehr hatte ein Einbrecher aus einem Jagdhaus bei Bützow entwendet. Nach dem Gewehr suchen wir noch", sagte Grimm.

„Der Mordverdacht gegen Paul Zschoch hat sich nach dessen Vernehmungen und nach Auffinden des gesuchten Stadtstreichers, wenn auch nur als Leiche, weitgehend zerschlagen. Der Haftbefehl gegen ihn ist aufgehoben. Bleibt noch die Beihilfe zu fortgesetztem Diebstahl. Deswegen ist er noch vom Dienst suspendiert", berichtete Hagelstein.

Grimm holte sich ein zweites Stück Apfelkuchen.

„Du warst in der Unterwelt, hörte ich, bist du fündig geworden?" fragte Hagelstein.

„Ich war unten, aber allein. Die Schupos waren alle bei der Großkundgebung eingesetzt. Ich würde das nicht wiederholen."

„Weshalb?"

Grimm hatte sich seinen Ausflug leichter vorgestellt – eine Täuschung, der Unkundige, die einen Abwasserkanal noch nicht begangen haben, häufig erliegen. In dem kurzen Zwischenstück unter der Fabrik bis hin zum Hauptkanal merkte er noch nichts. Nachdem er aber einige Meter am Rand des Kanalbettes vorangeschritten war, dabei im Licht seiner Lampe das Umfeld prüfend, schien ihm die Luft dünner geworden zu sein. Er musste heftiger atmen, wie jemand, der unter Herzmuskelschwäche leidet und schon bei leichtem Gehen in Luftnot gerät. „Wärst du sportlich oder um einige Jahre jünger, würde dir das nicht passieren", redete er sich ein. Dazu belästigte ihn auch noch der Gestank. Vergeblich versuchte er, seinen Geruchssinn abzuschalten, indem er durch den Mund atmete. Es schien, als würde sich die belastete Luft ihren Weg durch alle Poren suchen. Immer wieder schwappte das Wasser über den Rand gegen seine Stiefel. Wenigstens waren seine Füße geschützt. Der Lichtstrahl seiner Lampe drang in den Tunnel hinein, verlor sich weit vorn im Dunst, der aus der Brühe aufstieg. Obwohl die Gummistiefel dämpfend wirkten, warfen die Wände jeden seiner Schritte verstärkt zurück. In Abständen gelangte er zu Seitenschächten, die in den Kanal mündeten, manche offen, manche mit einem Gitter versperrt, was er sich nicht erklären konnte. Vor jedem dieser Zuläufe blieb er stehen, um sie auszuleuchten. Ab und zu rief er laut irgendein Wort hinein, das zwischen dem Rauschen des Wassers als Echo zurückschallte. Er war sich zunächst nicht sicher, ob es eine Sinnestäuschung gewesen war. Als er sich zwischendurch einmal umdrehte, den Strahl der Lampe rückwärts gerichtet, war ihm, als husche eine Gestalt vom Rand weg ins seitwärtige Dunkel eines Zulaufs hinein. Nach einigen Schritten fuhr er mitsamt seiner Beleuchtung nochmals herum, und wieder meinte er, einen Schatten bemerkt zu haben. Vorsichtshalber tastete er nach seiner Walther, die entsichert im Holster steckte. Alsbald erschien vor ihm etwas anderes, und diesmal gab es keinen Zweifel, dass er einer Halluzination aufgesessen war. Er führte das Phänomen auf verminderten Sauerstoff oder auf Gase, die vom Abwasser aufstiegen, zurück. Ihm kam nämlich in einigem Abstand mitten auf dem Wasser eine Kompanie Soldaten im Gleichschritt entgegen, die sich an einem bestimmten Punkt Reihe für Reihe im Nichts auflöste. Grimm schlug sich gegen die Stirn. Was würde ihn denn noch erwarten, wenn er weiterginge? Kapitulieren und umkehren? Das ließ er nicht zu, also weiter voran, dabei alles beobachten, wenigstens bis zu der nächsten Biegung in Sichtweite. Vielleicht mündete der Kanal dahinter in die Spree oder in eine weitere Hauptader, die zur Kläranlage führte. Er kam nicht mehr bis dorthin. Immer mehr Trugbilder überfielen ihn wie böse Träume. Der Strom unter seinen Füßen schwoll an. Riesige Krankenarme, übersät mit Saugnäpfen, stießen aus dem Wasser, legten sich ihm um Arme und Beine, zogen und zerrten ihn abwärts. Von allen Seiten drangen menschliche Stimmen, manchmal zu Rufen verstärkt, an seine Ohren. Grimm geriet in Panik. Er spürte seinen Körper nicht mehr, fühlte nicht, dass er über und über in Schweiß gebadet war. Er hastete, ohne nach links oder rechts zu schauen, an den

Einmündungen vorbei den Weg über den schmalen Absatz zurück. Außer Atem, begierig nach frischer Luft, wäre er fast am Ausgang zu den Spreewerken, den er mit Kreide markiert hatte, vorbeigelaufen. Es gelang ihm noch, den Deckel über dem Einstiegsschacht zu schließen, danach fiel er besinnungslos der Länge nach auf den kalten Kellerboden.

„Das war, wie soll ich sagen, eine Art Grenzerfahrung der unangenehmen Sorte", sagte Grimm.

„Du hättest nicht ohne Begleiter gehen dürfen, mein Lieber. Lass bei Gelegenheit mal deine Lunge untersuchen. Ich nehme an, der Aufwand war umsonst."

„Nicht ganz. Zwar keine Spuren, aber eine Lehre. Bist du denn in der Mordsache Pedersen mittlerweile weitergekommen?" fragte Grimm.

„Lass dich überraschen! Ich habe mir die Personalakte der Pedersen inzwischen angesehen. In ihrem Lebenslauf bin ich darauf gestoßen. In einem Halbsatz war die Sensation verpackt. Da stand, dass sie vier Jahre lang als freiwillige Krankenschwester im Gefangenenlager Perm tätig gewesen ist. Geht dir etwas auf? Perm, das war Laubers Lager. Das heißt, sie musste mit Lauber zusammengearbeitet haben. Ich habe sofort Dr. Koch angerufen und ihm den Mädchennamen der Pedersen genannt. Sie heißt schlicht Braun, Sarah Braun. Koch wusste sofort, um wen es ging. Braun war Laubers Oberschwester gewesen."

„Das wirft ein ganz anderes Licht auf den Mord."

„Allerdings, erweitert aber den Radius der Ermittlungen ins Endlose. Als Oberschwester war sie sozusagen Laubers rechte Hand. Mancher unter den Geschädigten könnte auf den Gedanken kommen, da er Lauber selbst nicht mehr treffen kann, seiner Oberschwester heimzuzahlen, was er hatte erleiden müssen."

„Das wären ja Hunderte, die in Betracht kommen könnten. Das ist überhaupt nicht machbar."

„So sieht es zunächst aus. Ich kann aber nicht untätig bleiben, nur weil ich vor einem scheinbar unbezwingbaren Berg stehe. Koch hat mir kürzlich verraten, dass er damals als Abteilungsleiter einige Zeugen vernommen hat, vor allem solche, die Lauber zugearbeitet haben oder sonst mit ihm zu tun hatten. Mit denen fange ich an. Die Politische Polizei hat die Akten mittlerweile herausgerückt. Sie liegen bei mir zu Hause. Dazu habe ich mir die Dokumentation des Kyffhäuserbundes besorgt. Davon verspreche ich mir sogar mehr als von den Zeugenaussagen in der Ermittlungsakte. Im Interview sprechen die Leute doch freier als in einer Vernehmung, wo sie dauernd an das Wesentliche erinnert werden. Wenn es dich interessiert, kann ich dir die Unterlagen gern überlassen. Es wird aber einige Tage dauern, bis ich durch bin."

„Es interessiert mich. Du könntest für mich markieren, was du für wichtig hältst. Das würde mir die Arbeit erleichtern", sagte Grimm.

Hagelsteins Absicht, schon am Nachmittag das Büro zu verlassen, durchkreuzte eine kurzfristig anberaumte Besprechung beim Polizeidirektor. Zu Hause legte er sich nach dem Abendessen den ersten Band der Kyffhäuser-Dokumentation auf den Schreibtisch. Darin las er zwei Berichte, die einen ersten Aufschluss über Laubers Wirken im Lager gaben.

15

Aus der Dokumentation des Kyffhäuserbundes. Die Befragten blieben anonym.

F. D.

Ich geriet als Kanonier im Oktober 1914 bei Warschau in russische Gefangenschaft. Vom Transport zum Ural ins Lager möchten Sie nichts hören. Vor allem Lauber interessiert Sie, also gut. Gesehen habe ich ihn zum ersten Mal im Sommer 1915. Nein, den Monat kann ich nicht nennen. Es gab keine Kalender im Lager, auch keine Uhren. Die Länge der Tage, die Temperaturen und der Zustand der Natur, das waren unsere Zeitmesser. Jemand hat mal einen Posten nach dem Datum gefragt. Das hat er nicht noch einmal gewagt. Wann ein Jahr zu Ende ging und ein neues anfing, merkten wir daran, dass die Wachmannschaft feierte. Lauber hatte zugeschaut, wie ich und ein Kamerad zur Strafe verprügelt wurden. Ich kannte zu der Zeit seinen Namen nicht, aber sein Gesicht, das habe ich mir gemerkt. Später erfuhr ich dann, welcher Name zu diesem Gesicht gehörte. Soll ich Ihnen schildern, wie eine solche Bestrafung abläuft? Ja, ich mache es kurz. Der Vollzug hat sich im Zarenreich seit Iwan dem Schrecklichen nicht geändert. Der Delinquent muss sich mit dem Bauch auf eine Art Bügelbrett legen. Fünfundzwanzig bis fünfzig Hiebe mit einer Peitsche oder einer Weidenrute auf die nackte Haut sind die Norm. Nach den ersten Schlägen schon beginnt die Haut auf dem Rücken aufzureißen. Bei fünfzig Schlägen ist der Rücken nur noch ein blutiger Brei. In Perm exekutierten ausnahmslos die russischen Aufseher die Strafe. In anderen Lagern, wie ich hörte, überließ man die Prügel manchmal auch den Mitgefangenen. War die Prozedur beendet, musste sich der Bestrafte halb bewusstlos in seine Baracke zurückschleppen, oder dorthin, wo er im Freien gelegen hatte. Wochenlang konnte er sich nicht auf den Rücken drehen. Wenn er Glück hatte, schlossen sich die Wunden. Wenn er Pech hatte, begann der ganze Rücken zu eitern. Ich hatte die ersten Schläge verpasst bekommen, da hörte ich, wie jemand zu dem peitschenschwingenden Aufseher auf Russisch sagte: „Hör mal einen Moment auf." Ich blinzelte von meinem Gestell aus zur Seite. Es war ein Gefangener, der das gesagt hatte. Der Aufseher wird ihn günstigstenfalls bespucken und weitermachen, dachte ich. Aber nein, die Peitsche senkte sich herab.

„Weshalb strengt ihr euch beim Schlagen so an? Nach wenigen Hieben steht euch schon der Schweiß auf der Stirn. Das könnt ihr leichter haben, sogar mit einer besseren Wirkung", sagte der Gefangene.

„Das zeig uns mal, und wenn du uns verarschen willst, dann liegst du als Nächster auf dem Bock", drohte der Aufseher.

„Nimm deinen Gummiknüppel vom Gürtel. Sieh her."

Ich spürte einen Finger auf meinem Rücken seitlich des Lendenwirbels, dort etwa, wo das Becken ansetzt. Der Finger zog eine Linie an der inneren Seite der Pobacke abwärts. „Hier neben den Pobacken liegt ein Nerv. Den musst du mit dem Gummiknüppel hart treffen. Gib her, ich zeige es dir."

Der Schlag fuhr auf meinen Ischiasnerv nieder. Der Schmerz durchzuckte meinen Körper von unten bis oben mit einer Schärfe, dass mir Hirn und Adern zerspringen wollten. Ich musste wie wahnsinnig geschrien haben. Mir wurde schwarz vor Augen. Nach dem zweiten Hieb, den jetzt wohl der Aufseher führte, war die Qual unbeschreiblich. Sie war aber noch nicht zu Ende. Auch die andere Seite kam an die Reihe. Die Bewusstlosigkeit rettete mich schließlich. Ich erwachte am Boden, geweckt vom markerschütternden Gebrüll meines Kameraden.

Der Gefangene, der sich da eingemischt hatte, musste dem Aufseher imponiert haben. Noch liegend, konnte ich beobachten, wie sich beide in Richtung der Wachbaracke entfernten. Einige Tage später ging das Gerücht um, die Stelle des Lagerarztes sei wieder besetzt, seltsamerweise von einem deutschen Gefangenen. Jemand nannte den Namen: Dr. Lauber.

Weshalb mein Kamerad und ich bestraft wurden? Wir hatten einen Latrinenkübel fallen gelassen, mehr nicht. Für zweihundert in eine Baracke gepferchte Gefangene standen zwei Kübel am Eingang zur Verfügung. Beim Frühappell wurden mein Kamerad und ich mit der Entleerung bis zur Ablösung am nächsten Morgen beauftragt. Mit dem Transport warteten wir jedes Mal, bis die Behälter randvoll waren. Als wir abends die Scheiße wegschleppten, bemüht, nichts herausschwappen zu lassen, riss einer der verrosteten Bügel, und der Inhalt ergoss sich auf den Weg. Das brachte die Wächter auf den Plan. Zuerst mussten wir den Unrat mit Tannenzweigen vom Weg wischen, danach erwartete uns die Prügelstrafe.

Ob ich noch ein Erlebnis mit Lauber hatte? Nein, gottlob nicht. Das eine hat mir gereicht. Ich bin dem Arzt später in der Nähe des Lazaretts begegnet. Ich erkannte sofort den Gefangenen wieder, der Schläge auf den Ischiasnerv empfohlen hatte.

Dr. S. L.

Ich bin im November 1914 bei Kukno als Stabsarzt des 20. Armeekorps unter General von Mackensen in russische Gefangenschaft geraten. Sie wollen etwas über Lauber hören. Lassen Sie mich aber vorher schildern, in welchem Umfeld und unter welchen Bedingungen ein Lagerarzt arbeiten musste. Als ich im Frühjahr 1915 im Lager Perm eintraf, fehlte es an allem. Außer dem Stacheldrahtzaun und einem riesigen Haufen Tannenzweige fanden die ankommenden Kriegsgefangenen nichts vor. In den Baracken, die auf dem benachbarten Gelände standen, hausten die Strafgefangenen, also kriminelle und politische Häftlinge. Morgens marschierten sie in Kolonnen ab zur Zwangsarbeit in Wäldern, Sümpfen, Steinbrüchen und den Fabriken am Rande der Stadt. Die Kriegsgefangenen, die schon hier waren, hatten sich Gruben in den hartgefrorenen Boden gehackt und mit Tannengeäst bedeckt, was sie zumindest gegen den Schneefall schützte. Auch ich grub mir mit einigen Kameraden ein solches Erdloch. Das ganze Lager war damit übersät. Wie eine Wiese voller Maulwurfshaufen sah es aus. Irgendwann schleppten die Sträflinge Bretter heran. Die Aufseher verteilten Nägel und Werkzeuge. Wir begannen, uns Baracken zusammenzuzimmern. Um die Plätze in den ersten Baracken entbrannte ein erbitterter Streit. Um so viele Kameraden wie möglich darin unterzubringen, bauten wir mehrstöckige Pritschen bis zum Dach hinauf. Von Decken oder Stroh als Unterlage konnten wir nur träumen. Monat für Monat kamen neue Gefangene hinzu, vor allem aus der Habsburger k. u. k. Monarchie, dem Vielvölkerstaat, was die Spannungen im Lager nun auch noch aus ethnischen Gründen erhöhte. Manche schleppten sich halbnackt ins Lager, da man ihnen unterwegs die Oberbekleidung und das Schuhwerk gestohlen hatte. Sie fragen, wie das kam? Auf dem Transport ins Landesinnere gab es immer wieder längere Aufenthalte in Zwischenlagern. Dort mussten sich die Gefangenen nackt ausziehen und ihre Kleidung zur Durchsuchung und Desinfektion abgeben. Nicht immer bekamen sie die eigene Kleidung zurück, sondern bestenfalls abgetragene Lumpen und Schuhe, die diesen Namen nicht verdienten. Waren die Kontrolleure schlecht gelaunt, kam es auch vor, dass sie Gefangene in Unterwäsche hinaustrieben. Mit der Uniform war auch der Tascheninhalt verschwunden. Nur bei Pässen und Ausweisen blieb man großzügig, da es diesbezüglich strenge Befehle gab.

Da neue Baracken so schnell nicht entstanden, mussten sich die Ankömmlinge einen Schlafplatz in den Gängen zwischen den ebenerdigen Pritschen ergattern. Wer das nicht schaffte, wich in die Tannengruben aus, was im Winter für viele den Erfrierungstod bedeutete. Es gab keinen Lagerarzt für die Kriegsgefangenen, keinerlei Medikamente oder Verbandszeug, geschweige denn ein Krankenlager. Offenbar war kein russischer Arzt bereit, in dieser Hölle zu arbeiten. Den gefangenen Ärzten war es untersagt zu helfen. Ich wollte einmal einen Kameraden versorgen, der an schwerer Blutvergiftung litt, weil sein Verband seit Wochen nicht gewechselt worden war. Ich war neu und so naiv, einen Aufseher um etwas Wasser und ein Stück Stoff zu bitten. Die Antwort war ein Tritt in den Unterleib. Die Offiziere unter den Gefangenen genossen keinerlei Privilegien. Jeder bekam täglich die gleiche Ration zu essen: einen Teller verdünnter Buchweizengrütze oder eine Schüssel warmes Wasser, worin einige Kohlblätter schwammen. Diese Gerichte kamen aus der Küche des benachbarten Sträflingslagers. Es war ein Fest, wenn man uns gelegentlich eine Scheibe Brot zuteilte. Dass bei solcher Ernährung bald Ruhr, Skorbut und Bauchtyphus die Runde machten, überraschte niemanden.

Inzwischen hatten die Sträflinge eine Lazarettbaracke bei uns errichtet, in der einigermaßen hygienische Bedingungen herrschten. Die ersten Kranken kamen dort noch unter. Als das Lazarett nach wenigen Tagen aus allen Nähten platzte, blieben die Kranken, wo sie waren, in Dreck, Gestank, Feuchtigkeit und Kälte, geplagt von Wanzen, Flöhen, Läusen und Ratten. In den Wohnbaracken lagen die Kranken ausschließlich auf den unteren Pritschen. Notfalls mussten sich zwei Mann darin zusammendrücken, der Rest hatte sich mit dem Boden zu begnügen. Die Gesunden rückten auf die Plätze über ihnen. Nicht etwa aus Rücksicht auf die Geschwächten. Das hatte andere Gründe. Ob Urin, Kot, Eiter, Blut oder Speichel, alles floss aus den Kranken heraus und tropfte durch die Fugen der Bretter abwärts in die unteren Betten.

Irgendwann hörten wir, dass drei Krankenschwestern eingetroffen seien. Sie waren aus freien Stücken, vom Roten Kreuz vermittelt, ins Lager gekommen. Ich bewundere sie heute noch. Solche Helferinnen waren überall in den Lagern im Einsatz und trotzten dem Elend, der Hoffnungslosigkeit und dem Tod. Bei uns konnten sie zunächst außer hilfreichen Worten nichts verrichten. Zu den ernährungsbedingten Krankheiten gesellten sich nun andere Epidemien. Ich nenne hier nur Cholera, Flecktyphus, Pocken und Pellagra. Der Tod machte reiche Ernte. Täglich warfen die gesunden Gefangenen Dutzende von Leichen auf bereitstehende Leiterwagen, die sie, bepackt mit aufeinandergeschichteten Leibern, hinaus ins Gelände schoben, wo sie ihre Ladung in eine riesige Grube kippten. War eine Grube voll, musste die nächste ausgehoben werden. Das ließ sich machen, solange der Boden nicht gefroren war. Bei dreißig Grad Minus gab sich keiner mehr die Mühe. Nun häuften sich die Leichenberge draußen in der Tundra, bis Tauwetter einsetzte und die Verwesung ihre Arbeit begann. So schuf der Tod eine Menge freier Plätze, die aber der Strom neuer Gefangener schnell wieder überflutete.

Ein Letztes noch, bevor ich zum Lagerarzt komme. Können Sie sich vorstellen, was Skorbut und Pellagra im Lager angerichtet haben? Lassen Sie mich das noch in wenigen Sätzen schildern. Der Skorbut beginnt im Mund. Das Fleisch fault, und die Zähne fallen aus. Von dort kriecht die Fäulnis in den ganzen Körper, die Haut fällt ab, der Kranke stinkt wie verwest. Mit Beulen übersät, kriecht er auf allen vieren dem Tod entgegen. Früher auf See hat man die Kranken über Bord geworfen. Im

Lager stolperten die Gesunden über sie, mussten ihre Nähe ertragen, bis sie den letzten Atemzug taten.

Die Pellagra ist noch ein Stück illustrer. Auch sie beginnt am Kopf. Die Haut färbt sich schwarz und schält sich. Dunkelblaue Pickel mit weißen Eiterköpfen schmücken bald den ganzen Körper. Sie wachsen heran zu Beulen, die eitrig aufbrechen. Der Kranke fault sich zu Tode, von ständigem Durchfall geschwächt und ausgetrocknet. Das alles läuft in den überfüllten Baracken vor den Augen der anderen ab, denen die Ansteckung droht.

Ich war einige Monate im Lager, da geschah etwas Unerwartetes, ja Überraschendes. Der Lagerkommandant, er hieß Nikita Watutin, besetzte die Stelle des Lagerarztes. Es war aber kein Russe, sondern, was uns alle verblüffte, ein deutscher Gefangener namens Otto Lauber. Wir rätselten, wie das geschehen konnte. Mit dem neuen Lagerarzt verbesserte sich jedenfalls die medizinische Betreuung, wenn auch zunächst nur bescheiden, in den engen Grenzen, welche die Verhältnisse im Lager, vor allem die grassierenden Epidemien, setzten. Mir entging nicht, dass eines Tages Medikamente, Instrumente, Operationstische, Geräte, Decken und sonstige Hilfsgüter in der Baracke des Lagerarztes und im anliegenden Lazarett angeliefert wurden. Ich bin Arzt, wie Sie wissen, deshalb hatte ich gute Kontakte zu den Schwestern im Lazarett. Das war meine Quelle. Ich fragte mich, wo die Sachen so plötzlich herkamen. Sie müssen wissen, zu der Zeit waren die Hilfsaktionen diverser europäischer Einrichtungen, vor allem des Roten Kreuzes, noch nicht wirksam angelaufen. Diese Verbesserungen setzten erst Mitte 1916 ein. Und erst jetzt begannen die Epidemien allmählich abzuebben. Auch meinen Informantinnen im Lazarett war die Herkunft der Lieferung unbekannt. Als ich hörte, dass auch noch drei zusätzliche Krankenschwestern, eine davon sogar eine polnische Gräfin, eingetroffen waren, wunderte ich mich schon nicht mehr.

Eines Tages ließen mehrere Aufseher die Gesunden aus unserer Baracke im Hof antreten. Sie suchten sich zehn Gefangene aus, die einigermaßen bei Kräften waren, darunter auch mich. Sie führten uns an ein entlegenes Ende des Lagers, wo bereits eine andere Gruppe Gefangener wartete. Hier eröffnete man uns, dass wir Holzkisten, etwa im Format eines Sarges, zusammenzimmern und mit einem aufklappbaren Deckel versehen müssten. In den Deckel sollte im oberen Drittel ein rundes

Loch gebohrt werden. Die Konstruktion sollte mit massiven Eisenbändern verstärkt und mit drei kräftigen Riegeln verschließbar sein. Wir mussten davon sofort fünfzig Stück anfertigen. Die zugeschnittenen Bretter lagen bereits aufgestapelt vor uns. Der Auftrag erschien mir rätselhaft; Särge wurden im Lager schon lange nicht mehr gebraucht, und Eisenbänder daran machten keinen Sinn. Nachdem wir etwa die Hälfte der Kisten maßgerecht gefertigt hatten, kam der Lagerarzt Lauber zur Inspektion. Er prüfte jede Kiste, verlangte hier und dort Nachbesserungen und verschwand wieder.

Es verging keine Woche, da hatte sich im Lager herumgesprochen, welchem Zweck die Kisten dienten. Von da an hießen sie Boxen. Wie viele Gefangene um diese Zeit im Lager waren, wollen Sie wissen? Schätzungsweise sechstausend mit steigender Tendenz. Aber zurück zur Box. Ein Pritschennachbar von mir hatte Bekanntschaft mit ihr gemacht. Er war ein echter sächsischer Haudegen, dessen Mut so schnell nicht zu brechen war. Als ein Wächter wieder einmal einen Sterbenden in die Hoden trat, zahlte ihm dies der Sachse mit gleicher Münze heim. Ein Pfiff, und schon führten vier Aufseher den Aufmüpfigen ab. Ich sah ihn tagelang nicht und befürchtete schon, dass er der verschärften Prügelstrafe erlegen war. Doch er kam zurück, geistesabwesend, blutlos, ausgetrocknet, mit einem allerletzten Hauch von Leben im Körper. Ich konnte eine Krankenschwester überreden, sofort eine Kanne mit Trinkwasser herbeizuschaffen. Ich gab ihm mein aufgespartes Brot und überließ ihm später alle Brocken, die in meiner Suppe schwammen. Mit der Zeit erholte er sich ein wenig. Er erzählte mir, dass man ihn nach dem Vorfall dem Lagerarzt vorgeführt habe. Der Arzt habe ihm stark salzhaltiges Wasser mit einem Trichter eingeflößt. Danach habe man ihn in eine Baracke gebracht, worin eine Reihe der beschriebenen Boxen aufrecht an der Wand befestigt war. Hineingestoßen und Riegel vor, eins, zwei, drei. Innen konnte er weder sitzen noch liegen oder knien. Stehend ohne Wasser und Nahrung verbrachte er vier Tage und Nächte in diesem Verlies, von Durst gemartert, Kot und Urin zwischen den Beinen, ständig der Ohnmacht nahe. Mir wurde klar, dass die Strafen im Lager ab jetzt andere Dimensionen bekommen würden, welche die traditionelle, russische Prügelstrafe in den Schatten stellen sollten. Ein Hirn, das eine Quälerei ausgebrütet hat, bleibt auf halbem Wege nicht stehen. Zu groß ist der Reiz, die erste Erfindung mit einer anderen zu übertreffen. Der

Spiritus Rektor der Boxenstrafe, unser Lagerarzt, wird nicht ruhen, sagte ich mir. Ob ich etwas über medizinische Experimente des Lagerarztes weiß? Ein Totengräber, ich sollte sagen ein Gefangener, der die Leichen entsorgte, hat mal Andeutungen gemacht, die ich aber nicht ernst genommen habe. Nein, davon weiß ich nichts.

16

Hagelstein rieb sich die Augen, machte sich einen Kaffee und las weitere vier Berichte zu Ende. Danach verglich er die Schilderungen mit den entsprechenden Aussagen in der Ermittlungsakte, die damals sein Abteilungsleiter Dr. Koch festgehalten hatte. Als er gegen zwei Uhr in der Nacht Akten und Bücher zuklappte, war ihm klar, dass einige Reisen notwendig würden.

Beim Frühstück plante Hagelstein die nächsten Schritte. Er würde einige Personen besuchen, und zwar unangemeldet, die im Permer Lazarett mit Lauber zusammengearbeitet oder ihn auf anderem Wege näher kennengelernt hatten. Möglicherweise stand der Kreis um den Lagerarzt heute noch miteinander in Verbindung. Der Ermittlungsakte entnahm er die Adressen und persönlichen Daten. Bei einer Krankenschwester aus Wien stieß er auf den Vermerk: verschollen. Später im Büro erkundigte er sich telefonisch bei den zuständigen Gemeinden nach dem aktuellen Stand und informierte die auswärtigen Kripostellen über den geplanten Besuch. Dann meldete er mehrere Reisen an, wobei er sich bei den Begründungen besondere Mühe gab. Am nächsten Morgen lagen die genehmigten Anträge bei der Post. Beigefügt war eine Notiz des Polizeidirektors: Hoffentlich sehen wir uns noch mal wieder!

Hagelstein beabsichtigte, an der Peripherie zu beginnen, bei jemandem, der zur Sache bisher nicht ausgesagt hatte: <u>Otto Laubers Vater Erwin.</u>

Frankfurt/Oder, Abfahrt 9:31 Uhr, stand an der Anzeigetafel auf Gleis 5 des Lehrter Bahnhofs. Hagelstein hatte noch etwas Zeit. Er kaufte sich am nächsten Kiosk das Berliner Tageblatt und den Völkischen Beobachter. Auf dem Bahnsteig ein heilloses Gedränge und Geschiebe. Immer wieder stieß ein Koffer oder eine Tasche an sein Bein, manchmal drückte ihn ein vollgestopfter Jutesack zur Seite. Die Leute wollten alle aufs Land, das Gepäck voller Sachen, die sie für Lebensmittel hergeben würden. Jeden Morgen der Sturm auf die Personenzüge. Wer mit einem Bauern ins Geschäft gekommen war, stieg nachmittags, bepackt mit den gehamsterten Waren, wieder aus. Alles, was auf dem Lande zu haben war, von Speck oder Butter bis zu Rüben und Kartoffeln, gelangte auf diesem Wege in die städtischen Haushalte. Mehr und mehr dieser Landfahrer kehrten erst abends oder gar nachts zurück, denn die Fahrten zu Höfen, wo es noch etwas zu tauschen gab, wurden immer länger.

Der Zug fuhr ein. Kaum war er quietschend stehen geblieben, begann schon das wilde Gerangel um die Sitzplätze. Hagelstein hielt sich zurück. Er suchte sich einen Waggon der 1. Klasse, den ein Schaffner gegen Unbefugte verteidigte. Er zeigte seinen Dienstausweis. Die Polizei reiste kostenlos, egal in welcher Klasse. Pünktlich rollte der Zug an. Das Stampfen der schwer arbeitenden Dampflok drang durch das geschlossene Fenster an sein Ohr. Manchmal vernebelten Dampfschwaden die Sicht, und zaghaft verbreitete sich der Geruch von Rauch im Abteil. Mit zunehmendem Tempo verflüchtigten sich diese Begleiter der gängigen Antriebstechnik im Schienenbetrieb. Entspannt ließ Hagelstein die Landschaft an sich vorbei ziehen, verfolgte den Zug der Telegraphendrähte von Mast zu Mast und hörte dem beruhigenden Takt der Räder zu. Als sie durch ein dunkles Waldstück fuhren, gab die Scheibe sein Spiegelbild wieder. Ein Adonis erschien da nicht gerade. Der Mund zu schmal, die Nase zu breit, eine Narbe über dem rechten Auge, die Geheimratsecken über den Schläfen schon markant. Was die Unebenheiten seines Gesichtes gewissermaßen ausglich, war im Glas leider nicht zu sehen. An Hagelsteins kräftigem, durchtrainiertem Körper war nichts zu bemängeln. An der ersten Dorfstation beobachtete er die aussteigenden, schwer bepackten Stadtbewohner, die sich lärmend und fröhlich zerstreuten, als seien sie auf einem Betriebsausflug.

Vom Bahnhof in Frankfurt/Oder bis zum Wohnhaus Nr. 28 in der Königsberger Straße ging Hagelstein zu Fuß. Die Namensschilder am Eingang verrieten ihm, dass Lauber im obersten Stockwerk wohnte. An der Wohnungstür klingelte Hagelstein vergeblich. Auch als er kräftig klopfte, rührte sich im Inneren niemand. Im Treppenhaus begegnete der Kommissar einer Bewohnerin, die mit einem Korb voller Kartoffeln im Arm schnaufend nach oben stieg. Sie schien erfreut, dass Hagelstein sie ansprach. Sie stellte ihren Korb auf einer Treppenstufe ab. Nein, Herr

Lauber sei um diese Zeit nicht zu Hause. Er arbeite vormittags bei Raiffeisen, meistens bis ein Uhr, manchmal auch länger, um seine Rente aufzubessern.

Hagelstein entschloss sich zu einem Spaziergang am Oderufer. In der Nähe von Gewässern hielt er sich gerne auf. Ob Fluss, Teich oder See, das Wasser wirkte beruhigend auf ihn, das konnte er körperlich spüren. Auf der Uferpromenade verloren sich wenige Spaziergänger, Schals um den Hals, die Hände in den Taschen. Gelassen strömte der Fluss im breiten Bett dahin. Stellenweise falteten kräftige Böen seine Oberfläche. Hier und da trieb lockeres Gehölz an schwimmenden Enten vorbei, die ihren Platz in der Strömung behaupteten. Hagelstein zog den Duft des Wassers tief ein. Dann schlenderte er stromaufwärts. Gegen Mittag kehrte er zur Königsberger Straße zurück.

Im Hauseingang gegenüber der Nr. 28 brauchte sich Hagelstein nicht lange zu gedulden. Das musste Erwin Lauber sein. Der Mann kam mit einem braven Dackel an der Leine, leicht gebeugt, mit kurzen Schritten, auf dem äußeren Rand des Gehweges näher. Sein Gesicht unter dem Hut erschien Hagelstein auffällig blass, obwohl der frische Wind, der ihm entgegenwehte, ein wenig Farbe auf der Haut hätte erwarten lassen können. Jetzt stand er vor seiner Haustür und zog den Schlüssel aus der Tasche. Hagelstein zögerte, ihn anzusprechen. Im Mittagstief, gar noch mit leerem Magen, reagieren viele gereizt. Er war nicht hergereist, um sich eine Abfuhr zu holen. Nach dem Mittagessen und der sich wahrscheinlich anschließenden Ruhe erschien ihm der Zeitpunkt günstiger. Du musst einen Brückenkopf bilden und dich von dort langsam ausbreiten, sagte er zu sich. Und er wusste, den Brückenkopf musste, er auf den Hund setzen. Er suchte das nächste Restaurant auf. Dort ließ er sich viel Zeit, bis er wieder seinen Posten in der Königsberger Straße bezog. Er rechnete mit einem Nachmittagsspaziergang. Sollte er sich getäuscht haben, würde er nach einer Stunde Wartezeit zu Laubers Mansarde hinaufsteigen. Das erübrigte sich indes. Lauber trat aus dem Haus und schlug den Weg zur Uferpromenade ein. Sein Dackel zerrte jaulend an der Leine. Am Fluss ließ er ihn frei. Ausgelassen verschwand der Hund im trockenen Ufergras.

„Ich hatte auch mal so einen, der stürzte sich sofort ins Wasser", sagte Hagelstein.

„Meiner nicht, er bleibt lieber auf dem Trockenen."

„Wie heißt er denn?"
„Juppi."
„Haben Sie ihn schon lange?"
„Vier Jahre, ich habe ihn aus dem Tierheim."
„Gehen wir ein Stück zusammen?"
„Ja. Sie sind aus Berlin?"
„Stimmt. Man hört es, nicht wahr. Ich heiße Hagelstein."
„Lauber."
„Ich weiß."
Lauber blieb stehen. Nicht abzulesen von seinem blassen Gesicht, was in ihm vorging. Wohin würde sich die Waage neigen?
„Ein Kollege von der Berliner Kripo hat Sie vor vielen Jahren besucht. Er wollte sich nach Ihrem Sohn erkundigen. Sie haben aber geschwiegen", sagte Hagelstein.
„Ich erinnere mich. Und was wollen Sie von mir?"
„Die Sache kommt nicht zur Ruhe. Dieser Tage wurde eine Frau ermordet, die als Oberschwester im Lager Perm mit Ihrem Sohn Otto zusammengearbeitet hatte. Ich ermittele in der Sache. Deshalb bin ich hier."
„Ich kann Ihnen dabei nicht helfen."
„Das wird sich herausstellen."
„Ich werde nicht gerne an die Geschichte erinnert, verstehen Sie. Ein Mord, sagen Sie. Also, was wollen Sie von mir wissen?"
„Mir geht es zunächst um den Hintergrund. Ich möchte etwas über Ihren Sohn erfahren, über seinen Werdegang und seinen Bekanntenkreis." Hagelstein zeigte Lauber seinen Ausweis. „Vielleicht ist Ihnen auch etwas aus seiner Lagerzeit zugetragen worden. Das würde mich interessieren."
„Ich sage Ihnen vorweg: Mein Sohn kann nicht getan haben, was man ihm vorwirft. Otto hätte nie mutwillig einen Menschen gequält oder bei Versuchen getötet. Nie! Dabei bleibe ich, was immer die Leute auch behaupten."
„Können Sie Ihren Sohn beschreiben?"
„Beschreiben! Mein Sohn hatte Grundsätze, christliche und preußische, danach hat er gelebt. Auf dem Gymnasium und an der Universität musste er sich behaupten. Er war der Sohn eines Buchhalters, nicht eines Adeligen, eines Anwaltes oder eines Fabrikanten. Wir haben für sein

Studium hart sparen müssen. Sein Freund allerdings, der kam aus dem Adel."

„Wer war das?"

„Baron von Dubjanski, die Familie besitzt riesige Güter in der Nähe von Allenburg in Ostpreußen. Der einzige Sohn, Fritz, war Kommilitone von Otto. Beide haben in Göttingen das Medizinstudium mit der Promotion abgeschlossen. Sie waren unzertrennlich. Otto hat jedes Jahr die Sommerferien auf dem Gut der Dubjanskis verbracht. Er war dort willkommen wie ein Sohn. Nach dem Medizinstudium hat Fritz die Offizierslaufbahn eingeschlagen. Otto dagegen ging in die Praxis. Er war an einem Göttinger Krankenhaus beschäftigt, als der Krieg ausbrach. Der Krieg hat beide noch einmal zusammengeführt. Fritz ging als Stabsarzt an die Front und sorgte dafür, dass sein Freund als Sanitäter in seine Einheit kam. Sie dienten in der 8. Armee unter Generaloberst von Prittwitz. Die Sanitätseinheit geriet schon im August 1914 bei Gumbinnen in russische Gefangenschaft. Otto war gerade mal zwei Wochen an der Front gewesen. Ohne Kriegserfahrung ist er aus einem geordneten Leben in die Hölle geraten. Russische Gefangenschaft, jeder weiß, was das bedeutet."

„Hat Ihr Sohn Ihnen aus der Gefangenschaft geschrieben?"

„Ja, einige Postkarten sind angekommen."

„Würden Sie mir die Post zeigen?"

„Ja, ich habe auch noch Fotos aus Ottos Schul- und Studienzeit. Gehen wir zurück in meine Wohnung, ich lade Sie zu einem Tee ein."

In Laubers kleiner Küche stand jedes Stück dort, wo es hingehörte. Lauber bereitete den Tee mit der Ruhe eines Mönches zu, schweigsam, in seine Arbeit vertieft. Als er damit fertig war, erledigte er seine nächste Aufgabe. Er verschwand und kam nach kurzer Zeit mit einem schmalen, dunkelblauen Fotoalbum und einem gefüllten Umschlag zurück.

„Ich besaß keinen Fotoapparat. Bekannte oder Freunde haben fotografiert." Lauber gab zu jedem Bild kurze Erläuterungen. Vor Hagelstein entfaltete sich eine Kindheit und Jugend in familiärer Obhut, Einbindung und Harmonie. Auf dem Abiturfoto blickte Otto genauso ernst und ungerührt drein wie seine Mitschüler. Die Fotos aus der Studienzeit zeigten ihn oft zusammen mit seinem Freund Fritz von Dubjanski.

„Die beiden waren in der Burschenschaft Teutonia. Hier ist ein Bild vom Kommers", kommentierte Erwin Lauber.

Danach zeigte er eine Serie von Fotos aus der Ferienzeit auf Dubjanskis Gut in Ostpreußen. Die beiden Freunde mit dem Baron auf der Jagd, bei der Ausfahrt mit einem Zweispänner, dann bei der Getreideernte zwischen den Helfern. Ein Fest, Girlanden, geschmückte, reich gedeckte Tische, Otto Lauber tanzt mit der Baronin. Dann die Freunde mit dem Baron vor der Fassade eines klassizistischen Hauses.

„Das ist die Königsberger Loge. Der Baron war Freimaurer, sein Sohn war ihm gefolgt, und Otto wäre es wahrscheinlich auch geworden", erklärte Lauber.

Ein Foto zeigte Fritz mit seinen beiden Schwestern auf der Treppe des Schlosses. Auf dem letzten Foto war Otto mit einer jungen Frau zu sehen, die er eng umschlungen hielt. „Sie ist Dubjanskis ältere Schwester. Auf dem Foto vorher links neben Fritz. Nach Ottos Approbation haben sie sich verlobt. Dann kam der Krieg dazwischen." Lauber stand auf und holte eine Flasche Mirabellenschnaps nebst Gläsern aus dem Schrank.

„Fragen Sie nicht, woher der kommt, Herr Hagelstein, bedienen Sie sich, Sie müssen daran nicht sparen. In der Buchhaltung bei Raiffeisen habe ich Nachschub im Schreibtisch."

„Wie ist es Fritz in der Gefangenschaft ergangen?" fragte Hagelstein.

„Fritz ist in einem Lager bei Moskau gelandet. Er kam schon kurz nach Kriegsende zurück. Er hat mich mal besucht, als wir noch in Rostock wohnten. Fritz hat in Rastenburg eine Arztpraxis."

„Weshalb ist er nicht auf dem Gut geblieben?"

„Seine Familie hat ein schreckliches Schicksal erlitten. Kosaken haben alle ausgelöscht. Fritz war um diese Zeit bereits in Gefangenschaft und hat erst später davon erfahren. Sie haben das Schloss mit Kanonen beschossen, bis alles brennend eingestürzt ist. Die Familie haben sie gezwungen, im Inneren zu bleiben. Wer es wagte, aus der Tür zu treten, wurde erschossen. Sie sind alle in den Trümmern umgekommen. Fritz hat das Gut seinem Cousin überlassen und ist nach Rastenburg gezogen. Flucht vor der Erinnerung, nehme ich an. Das Schloss wurde nicht wieder aufgebaut. Das wollte der Fritz so."

„Wie kommen denn Kosaken an Geschütze?"

„Dem kundigen Kommissar ist etwas aufgefallen! Die Bluttat an der Familie hat eine russische Militärkommission untersucht. Das will was heißen. Um die Opfer der Kosaken kümmerte sich normalerweise niemand. Die russische Führung wünschte sogar, dass die Steppenreiter auf deutschem Gebiet Angst und Schrecken verbreiteten. Untersucht wurde die Sache nur deshalb, weil die Kosaken ein Geschütz samt Granaten entwendet hatten, dazu auch noch einige Maschinengewehre. Dieser Kosakenstreich war eine riesige Blamage für die Armee, eine Disziplinlosigkeit, die nicht durchgehen durfte. Es hagelte Todesurteile, um Ansehen und Ordnung wiederherzustellen."

„Was hat die Kosaken denn geritten?"

„Der Angriff hatte natürlich eine Vorgeschichte. Der alte Baron hat sich gegen eine marodierende Kosakenhorde gewehrt. Mit einem Maschinengewehr aus dem Fenster im ersten Stock seines Schlosses hat er die Angreifer überrascht und niedergemäht, darunter den Bruder des Kosakengenerals. Dieser General hat sich dann mit der Kanone gerächt."

„Haben Sie noch Kontakt zu Fritz von Dubjanski?"

„Nein."

„Wusste Dubjanski von den Geschehnissen im Lager Perm?"

„Als er mich besucht hatte, kursierten schon einige Gerüchte. Wir haben darüber gesprochen."

Lauber überreichte Hagelstein den Umschlag mit den Postkarten.

„Sie müssen sie nicht hier lesen. Sie können sie mitnehmen und mir zurückschicken."

Hagelstein zog das mit einer Kordel verschnürte Bündel aus dem Umschlag. Er löste die Kordel und blätterte die Karten auf, schätzungsweise ein Dutzend.

„Er war schon Lagerarzt, als die erste Nachricht kam. Vorher habe ich nichts von ihm gehört. Die einfachen Gefangenen durften nicht schreiben, besser, konnten es nicht, denn es fehlten Papier und Stifte", erläuterte Lauber.

„Kennen Sie die Adresse von Dubjanski in Rastenburg?"

Lauber schrieb sie auf.

„Haben Sie von Augenzeugen irgendetwas aus dem Lager Perm erfahren?"

„Nein, mich hat keiner besucht oder mir geschrieben. Was sollte das auch?"

„Jemand hätte Ihren Sohn entlasten können. Das hätten Sie doch gern gehört."

„Natürlich!"

„Sind Ihnen die Namen der Leute bekannt, die mit Ihrem Sohn im Lager zusammengearbeitet haben, zum Beispiel die Namen der Krankenschwestern?"

„Ja, aus der Dokumentation des Kyffhäuserbundes."

„Ich frage noch einmal, haben Sie mit irgendeinem Augenzeugen Kontakt gehabt oder stehen Sie in Kontakt mit jemandem aus diesem Kreis?"

„Nein, das versichere ich Ihnen."

Hagelstein fuhr mit dem Nachtzug zurück nach Berlin. Er war hellwach, noch beschäftigt mit Erwin Laubers Bericht über seinen Sohn. Daneben ging ihm anderes durch den Kopf, wie Pedersen, der Kapitän zur See, den er schon vernommen hatte. Er war aber noch nicht fertig mit ihm. Über die Vergangenheit seiner Frau als Laubers Oberschwester Sarah Braun wollte er sich noch einmal mit ihm unterhalten. Sollte nichts dazwischen kommen, würde er Pedersen am nächsten Tag aufsuchen.

Nach Mitternacht kam Hagelstein nach Hause. Er war noch immer nicht müde. Um sein Gedächtnis aufzufrischen, schlug er die Ermittlungsakte auf und las die damalige Aussage der Sarah Braun nochmals durch.

17

Persönliche Daten:
Name: Sarah Braun; geboren am 16. Juni 1890 in Danzig; ledig; Staatsangehörigkeit: deutsch.
Zur Sache: Ich war Oberschwester im Lager Perm. Ich hatte vom Elend unserer Gefangenen gehört und wollte nach Kräften helfen. Deshalb habe ich mich beim Roten Kreuz freiwillig für den Einsatz in einem russischen Lager gemeldet. Die lange Reise durch das endlose Zarenreich hatte mich ein wenig ernüchtert. Was ich dann aber im Lager vorfand, ließ mich verzweifeln. Ohne Lagerarzt standen wir drei Krankenschwestern hilflos, mehr oder wenig untätig inmitten einer Flut von Kranken, die täglich anschwoll, weil sich die Seuchen breitmachten. Die Zustände im Lager sind Ihnen schon bekannt, sagen Sie. Dann werden Sie verste-

hen, dass ich nahe dran war, abzureisen. Warum ich es nicht getan habe, ist mir bis heute nicht klar. Mitte 1915 bestellte der Kommandant endlich einen Lagerarzt. Zu unserer Verwunderung war es ein deutscher Gefangener namens Dr. Lauber. Hager, mittelgroß, gepflegt, soweit es im Lager möglich war, stets sorgfältig rasiert und gekämmt, so habe ich ihn in Erinnerung. Zielstrebig und energiegeladen begann er sofort zu handeln. Er flößte uns Zuversicht ein, und wir hatten das Gefühl, jetzt geht es aufwärts. Schnell hatten wir einen Grundstock an medizinischer Ausstattung. Die Lazarettbaracke ließ Lauber erweitern und neu einrichten, wozu auch ein funktionsfähiger Operationsraum gehörte. In der Nähe der Baracke entstand ein Ärztehaus aus Klinkern. Bald verstärkten drei weitere Schwestern unsere Gruppe. Davon möchte ich eine Schwester erwähnen, sie hieß Marga Sobek und kam aus Wien. Im Gegensatz zu den anderen fügte sie sich nicht ein, zeigte sich im täglichen Umgang oft recht eigenwillig und impulsiv. Sorgen machte mir, dass Lauber sie nicht ein einziges Mal zurechtwies. Er ließ sie nicht nur gewähren, ich hatte den Eindruck, er unterstützte sie sogar noch. Eines Abends packte sie im Schlafraum ihre Sachen zusammen und sagte, ab jetzt wohne sie bei Lauber. Ich blieb zwar nach außen hin die Oberschwester, die eigentliche Oberschwester aber wurde Marga. Wer ihr widersprach, hatte bald den Chef am Hals.

Ja, ich habe beobachtet, wie Lauber gelegentlich ohne Narkose operiert hat. Ich habe ihm ja häufig assistiert. Ich erinnere mich beispielsweise an eine Unterschenkelamputation, die Lauber ohne Narkose vorgenommen hatte. Die von mir vorbereitete Narkosespritze ließ er liegen. Nach der Operation sprach ich ihn darauf an. Ungehalten bügelte er mich ab. „Sie wissen doch, dass unsere Narkotika knapp sind. Ob und wann wir Nachschub bekommen, ist ungewiss. Wir dürfen unsere Reserven nicht bei schnellen und leichten Eingriffen verschwenden." Es ging so weiter, mal mit Narkose, mal ohne, wobei mich seine Auswahl nicht überzeugte.

Ob er mitunter ohne Indikation operiert habe, fragen Sie. Darauf einzugehen, fällt mir schwer. Manchmal hatte ich schon den Eindruck, dass er sich zu schnell für eine Operation entschied. Das lässt sich aber durch die Zwänge erklären, unter denen wir arbeiten mussten. Ob eine Blutvergiftung, Erfrierung oder Splitterverletzung einer Amputation bedurft hätte, wage ich rückblickend nicht zu beurteilen. Auffällige oder grobe

Verstöße gegen die medizinischen Regeln und Grundsätze, über die es nichts zu diskutieren gibt, habe ich aus meiner Warte damals nicht festgestellt. Bedenken Sie auch, wir waren wegen der Menge der Kranken und der bescheidenen Palette unserer Mittel oft gar nicht in der Lage, die eine oder andere Verletzung mit milderen Methoden zu behandeln.

Sie fragen nach den Boxen. Die waren mir bekannt, auch ihr Urheber. Den meisten im Lager war jedoch nicht klar, wer diese Marter erfunden hatte. Sie brachten sie eher mit den Anwendern in Verbindung, und das waren der Kommandant Watutin und seine Helfer. Offiziere von der Tscheka, die nach der Oktoberrevolution 1917 das Lager besuchten, wussten sofort Bescheid. Ich war dabei, als sie das Wort Lauberbox prägten. Sie waren beeindruckt und nahmen gleich zwei der Boxen mit, um sie in ihrer Behörde auszuprobieren. Zu der Zeit war unsere Gruppe auf zehn Schwestern, davon einige aus Schweden, angewachsen. Die allgemeine Kriegsmüdigkeit ließ den Zugang an Gefangenen spürbar zurückgehen. Das Ende des Krieges rückte langsam näher.

Ob mir bekannt ist, dass Lauber medizinische Versuche mit Gefangenen durchführte? Ja, ich bin allerdings erst mit der Zeit dahintergekommen. Solange das Ärztehaus in Bau war, hatte Lauber dazu keine Möglichkeit. Nach der Schlüsselübergabe zog er zusammen mit Schwester Marga ein. Sie wohnten im ersten Stock, wo auch sein Büro lag. Das Untergeschoss hatte er nach besonderen Vorgaben ausbauen lassen. Hier richtete er sich eine vollständige Arztpraxis ein. In einem größeren Raum daneben entstand eine Art Privatstation, worin Kranke und Verletzte lagen, deren Behandlung nur ihm und Schwester Marga vorbehalten war. Ein einziges Mal durften wir seine Errungenschaften besichtigen. Danach blieb das Ärztehaus für die meisten tabu. Nur sein Adjutant hatte Zutritt, auch Watutin beobachtete ich gelegentlich, wie er das Haus betrat. Den ersten Hinweis auf Laubers Versuche erhielt ich durch unseren Bestatter. So nannten wir die Gefangenen, die die Toten entsorgen mussten. Dazu möchte ich erklären, dass sowohl im Lazarett als auch in Laubers Privatstation viele ihren schweren Leiden erlagen. Starben Kranke im Lazarett, riefen wir besagten Bestatter, der die Toten abholte. Tote aus der Privatpraxis des Lagerarztes fanden vorübergehend Platz im kühlen Keller des Hauses. Hierfür hatte Lauber einen Schacht anlegen lassen, durch den er die Leichen hinunter in den Hades rutschen ließ. Der Bestatter kam nicht auf Zuruf hierhin, sondern regelmäßig alle zwei Tage, um mit seinem Gehilfen den Totenkeller zu kontrollieren. Wurden sie fündig, schleppten sie die Leiche oder gar mehrere nach oben in den Hof, wo die Ladung ohne weitere Formalitäten auf einem Handkarren landete. Von hier ging die letzte Reise ein Stück durch freies Gelände bis zu einer in gehöriger Entfernung ausgehobenen Grube. Bei dieser Prozedur war es zu einem Zwischenfall gekommen, an dem ich beteiligt war. Ich begegnete eines Morgens dem Bestatter, der seinen Karren soeben beladen aus dem Hof des Ärztehauses herauszog. Es war ein neues Gesicht. Die Arbeiter im Lager wurden häufig gewechselt.

„Guten Morgen! Wie lange machen Sie das schon?" fragte ich.

„Etwa zwei Wochen."

„Kommen Sie zurecht? Ich meine, nicht jeder kann mit Leichen umgehen."

„Gut sogar. Ich bin Sanitätsgefreiter. Ich sehe mir die Toten sozusagen berufsbedingt genauer an. Sagen Sie, ist beim Doktor die Luft zu dünn?"

„Wieso?"

„Sehen Sie her." Der Mann drehte die Leiche auf den Rücken. „Fällt Ihnen nichts auf?"

Ich sah mir das Gesicht des Toten genauer an, bückte mich, um den Geruch über dem geöffneten Mund einzuziehen. Lauber pflegte Zyankali für die Sterbehilfe zu benutzen. Ich roch keine Bittermandel, auch die dafür typische rosarote Verfärbung der Haut konnte ich nicht feststellen, dafür aber einen bläulichen Schimmer im Gesicht, der auf Luftnot hinwies.

„Wohl erstickt."

„Sehe ich auch so. Dem Mann hat jemand die Luft abgedreht. Ich würde ja nichts sagen, wenn er der Einzige gewesen wäre. Es ist aber schon der fünfte, seit ich die Arbeit hier mache."

„Ich werde mal mit dem Chef sprechen."

„Tun Sie das, Schwester!"

Ich berichtete Lauber von der Beobachtung. Seine Antwort lautete, letzte Nacht habe sich ein Patient selbst erdrosselt, aus Verzweiflung, weil sein Ende nahte. Von weiteren Fällen sei ihm nichts bekannt. Da müsse sich der Bestatter geirrt haben. Zufrieden war ich mit seiner Erklärung nicht, was ich mir aber nicht anmerken ließ. Den aufmerksamen Bestatter sah ich allerdings nicht mehr wieder. An seiner Stelle holte ein anderer die Leichen ab, der kein Auge für medizinische Details hatte. Ich erfuhr, dass er Hufschmied von Beruf sei. Allerdings kam ich in der Sache auf einem anderen Wege weiter, auf den ich in meinen kühnsten Gedanken nicht gestoßen wäre. Zu meiner Überraschung fragte mich die unbeliebte Schwester Marga eines Morgens, ob ich mir mal die Zeit nehmen würde, mit ihr einen Spaziergang zu machen. Ich lehnte nicht ab, wir verabredeten uns. Sobald wir den Lagerzaun hinter uns hatten, versteckte Marga nicht mehr, dass sie etwas bedrückte.

„Ich kann das nicht mehr mit mir alleine ausmachen, ich muss mit jemandem darüber sprechen. Ich habe Angst vor Lauber. Darf ich mich dir anvertrauen, Sarah?"

Ich warf meine Antipathie ihr gegenüber über Bord und nickte ihr aufmunternd zu. Darauf hörte ich eine unglaubliche Geschichte. Das Wesentliche hat Marga niedergeschrieben. Dazu noch einiges mehr. Etwa eine Woche nach unserem Spaziergang übergab sie mir einen verschlossenen Umschlag. „Damit nichts verlorengeht, falls mir etwas zustoßen sollte", sagte sie. Die Niederschrift kann ich Ihnen im Original zu den Akten geben. Mir genügt eine Kopie."

Eines Tages sahen wir Schwester Marga nicht mehr im Lager. Lauber sagte, sie habe plötzlich abreisen müssen, da ihr Vater einen Schlaganfall erlitten habe. Ich glaubte ihm das nicht. Ich konnte mir nicht vorstellen, dass Marga abgereist ist, ohne sich von uns zu verabschieden.

Ich blieb im Lager, bis es Ende 1919 aufgelöst wurde. Mit einem Zug des Roten Kreuzes fuhr ich zurück ins Deutsche Reich. Später erfuhr ich, dass Marga Sobek in Russland verschollen ist.

18

Hagelstein blätterte in der Ermittlungsakte die Niederschrift der von Sarah Braun erwähnten Krankenschwester auf.

Mein Name ist Marga Sobek. Ich wurde am 7. August 1892 in St. Pölten bei Wien geboren. Als ich im Lager Perm eintraf, arbeiteten dort drei Krankenschwestern und ein Lagerarzt. Ich kam aus Wien, dort war ich Schwester im Franz-Josef Spital. Ich brachte also Erfahrung mit. Manches im Lagerlazarett missfiel mir. Ich machte aus meiner Meinung keinen Hehl, was der dortigen Oberschwester nicht zu gefallen schien. Der Lagerarzt, Dr. Lauber, schätzte meine Arbeit, offenbar auch die Art, wie ich mich im Lazarett einbrachte. Er zog mich mehr und mehr ins Vertrauen und übertrug mir Aufgaben, die eigentlich seine Oberschwester hätte erledigen müssen. Öfter saß ich mit ihm zusammen in der Arztbaracke, um die Tagesplanung oder schwierige Fälle zu besprechen. Irgendwann lud er mich sogar zum Abendessen ein. Außer mir saß noch sein Adjutant am Tisch. Von da an dauerte es nicht mehr lange, bis ich die erste Nacht bei ihm verbrachte. Am Morgen danach bat er mich, zu ihm zu ziehen. Eine Weile wohnten wir in der Baracke. Dann zogen wir in das neue Haus in der Nähe des Lazaretts, das sich Lauber nach seinen Vorstellungen hatte bauen lassen. Im Keller richtete er sich ein Labor ein. Dort experimentierte er mit Substanzen, die er aus verschiedenen Pflanzen und Pilzen der Umgebung extrahiert hatte. Synthetische Stoffe standen ihm nicht zur Verfügung. Bald hatte er ein Mittel entwickelt, das der Sterbehilfe diente. Es wirkte nicht so brutal wie Zyankali, eher euphorisierend. Nach der Einnahme führte es nicht sofort und unwiderruflich zum Tod. Man könnte es mit dem Gift der Schlange vergleichen. Lauber hatte den Spielraum, sofern er früh genug eingriff, die Wirkung des Giftes durch ein Gegenmittel zu neutralisieren, und somit den Patienten zu reanimieren. Dieses Gegenmittel, das er ebenfalls kreiert hatte, konnte er auch in anderen Situationen, wie bei Atemnot, Herzstillstand oder Kollaps zur Wiederbelebung anwenden. Beide Stoffe hatte er in seiner Privatpraxis an kranken Gefangenen erprobt. Als seine Helferin und Vertraute hatte er mich zu den Versuchen hinzugezogen. Da er dabei niemandem schadete, konnte ich diese Arbeit mit meinem Gewissen vereinbaren. Bei einer Reanimation sowieso. Bei der Sterbehilfe aber auch. Dieser Eingriff war im Lager nicht ungewöhnlich. Ich möchte bestätigen, dass Lauber damit verantwortungsvoll umging. Er verabreichte das Mittel nur auf Wunsch oder mit Einwilligung des hoffnungslos Erkrankten, es sei denn, der Sterbende war bereits ins Koma gefallen oder aus anderen Gründen nicht mehr im Stande, seinen Willen kundzutun.

Die Formel für seine Substanz hatte mir Lauber nicht verraten. Ich vermute, er hat Elixiere hergestellt und wieder nutzbar gemacht, die im Mittelalter zum Repertoire der Ärzte gehört haben dürften. Wahrscheinlich fanden diese Substanzen auch in der einen oder anderen Hexenküche Verwendung. Ich komme deshalb darauf, weil ich in dem Regal über seinem Labortisch naturkundliche Bücher aus dem Mittelalter fand, daneben Werke von Agrippa und Paracelsus. Lauber musste mindestens bis Jekaterinburg gereist sein, um an diese Literatur heranzukommen.

Die Entwicklung, Erprobung und Anwendung von Giften und Gegengiften genügte Lauber aber nicht. Er hatte ganz anderes vor. Er war neugierig, wie weit sich ein Mensch dem Tode nähern konnte und welche Folgen, je nach Dauer seiner Bewusstlosigkeit, dabei zu beobachten waren. Er schickte seine Probanden also in einen todesnahen Zustand. Dabei setzte er nicht nur die beschriebene zum Tod führende Substanz ein, er drosselte oder blockierte wahlweise mit mechanischen Mitteln auch die Luftzufuhr zur Lunge oder die Blutzufuhr zu Herz und Kopf seiner Versuchspersonen. Um herauszufinden, wann der Prozess unumkehrbar wurde, schob er den Zeitpunkt der Reanimation Schritt für Schritt weiter hinaus. Die Spanne von der einfachen Ohnmacht bis zum Hirntod war sein Experimentierfeld. Dabei registrierte Lauber bei seinen Probanden Schäden, die von vorübergehenden Lähmungen bis hin zur Bewegungsunfähigkeit, Demenz oder Hirnkollaps reichten. Am Leben ließ er endgültig nur diejenigen, die sich nach Ausheilung peripherer Schäden als stabil und lebensfähig erwiesen. Die aber hatten für den Rest ihrer Lagerzeit ausgelitten, denn Lauber versah sie mit allerlei Privilegien, sorgte mitunter sogar für ihre Freilassung. Den anderen, und das war die überwiegende Zahl, verabreichte er sein euphorisierendes Gift, es sei denn, sie waren schon vorher dem Hirntod erlegen.

Schwerkranke konnte er für seine Experimente nicht gebrauchen. Es waren organisch gesunde, belastbare Gefangene mit leichten Erkrankungen, die er sich aussuchte. Er sorgte dafür, dass sie alle gutgläubig und ahnungslos blieben.

Bei diesen Versuchen habe ich nicht mitgemacht. Als mir Lauber eröffnete, was er vorhatte, lehnte ich meine Mitarbeit ab, ohne eine Sekunde zu zögern. Er schien Verständnis für meine Entscheidung zu haben. Er führte die Versuche alleine durch. Doch berichtete er mir in Abständen über Fortschritte, Resultate, Erkenntnisse oder aufgetretene Schwierigkeiten.

Ich erinnere mich an ein Gespräch in Laubers Arbeitszimmer. Er hatte eine Flasche Madeira entkorkt und zwei Gläser gefüllt. In einem Wandregal hinter seinem Schreibtisch stand ein Totenschädel. Neben dem Regal hing eine vergrößerte Abbildung des menschlichen Gehirns.

Darauf deutete er. „Was spielt sich im Gehirn ab, bevor das endgültige Aus kommt? Welche Ströme ziehen mit welcher Stärke wohin? Welche Regionen des Hirns sind aktiviert? Ich brauche Spezialgeräte, um das zu erforschen. Daran ist aber erst zu denken, wenn ich zurück in der Heimat bin. Ich erwarte Antworten auf viele Fragen, auch darauf, ob es eine Seele gibt. Du bist ja katholisch, Marga, und wirst an eine Seele glauben. Schon die Ägypter, Perser, Römer und Griechen glaubten an eine Seele und hielten sie für unsterblich. Sie nahmen an, dass die Seele sich gleichzeitig mit dem Tod oder kurz danach von ihrer leiblichen Hülle löst und einem eigenen Schicksal folgt. Nur, wer hat eine Seele jemals gesehen? Hast du jemanden getroffen, Marga, der gesagt hat: Ich bin meiner Seele begegnet, so und so sieht sie aus? Eines haben wir bisher erreicht: die kurze Zeitspanne zwischen Leben und Tod, in der die Seele, wenn es sie gäbe, beginnen müsste, sich vom Körper zu lösen, diesen Moment haben wir eingefangen."

Lauber bezog sich hierbei auf Versuchspersonen, die er auf die Reise geschickt und rechtzeitig reanimiert hatte. Sie berichteten von seltsamen Erlebnissen. Ihre Äußerungen hatte Lauber akribisch aufgezeichnet und in einem Ordner gesammelt. Da wurden Begegnungen mit Verstorbenen geschildert, außerkörperliche Flüge durch Raum und Zeit beschrieben. Manche wollen aus der Ferne ihren zurückgelassenen Körper wahrgenommen haben. Da wurde über Reisen durch Unterwelten oder endlose Röhren berichtet, über Lichterlebnisse, Gefühle von Glück, Frieden, Einheit mit dem Kosmos. Einige erzählten über Astralreisen mit Aufenthalten auf eigenartigen Sternen oder gar in schwarzen Löchern, auf deren Grund wunderbare Landschaften phosphoreszierten. Andere wussten von Qualen, Angst, Bedrückung und schrecklichen Dämonen zu berichten, manche beschrieben den Teufel in vielerlei Gestalten.

„Ich bin nicht so naiv, aus diesen Berichten und Beschreibungen auf die Existenz einer Seele zu schließen", sagte Lauber und fuhr fort: „Da das Hirn nach Drosselung von Blut und Sauerstoff noch eine ganze Weile weiterarbeitet, kann es sich ebenso gut um selbsterzeugte geistige Produkte handeln, um Halluzinationen, Wahnvorstellungen, Hirngespinste, die unsere Versuchsobjekte für eine Wirklichkeit außerhalb ihrer selbst halten. Die Seele kann man eigentlich erst nachweisen, wenn solche Wahrnehmungen nach dem Hirntod eintreten. Einen Hirntoten kann ich aber nicht mehr zurückholen, damit er den Mund aufmacht und mir über seine Erlebnisse berichtet. Ich muss also andere Wege finden, um an die Seele heranzukommen oder im Gegenteil auf ihre Nichtexistenz zu schließen."

Lauber nutzte als Arzt, der im Lager unangreifbar war, die ihm ausgelieferten Menschen für eine Forschung, die ihn zu Hause unter die Guillotine brächte. Nach und nach geriet ich in einen inneren Zwiespalt. Einerseits bewunderte ich Lauber, ja ich möchte sagen, dass ich ihn liebte, andererseits konnte ich nicht verdrängen, dass ich inzwischen mit einem vielfachen Mörder zusammenlebte und arbeitete. Ich musste mir eingestehen, dass ich in der letzten Zeit ab und zu Angst empfand, wenn ich mir vor Augen führte, wozu Lauber fähig war. Der Wunsch, mich jemandem anzuvertrauen, wuchs. Dabei kam mir Oberschwester Sarah in den Sinn, obwohl wir beide eher wie Hund und Katze zueinander standen. Wir verabredeten uns zu einem Spaziergang durch die Feuchtgebiete außerhalb des Lagers. Dabei sagte ich ihr offen, was mich bedrückte.

Einige Tage später ging ich auch mit Lauber in dieser Gegend spazieren. Er blieb am Rand eines Moorauges stehen, fing eine Fliege und drückte sie in die klebrige Blüte des Sonnentaus. „Ich kann von dem Zug nicht abspringen. Zu viel steht auf dem Spiel. Meinen hippokratischen Eid muss ich zeitweise vergessen", sagte er unvermittelt. Er fütterte den Sonnentau mit einer weiteren Fliege. „Was ist ein Leben wert an einem Ort, wo täglich Dutzende in den Hades fahren? Hier im Lager haben sich doch alle Relationen verschoben. Was macht es aus, wenn ich der Unzahl von Toten noch einige hinzufüge? Was ist überhaupt ein Leben wert?" sinnierte er.

Wir kamen an einen Bach. Er war zu breit. Wir konnten ihn nicht überspringen. Wir gingen am Ufer entlang und suchten nach einer flachen oder engen Stelle. Lauber sprach weiter: „Das Leben ist wie ein Kerzenlicht, ein leichter Luftzug, und schon ist es aus. Warum messen wir dem Leben eigentlich so viel Gewicht bei? Weil wir mit unserem Ich, seinem Körper und dem darin steckenden Lebenstrieb vollständig verstrickt sind. Daran klammern wir uns verbissen fest. Deshalb erfahren wir den Tod als größte Bedrohung und tun alles, um ihm zu entgehen. Wie leicht ließe es sich sterben, wenn man das alles loslassen könnte. Wer das Loslassen geschafft hat, steht über den Dingen, auch über dem Tod. Der Krieg wird nicht mehr lange dauern. Wir werden bald wieder zu Hause sein. Was wirst du dann machen, Marga? Heiraten? Kinder kriegen und großziehen? Im Krankenhaus arbeiten?"

„Wenn ich das heute schon wüsste", antwortete ich.

Einige Tage nach diesem Ausflug schrieb ich nieder, was ich über Lauber wusste. Oberschwester Sarah ist im Besitz meiner Aufzeichnungen.

19

„Weißt du eigentlich, wen du in Kassel besuchst, Alex?" fragte Grimm beim Abschied.

„Wen schon? Willi Justus, Laubers Adjutanten a. D."

Grimm holte eine Konserve aus dem Aktenschrank und stellte sie auf den Tisch. „Ein Überbleibsel aus Voigts Beutezügen."

Auf dem Etikett glänzte eine rote, aufgeschnittene Salami, darunter stand in Gold: Justus und König.

„Du meinst ...?"

„Ja, der Konservenzar Justus ist das. Lass dich besser von einem Kasseler Kollegen begleiten. Ich könnte mir vorstellen, dass du als Fremder auf einige Hindernisse stößt."

Es gab eine Reihe von Unternehmern in der Weimarer Republik, die aus dem Nichts aufgestiegen waren, weil sie wussten, wie man aus der Not eine Tugend macht. Dazu gehörten Willi Justus und sein Partner Thomas König, die gemeinsam eine Konservenfabrik aufgebaut hatten, wobei die Idee eher von Justus stammte.

Von der Schule herunter, ohne irgendeinen Berufsabschluss, war Justus in den Krieg gezogen und daraus erst nach langjähriger Gefangenschaft heimgekehrt. Sein Vater war an der Marne gefallen, seine Mutter, die bald einen Nachfolger gefunden und geehelicht hatte, zog fort und wollte seitdem von ihrem Sohn nicht mehr viel wissen. Da stand der junge Justus nun unter zahllosen Heimkehrern auf dem Bahnsteig in seiner Heimatstadt Göttingen, ratlos, mittellos, zukunftslos, ohne die tröstende Stütze einer Familie. Eines allerdings hatte er gründlich gelernt: sich im Leben zu behaupten. Hierfür war das Gefangenenlager, nicht zuletzt auch seine Stellung in Laubers Lazarett, eine ideale Schule gewesen. Was Justus damals nicht ahnen konnte, seine Karriere begann eigentlich auf dem Göttinger Obstmarkt mit einer unscheinbaren Geste. Dort schlenderte Justus eines Morgens zwischen den Ständen herum, ohne etwas kaufen zu können, da nicht eine einzige Münze in seiner Tasche steckte. Vom Duft der Äpfel und Birnen angezogen, blieb er kurz vor den Auslagen eines Obstbauern stehen. Dieser drückte dem blassen, abgemagerten, jungen Mann zwei Äpfel in die Hand. Als Justus eine Woche später dem Bauern wieder begegnete, kam das Angebot, bei ihm auf dem Hof auszuhelfen. Dort wartete harte Arbeit auf Justus. Damit verdiente er sich freie Kost im Kreise der Familie und freies Logis in der ausgebauten Bodenkammer. Eines Abends holte der Bauer seinen Selbstgebrannten aus dem Schrank, schenkte ein und ernannte seinen Helfer zum Knecht, ein Status, der ihm sogar ein wenig Lohn einbrachte. Nach dieser Beförderung brauchte Justus nicht mehr lange zu warten, bis zu Kost, Logis und Lohn auch noch die Frau hinzukam. War der Bauer werktags auf dem Göttinger Markt oder sonntags im Hochamt, wälzte sich seine Frau mit dem neuen Knecht unter der rotkarierten Decke im Bett der Bodenkammer. Justus hätte mit dem Status eigentlich zufrieden sein können. Dass er nicht mehr Geld in der Tasche hatte, beunruhigte ihn aber zunehmend. Es tat ihm weh, in der Kneipe als armer Knecht zu gelten und mitansehen zu müssen, wie andere bei Geburtstagen oder sonstigen Anlässen ihren Verdienst mit vollen Händen ausgaben.

An der Theke riet ihm jemand, sich bei der Göttinger Fleischfabrik zu bewerben, wenn er gut verdienen wolle. Dort liefen die Bänder ununterbrochen, denn der Hunger sorge immer und an jedem Ort für Absatz. Justus erhielt eine Zusage und stand bald an der Maschine, die zugeschnittenes Zinkblech zu Dosen beliebiger Größen stanzte und formte. Die fertigen, oben offenen Behälter purzelten unter Justus Aufsicht auf ein Band, das sie in die Nachbarhalle trug, wo sie ebenfalls maschinell mit Wurst und Fleisch befüllt, luftdicht verschlossen und zum Schluss passend etikettiert wurden. Sobald Justus genügend Erfahrung und Routine bei der Bedienung der Maschine erworben hatte, begann er sich mehr und mehr für die maschinellen Funktionen und Konstruktionen zu interessieren. Er ließ sich die Wartungs- und Baupläne der Geräte geben, um sich in den Mittagspausen darin zu vertiefen. Bald kannte er sich in der Automation fast so gut aus wie der zuständige Mechaniker.

Die Weichen auf Justus Lebensweg schienen sich vornehmlich an der Theke zu stellen. In seinem Göttinger Stammlokal begegnete er einem Gast, der als Mechaniker in einer Munitionsfabrik gearbeitet hatte, wo es ja auch darum ging, Behältnisse herzustellen und mit Masse zu füllen. Er hieß König, war der befohlenen Abrüstung zum Opfer gefallen und seither arbeitslos. Nachdem man sich wiederholt getroffen und ein wenig nähergekommen war, erfuhr Justus etwas, das ihm nicht mehr aus dem Kopf ging.

„Kaum war der Krieg vorbei, da kamen die Inspekteure in die Fabrik, Franzosen und Engländer mit Dolmetschern. Sie nahmen das gesamte Inventar auf und bestimmten, wo das Zeug hin sollte. Mich könnt ihr kreuzweise, dachte ich. Ich war meine Arbeit los, hatte nichts zu verlieren, nur etwas zu gewinnen. Dafür musste ich aber etwas tun. Was meinst du, habe ich getan?"

„Vielleicht den Bürosafe geknackt, solange noch etwas drin war, vielleicht die Handkasse mitgehen lassen oder das Messing aus dem Lager", sagte Justus.

„Mitgehen lassen, das klingt gut. Es hat mich mehrere Nächte gekostet, jedenfalls war ich schneller als die verfluchten Abrüster."

König hatte zusammen mit einem Kumpel nachts Maschinen auseinandermontiert. Es waren die kleineren aus der Hülsenproduktion und der Pulverfüllung für Pistolen- und Gewehrmunition. Die Stücke schafften sie nach und nach mit Handkarren aus der Halle und deponierten sie in der Scheune eines Bauern, nicht ohne die empfindlichen Teile vorher in Ölpapier gewickelt zu haben. König lud seinen Thekenbekannten zu einer Besichtigung ein. Es war Justus, der die Idee hatte, die Geräte so umzubauen, dass sie anstelle von Hülsen nun Dosen produzieren und anstelle von Nitropulver nun Wurst einfüllen konnten.

„Das lässt sich machen, ungefähr die Hälfte der Maschinenteile können wir verwenden, die andere Hälfte müssen wir neu bauen", lautete Königs Einschätzung. Das war der Beginn der Konservenfabrik Justus und König. Zunächst aber war es höchst mühevoll und knifflig, bis sie die Maschinen so weit hatten, dass sie nach ihren Vorstellungen arbeiteten. Das Projekt drohte sogar am Problem des luftdichten Verschlusses zu scheitern. Doch letztendlich überwanden die beiden Tüftler alle Erschwernisse, kreierten sogar einen ansprechenden Aufkleber für ihre Produkte.

Da Justus meinte, in Kassel und Umgebung eine Marktlücke entdeckt zu haben, gründeten sie ihr Unternehmen in dieser Stadt. Eine Halle, ein Ladengeschäft daneben, ein Metzger mit Wurstmaschinen, ein Fahrzeug, ein Firmenlogo, vor allem ein Kredit. Damit etwa und mit ihren selbstgebauten Produktionsmaschinen machten sie den Anfang. Sobald der Ladenverkauf und die Belieferung einiger Kantinen angelaufen war, begann Justus, Krankenhäuser, Gefängnisse, Großküchen, soziale Einrichtungen aller Art, weitere Werks- und Behördenkantinen, besonders bei Bahn und Post, zu besuchen. Er hinterließ Preislisten, Proben und einen guten Eindruck. Die Aufträge ließen nicht lange auf sich warten. Die Firma expandierte unaufhaltsam. Bald verließen nicht mehr nur Fleischwaren die Fabrik, sondern auch Suppen und Gemüse. Die Zahl der Niederlassungen nahm zu. Irgendwann eröffnete Justus sogar eine in Königsberg. „Justus und König", die Firma wurde zum Begriff, den bald jedes Kind kannte. Einen Löffel für Papi, einen Löffel für Mami!

Der Siegeszug von J & K schlug sich naturgemäß auch im Privaten nieder. Die Firmengründer feierten eine pompöse Doppelhochzeit. Vorher hatten sie sich im noblen Stadtteil Wilhelmshöhe geziemende Villen errichten lassen.

Reichtum fällt auf, das lässt sich kaum verhindern. Was auffällt, ist dem Neid anderer ausgesetzt, manchmal auch Zugriffen, die schmerzhaft sein können.

Justus hatte sich im Liegestuhl auf der Terrasse seines Habichtswalder Ferienhauses ausgestreckt und beobachtete einige Meisen, die im nahen Kastanienbaum herumturnten. Es herrschten ausgesprochen milde Temperaturen für die Jahreszeit. Die winterliche Sonne lockte ins Freie. Durch die geöffneten Fenster in seinem Rücken drang Schlagermusik, darein mischte sich ab und zu die Stimme seiner Frau, die an Stellen, die ihr geläufig waren, mitsang. Er wollte gerade die Augen schließen, um sich der Mittagsruhe zu überlassen, da schellte das Telefon. „Für dich", rief seine Frau durchs Fenster. Es war unverkennbar eine verstellte Stimme, die ihn aus dem Hörer erreichte. „Ich hätte gern etwas Kleingeld von Ihnen, sagen wir eine Million, Herr Justus. Nein, nein, legen Sie jetzt nicht auf, das wäre ein Fehler. Hören Sie mich bis zum Ende an. Sie brauchen mir das Geld natürlich nicht zu schenken. Ich biete Ihnen etwas dafür."

Justus hörte, wie der Anrufer schwer atmete. Vielleicht drückte er sich ein Tuch vor den Mund. „Mein Angebot ist, dass ich Ihre Produktion verschone."

„Was soll das heißen?"

„Ich werde davon absehen, den Inhalt einiger Dosen der Firma J & K mit Arsen oder einem noch wirksameren Gift anzureichern. Sie denken jetzt, das ist dummes Geschwätz. Dann schauen Sie mal hinter den Pfosten Ihres Gartentores. Da finden Sie eine Dose feine Leberwurst von Ihrer Firma. Geben Sie davon Ihrem Hund oder Ihrer Katze, wenn Sie wollen auch Ihrer Frau, ein Häppchen. Ich melde mich in drei Tagen wieder, dann erhalten Sie genaue Instruktionen. Zum Schluss noch das Übliche: Sollten Sie die Polizei einschalten, wird es sehr unangenehm für Sie und Ihre Frau."

Den Fund, eine kleinformatige, grüne, für das Militär gefertigte Konserve, beim chemischen Untersuchungsamt abzugeben, schien Justus zu riskant. Wenn sie Arsen im Fleisch entdecken sollten! Das forderte geradezu heraus, die Polizei zu benachrichtigen. Auch sah Justus einen unabsehbaren Schaden auf seine Firma zukommen. Er beschloss, dem Unbekannten einstweilen zu glauben. Justus, den Risiken und Gefahren nicht verschreckten, entschied, den Erpresser auf eigene Faust auszuschalten. Er besaß zwei Pistolen, mit denen er umgehen konnte.

20

Der Kollege bei der Kasseler Kripo stellte sich mit Exter vor. Die Art, wie er nach der Begrüßung den Arm ausstreckte, um seinem Besucher mit verheißungsvollem Lächeln einen Stuhl anzubieten, erinnerte Hagelstein ein wenig an seinen Frisör. Wie die Reise gewesen sei, erkundigte sich Exter. Mit der Antwort „sehr angenehm" begnügte er sich nicht, sondern wollte Einzelheiten wissen. Als sich Hagelstein leicht erstaunt zeigte, erklärte er, dass die Eisenbahn mit allem drum und dran sein Hobby sei. Er besitze zu Hause eine Sammlung von Modellbahnen. Ob Hagelstein überhaupt wisse, welche Lok ihn heute nach Kassel gezogen habe. Hagelstein lernte, dass es eine rassige Schwartzkopf Schnellzuglok der Reihe 03 gewesen sei. „Was auf unseren Bahngleisen rollt, kenne ich wie meine Westentasche", sagte Exter. Nachdem er genügend über die Reise seines Berliner Kollegen erfahren und danach noch ein Restaurant mit hessischen Spezialitäten für den Abend empfohlen hatte, fragte er schließlich nach dem Anlass für Hagelsteins Besuch.

„Es geht um den Fabrikanten Willi Justus. In Zusammenhang mit einem Mord in Berlin müsste ich ihm einige Fragen stellen. Ich hätte gern jemanden aus Ihrer Dienststelle dabei."

Exter war verblüfft und einen Atemzug lang sprachlos. Dann zog er eine Akte aus der Schublade und ließ sie auf seine Schreibunterlage fallen. „Leider wird aus Ihrem Besuch nichts. Justus ist tot. Dabei hat jemand nachgeholfen, deshalb liegt die Akte hier vor mir."

„Wann?"

„Vor zwei Wochen und vier Tagen."

„Das verstehe ich nicht. Ich habe mich vor knapp einer Woche bei der hiesigen Gemeinde nach Justus' aktuellen Daten erkundigt. Dass er bereits tot war, hatte man nicht registriert. Auch in den Zeitungen hätte etwas stehen müssen, Justus war in der Republik schließlich kein Unbekannter."

„Wir haben eine Nachrichtensperre verhängt, Kollege. Genauer gesagt, wir haben aus ermittlungstaktischen Gründen eine sehr kurze Fehlmeldung lanciert, nämlich dass Justus nach einem Überfall schwer verwundet worden sei und im Krankenhaus mit dem Tod ringe. Warum wir so verfahren sind, wird Ihnen gleich klar, wenn wir in die Sache einsteigen. Außer uns wissen nur Justus' Ehefrau und sein Partner König die Wahrheit. Wir beide werden einiges zu besprechen und abzuklären haben, denke ich. Wer soll den Anfang machen?"

„Sie."

„Justus wurde telefonisch erpresst. Von einer Million war die Rede. Er hat die Polizei nicht eingeschaltet. Sein Unglück, leider! Justus war seinem Erpresser nicht gewachsen. Der war ihm an Raffinesse und Kaltblütigkeit überlegen. Er hat gefordert, dass die Übergabe des Geldes Punkt Mitternacht bei einer markanten, uralten Buche im Wilhelmshöher Park stattfinden sollte. An dem Baum führt ein befahrbarer Parkweg vorbei. Auch die weiteren Bedingungen hat der Erpresser diktiert. Wir haben den Ablauf des Geschehens rekonstruiert."

Wie gefordert stellte Justus seinen Pkw etwa fünfzig Meter entfernt von der Übergabestelle ab. Der Himmel in dieser Nacht war sternenklar, am Horizont schwebte der aufgehende Mond. Justus stellte kurz das

Fernlicht an, das die vorspringenden Äste der alten Buche über dem Weg sichtbar machte. Danach schaltete er das Autolicht ab. Es war hell genug. Er brauchte seine Taschenlampe nicht. Vorsichtig, Schritt für Schritt, näherte er sich dem angegebenen Punkt. Der Kies knirschte unter seinen Schuhsohlen. In der Nähe rief ein Käuzchen in den Wald. Mit der freien Hand tastete Justus nach seiner entsicherten Pistole. Die letzten Meter ging er schräg durch das Gras auf den mächtigen Stamm zu. Dort stellte er den Lederkoffer zwischen zwei vorspringenden Wurzeln ab. Er sah sich um, entdeckte aber niemanden. Danach trat er den Rückzug zu seinem Auto an, das er nicht abgeschlossen hatte. Er stieg ein, ohne vorher einen Blick in den Fond geworfen zu haben. Er kam nicht mehr dazu, den Motor anzulassen. Eine Drahtschlinge fiel von hinten über seinen Kopf und zog sich am Hals mit solcher Kraft zu, dass jede Gegenwehr versagte. Immerhin gelang es Justus, seine Pistole zu ziehen. Zu einem Schuss rückwärts durch das Heckfenster reichte seine Kraft gerade noch. Der Erpresser, inzwischen zum Mörder geworden, zog die Schlinge über den Kopf seines leblosen Opfers zurück und steckte sie ein. Danach verließ er den Pkw, holte sich das Geld und verschwand.

„Eine Frage haben wir uns natürlich sofort gestellt: Der Erpresser hatte sein Ziel erreicht, er konnte einen Koffer an sich nehmen, gefüllt mit einer Million Reichsmark, echten Scheinen, in Banderolen gebündelt. Warum tötete er den Fabrikanten, den er vielleicht sogar ein weiteres Mal hätte erpressen können? Wir nehmen an, dass die Erpressung nur als Vorwand diente, um sich für einen Mord günstige Umstände zu verschaffen. Wir haben inzwischen einige Leute in die Mangel genommen, die ein Interesse an Justus' Tod haben könnten, darunter die Ehefrau und den Geschäftspartner. Letztere erscheinen uns nach ihrer Aussage nicht verdächtig. Deshalb haben wir sie als Einzige in den wahren Sachverhalt, dass Justus tot ist und nicht im Krankenhaus liegt, eingeweiht."

„Das hätten Sie denen gegenüber auch nicht lange verschweigen können. Was versprechen Sie sich denn von der Geheimniskrämerei?"

„Dass der Mörder unruhig wird und einen Fehler macht, vielleicht einen zweiten Anlauf unternimmt, um Justus aus der Welt zu schaffen. Denn das will er offensichtlich."

„Denkbar wäre doch auch, dass Justus den Erpresser erkannt hat, vielleicht im Licht seiner Taschenlampe. Darauf musste der Erpresser reagieren. Ihm blieb nichts anderes übrig, als Justus zu töten. Er zwang ihn, ins Auto einzusteigen. Dort hat er ihn dann auf die beschriebene Weise erledigt", wandte Hagelstein ein.

„Das haben auch wir so ähnlich durchgespielt. Diese Version passt aber nicht so recht in das Täterprofil. Der Mann war nicht so dumm oder unvorsichtig, um vor Justus ins Licht zu laufen. Und wenn, so hätte ihn Justus auf der Stelle niedergeschossen."

„Wissen Sie eigentlich, Kollege, dass Justus in russischer Gefangenschaft war?"

„Ja, aus seinem Lebenslauf."

„Auch was er dort getan hat?"

„Nicht genau. Was Gefangene eben so machen."

„Justus hat etwas Besonderes gemacht. Ist Ihnen der Name Dr. Otto Lauber mal zu Ohren gekommen?"

„Lauber? War das nicht dieser schreckliche Lagerarzt?"

„Das war er. Wir werden jetzt ein wenig in die Geschichte einsteigen müssen. Dabei werden wir auf eine Verbindung stoßen zwischen dem Mord in Berlin, der traf eine Oberschwester Laubers, und dem Mord hier in Kassel, der traf einen Assistenten Laubers. Lesen Sie das mal."

Hagelstein übergab Exter einen Auszug aus Dr. Kochs Ermittlungsakte, der die Aussage von Willi Justus enthielt. Exter vertiefte sich in den Stoff.

21

Persönliche Daten:
Name: Willi Justus; geboren am 3. Mai 1898 in Göttingen; ledig; Staatsangehörigkeit: deutsch.
Zur Sache: Ich bin als Leutnant der 5. Gardebrigade unter General von Lauenstein im Februar 1915 in Masuren in Gefangenschaft der Russen geraten. Im Lager Perm war ich persönlicher Adjutant des Lagerarztes Dr. Lauber. Passender wäre die Bezeichnung Assistent gewesen, aber Lauber nannte mich Adjutant, und dabei blieb es. Da ich keine medizinische Ausbildung besaß, war ich eher mit administrativen Aufgaben befasst, wozu von Reparaturarbeiten bis zur Vorratshaltung alles gehörte, was im Lazarett anfiel. Mit der medizinischen Betreuung hatte ich also

nur indirekt zu tun. Ich kannte Lauber bereits, bevor er Lagerarzt wurde. Er gesellte sich öfter zu mir, wenn wir auf dem Gelände arbeiteten. Ich hatte den Eindruck, er mochte mich. Allen anderen gegenüber schien er eher zurückhaltend. Als er dann die Stelle im Lazarett bekam, holte er mich zu sich. Ich bekam eine Kammer in der Arztbaracke und genoss ab da gewisse Privilegien im Lager. Lauber war ein Mensch, der leicht Einfluss auf andere gewann. Dies aber nicht durch Mechanismen der Macht. Im Gegenteil, er war zurückhaltend, angenehm und zuvorkommend im Umgang. Was er sagte, dachte und tat war gegründet auf einer beachtlichen Selbstsicherheit und Bestimmtheit. Jemand also, der überlegen und verlässlich schien, dazu anderen gegenüber immer einen gewissen Abstand einhielt. Wie er es fertigbrachte, Menschen so stark zu lenken und zu beeinflussen, bleibt trotz allem ein Geheimnis. Von Charisma möchte ich nicht sprechen, das erklärt gar nichts.

Lauber hatte einmal einem Aufseher verraten, wie er mit dem Gummiknüppel unerträgliche Schmerzen auslösen konnte. Das hat der Mann, um sich wichtigzumachen, sofort dem Lagerkommandanten gemeldet. Watutin, so hieß der Kommandant, soll schallend gelacht haben. Keine fünf Minuten später saß der Initiator der Marter bei Watutin am Tisch. Lauber, der mich immer öfter ins Vertrauen zog, hat mir erzählt, er habe Watutin bei einem Glas Wodka weitere Vorschläge für eine verschärfte Bestrafung gemacht. „Ich habe Watutin ein Licht aufgesteckt", so hat sich der Chef ausgedrückt. Ich kann mir vorstellen, dass Watutin sofort von ihm eingenommen war. Kaum hatte er erfahren, dass Lauber Mediziner war, bot er ihm auch schon die vakante Stelle des Lagerarztes an. Von da an wehte ein frischer Wind durch das Lager. Von Laubers erster Neuerung, der Box, war Watutin begeistert. Ich war dabei, als er sich vor Freude auf seine dicken Schenkel schlug. Nun erwartete er mehr von seinem rührigen Lagerarzt. Dafür gab er ihm freie Hand, bot ihm die notwendigen Mittel an und sicherte ihm jede Unterstützung zu. Lauber verbesserte zunächst das Lazarett. Es wurde renoviert, erweitert, neu eingerichtet und durch drei weitere Schwestern verstärkt. Lauber rekrutierte überdies einige Pfleger aus den Reihen der Gefangenen. Auf Laubers Druck hin intervenierte Watutin beim Gouverneur von Jekaterinburg, woraufhin eine komplette medizinische Ausstattung eintraf.

Daneben verfeinerte Lauber seine Box. Wissen Sie, was das ist? Ach, ja, von einem anderen Zeugen schon gehört. Dann brauche ich Ihnen nur die Fortsetzung zu erzählen. Zu der normalen Box kam die Winterbox, die bei dreißig Grad Frost im Freien stand, dann die Gemeinschaftsbox, in der drei Mann steckten. Stellen Sie sich vor, drei Mann tagelang bewegungslos aneinander gepresst. Schließlich noch die Wanzenbox. Für die Wanzenbox hatte sich Lauber eigens eine Zucht angelegt. Der Delinquent wird nackt in die Kiste gelegt wie in einen Sarg. Ein Eimerchen voll von den hungrigen Blutsaugern wird durch das Luftloch im Deckel ins Innere geschüttet. Dort nehmen die Tierchen ihre Mahlzeit ein. Wer nach zwölf Stunden den Deckel öffnet, bekommt einen rotgesprenkelten Körper zu Gesicht, über den die nimmersatten Tierchen zu Hunderten hin und her krabbeln. Nach und nach hat mein Chef dafür gesorgt, dass auch andere Maßnahmen effektiver eingesetzt wurden, ich nenne hier mal den Schlafentzug, das Kältebad, die Behandlung der Fingerspitzen, womit schon die Inquisition erfolgreich war.

Doch zurück zu den Boxen. Sie sollten bald noch einem anderen Zweck dienen als nur der Bestrafung. Der Gedanke kam auf einem der Gelage auf, die Watutin monatlich in der Kommandantur, einem geräumigen Backsteinhaus, veranstaltete. Dazu erschienen seine Offiziere, die Oberaufseher der beiden Lager und neuerdings auch der Lagerarzt für die Kriegsgefangenen, Lauber, der mich mitnahm. Der Arzt aus dem benachbarten Straflager genoss dieses Privileg nicht. In dieser Gesellschaft bewegten sich auch Frauen. Der Kommandant ließ sie aus dem Strafgefangenenlager kommen, darunter recht junge, die den Marxismus zu auffällig vertreten oder den Zaren laut beschimpft hatten, worauf die Verbannung stand. Watutin hatte Lammfleisch auftischen lassen, dazu Bohnen, frisches Brot und Kohlsalat. Zum Nachtisch genoss die Gesellschaft Schokoladentörtchen. Aus der Dienerschaft kümmerte sich einer nur um die Getränke, wobei es vor allem darum ging, den Wodka nachzufüllen. Nach Tisch unterhielt ein Geigenspieler die Gäste. Watutin war auf diesen Festen stets bester Laune, lachte dröhnend über seine eigenen Witze, unterhielt sich gern und lautstark, klopfte dem einen oder anderen auf die Schulter oder hielt ihn am Oberarm fest, während er sprach. Lauber und ich saßen Zigarren rauchend etwas abseits. Watutin stampfte irgendwann auf uns zu, tippte auf seine sternenverzierten Schulterstücke und sagte zu Lauber: „Otto Stefanowitsch, können Sie dafür sorgen, dass hier weitere Sterne dazukommen?" Watutin war Oberst und wäre gerne Generalmajor geworden. Immerhin, das Gebiet, worin er absolut herrschte wie ein Zar, hatte sich verdoppelt. Zu den Strafgefangenen waren die Kriegsgefangenen hinzugekommen, die sich Monat für Monat beängstigend vermehrten und ihm weit mehr Sorge bereiteten als die Sträflinge. Im Straflager war alles gut organisiert. Die Insassen leisteten ihre zwölf Stunden Zwangsarbeit am Tag. Sie sprachen alle russisch und hatten alle den gleichen Respekt vor der Peitsche. Küche und Werkstätten funktionierten schon seit fünfzig Jahren reibungslos im gleichen Trott. Zugänge und Abgänge hielten sich im Großen und Ganzen die Waage. Bei den Kriegsgefangenen dagegen war es unruhig wie in einem Bienenstock. Täglich erreichten unerwünschte Meldungen den Lagerleiter.

„Mehr Sterne, Nikita Pawlowitsch, dazu brauchen wir besondere Verdienste", sagte Lauber, während sich der Oberst in einen Sessel fallen ließ. Ich kannte Lauber schon gut genug. Sein Kopf arbeitete fieberhaft an einer Lösung. „Wie wäre es mit einem Ausbruch?"

„Einem Ausbruch?"

„Ja, Ausbruch, sagen wir von zehn gefangenen preußischen Offizieren und ebenso vielen aus der Mannschaft. Das könnte so ablaufen: Die Posten am Südtor sollen nachts niedergemacht, deren Waffen geraubt und das Tor aufgebrochen werden. Die Fluchtroute ist ausgearbeitet. Man will auf den Güterzug nach Jekaterinburg aufspringen und von dort nach Westen abhauen."

„Otto Stefanowitsch!"

„Der Lagerkommandant, Oberst Watutin, erwischt die Ausbrecher im letzten Moment, sozusagen auf frischer Tat, und kann den Ausbruch verhindern. Der Vorfall wird dem Gouverneur gemeldet, nachdem die Gefassten ein schriftliches Geständnis unterschrieben haben."

„Wie soll jemand etwas unterschreiben, was er nicht getan, ja, nicht einmal gedacht hat?"

„Wozu haben wir die Boxen, Nikita Pawlowitsch?" sagte Lauber, maliziös lächelnd.

Watutin schlug sich auf die Schenkel. Das machte er immer, wenn ihn etwas erfreute oder überraschte.

Die zehn aussortierten Offiziere unterschrieben nach vier Tagen Aufenthalt in der Box halb bewusstlos alles, was man ihnen vorlegte. Die Mannschaften lieferten ihre Unterschriften nicht minder bereitwillig. Ein Bericht ging an den Gouverneur. Seine Antwort lautete: alle hinrichten. Einen Monat später feierte Watutin seine Beförderung zum Generalmajor in Saus und Braus.

Ob ich ein Foto von Lauber besitze? Nein, er ließ sich nicht fotografieren. Ich nehme an, aus der Lagerzeit gibt es nicht ein einziges Foto von ihm. Ob ich etwas über medizinische Versuche des Lagerarztes weiß? Ich weiß nur, dass Lauber sich eine Privatstation eingerichtet hatte. Was darin geschah, ist mir unbekannt. Wie ich schon sagte, mit dem medizinischen Bereich hatte ich nur am Rande zu tun.

22

„Ich nehme an, dass Berlin den Mordfall Justus an sich ziehen und federführend bearbeiten wird", sagte Exter, nachdem er das Papier gelesen hatte.

„Sie sehen das richtig, Kollege. Heute Nachmittag möchte ich gern mit Justus' Ehefrau sprechen. Würden Sie mich begleiten, Herr Exter?"

„Ungern, muss ich gestehen. Wir sind der Lady schon genug auf die Nerven gegangen. Sie ist auf uns auch deshalb sauer, weil wir den Personenschutz für sie abgelehnt haben. Ein freundlicher Empfang wird das nicht."

„Es gibt einen Sachgrund, den können Sie ihr doch verdeutlichen. Die Lagervergangenheit des Toten war der Kripo in Kassel so detailliert bisher nicht bekannt. Das ist ein neues Thema, zu dem sich die Ehefrau einige Fragen gefallen lassen muss."

„Ich werde uns anmelden. Ist Ihnen sechzehn Uhr recht?"

Ein Turm, der an einen Bergfried erinnerte, flankierte die Justus-Villa in der oberen Wilhelmshöher Allee.

„Den hat Frau Justus bauen lassen. Sie sammelt Antiquitäten. Dafür braucht sie Ausstellungsräume", bemerkte Exter.

„Ich sehe es eher als Symbol für das an, was Justus reich gemacht hat: die Konservendose. Da kommen schon die Wachhunde", sagte Hagelstein.

Zwei Männer kamen ihnen bis zum Gartentor entgegen, das sie mit einem Schlüssel öffneten. Obwohl ihnen Exter bekannt war, verlangten sie die Dienstausweise. „Hier wird jeder kontrolliert, auch der Pfarrer oder die Polizei", sagte der Leibwächter mit der Boxernase. Im Foyer löste eine Dienerin das Wachgespann ab. Sie führte die Besucher zum kleinen Salon, klopfte und ließ sie eintreten. Frau Justus erhob sich von einer Ottomane, worauf sie lesend gelegen hatte. Sie trug, comme il faut, ein langärmeliges, geschlossenes, schwarzes Kleid, dazu passende hochhackige Schuhe. Nicht gerade unfreundlich, aber zurückhaltend begrüßte sie die beiden Kommissare und wies in eine verschattete Ecke des Zimmers, wo sich ein Ensemble von Ledersesseln um einen Tisch aus Kirschholz gruppierte. Alles, was Hagelstein hier zu Gesicht bekam, zeugte von Wert, war erlesen und mit Bedacht platziert. Reglos, die Hände im Schoß gefaltet, hörte Frau Justus zu, wie Exter ihr auseinandersetzte, warum er mit seinem Kollegen aus Berlin hergekommen war. Nach Exters Einleitung wandte sie sich Hagelstein zu, musterte ihn mit verhaltener Neugier und deutete mit einem Kopfnicken an, dass sie seine Fragen erwartete. Hagelsteins berufsbedingtes Misstrauen war inzwischen gestiegen, zu unnahbar, undurchschaubar, von geradezu jesuitischer Contenance kam sie ihm vor.

„Ihr Mann hat während seiner russischen Gefangenschaft eng mit einem Mörder zusammengearbeitet. Ich nehme an, das wissen Sie?"

„Ich weiß immer, worauf ich mich einlasse. Meinen Sie mit dem Mörder etwa Dr. Lauber?"

„Den meine ich."

„Wie kommen Sie dazu, den Mann so zu titulieren? Lauber hat im Lager viel Gutes getan, vielen geholfen. Sie scheinen die Bedingungen zu verkennen, die damals dort herrschten. Selbst wenn Sie mit dem Mörder recht hätten, was glauben Sie denn, wäre mit meinem Mann geschehen, wenn er es abgelehnt hätte, Lauber im Lazarett zu helfen?" Frau Justus' Augen funkelten angriffslustig.

„Haben Sie die Kyffhäuser Dokumentation gelesen?"

„Selbstverständlich, sie betraf ja auch meinen Mann."

„Ich möchte mit Ihnen nicht über die Bewertung des dokumentierten Stoffes streiten. Ich ..."

„Damit haben Sie schon angefangen, indem Sie Lauber als Mörder bezeichneten", unterbrach sie ihn.

„Die Vergangenheit scheint Ihren Mann ebenso wie seine damalige Kollegin, die Oberschwester Sarah, eingeholt zu haben. Hatte Ihr Mann zu irgendjemandem aus dem Lager Perm Kontakt?"

„Ich weiß nur, dass ihm Adressen bekannt waren. Er hat auch mal angedeutet, dass er gerne einige Bekannte aus der Lagerzeit wiedersehen möchte. Ob er sie tatsächlich besucht hat, weiß ich nicht. Erzählt hat er nichts davon, ich habe auch nicht nachgefragt."

„Hat er Namen genannt?"

„Nein. Mein Mann hat über seine Gefangenschaft wenig gesprochen."

„Könnte ich die Adressenliste haben?"

„Ich müsste im Schreibtisch nachsehen."

„Hat Ihr Mann in den letzten Monaten, obwohl er, wie Sie sagen, nicht gern darüber sprach, irgendetwas aus seiner Lagervergangenheit erwähnt, vielleicht ganz beiläufig?"

„Nein, ich erinnere mich jedenfalls nicht."

„Haben Sie Veränderungen an Ihrem Mann festgestellt, etwa bei seinen Gewohnheiten oder gar im Wesen?"

„Seit dem ersten Anruf des Erpressers war er unruhig und in Spannung. Sonst ist mir nichts aufgefallen."

„Hat Ihr Mann mit Ihnen über die Erpressung gesprochen?"

„Wir haben beraten, wie wir den Kerl loswerden können."

„Wie erklären Sie sich diese Erpressung, die mit Mord endete?"

„Was soll ich darauf antworten? Ich habe keine Vorstellung, wer hinter der Erpressung steckt, ebenso wenig wer einen Grund hätte, meinen Mann umzubringen. Ihre Rekonstruktion der Tat, Herr Exter, habe ich von Anfang an bezweifelt. An der stimmt etwas nicht", schloss sie, an Exter gewandt.

„Wer beerbt denn Ihren Mann?"

„Das können Sie Herrn Exter fragen. Der müsste es wissen, nachdem ich ihm die gleiche Frage schon dreimal beantwortet habe."

23

Auf der Rückreise nach Berlin las Hagelstein zum wiederholten Male die Aussage der Vera Maybach, einer Russin mit dem Mädchennamen Orlow, die Lauber im Lager Perm kennengelernt hatte.

Persönliche Daten:
Name: Vera Maybach, geb. Orlow; geboren am 12. Oktober 1895 in St. Petersburg; verheiratet;
Staatsangehörigkeit: russisch.
Zur Sache: Ein Gericht in St. Petersburg hatte mich zu fünf Jahren Verbannung verurteilt. Der Grund: Aufruf zum Streik. Ich war Marxistin und bin es heute noch. Ich habe meine Überzeugung auch unter dem Zaren nicht versteckt. Wie ich nach Dessau gekommen bin? Ich habe einen deutschen Offizier geheiratet, der damals im Kriegsgefangenenlager nebenan einsaß. Daher auch mein deutscher Name.

Über eine Woche dauerte der Transport von St. Petersburg nach Perm. Eingepfercht im Viehwagen, so reisten wir, schlimmer behandelt als das Vieh. Einmal am Tag durften wir für zehn Minuten aussteigen. Das war eine Vergünstigung für Frauen. Die Männer mussten in ihrem fahrenden Bretterverschlag bleiben. Als wir endlich am Ziel anlangten, schöpfte ich ein wenig Hoffnung. Doch die zerrann in dem Moment, als sich die Waggontüren öffneten. Viele Gefangene, die aus den Waggons stiegen, knickten auf der Rampe ein und blieben dort liegen. Andere versuchten vergeblich, ein paar Schritte zu gehen. Hilflos krümmten sie sich vor Schmerzen, ihre Füße waren erfroren. Unbehandelt im Dauerfrost hatten sich die anfänglichen Frostbeulen in offene Fleischwunden zersetzt. Schnell traten zusätzliche Wachen aus der Halle, die bellende Schäferhunde mit sich führten. Sie trieben die Erschöpften und Verwundeten zusammen mit den Gesunden hinunter ins Lager. Wir Frauen mussten uns vor einer Kontrollbaracke aufstellen. Was mit den Männern geschah, weiß ich nicht. Zur Untersuchung musste ich vor den Augen von zwei Aufsehern alles ausziehen. Sie filzten meine Kleidung, meine armselige Tasche und tasteten meinen Körper von oben bis unten ab, wobei sie die Scham als mögliches Versteck besonders sorgfältig untersuchten. Nach dieser Musterung durfte ich mich anziehen und landete in der Frauenbaracke. Dort herrschten annehmbare Bedingungen. In einem Waschraum konnte ich endlich meinen Durst stillen und mich, wenn auch mit eiskaltem Wasser, von Kopf bis Fuß waschen. Mir war, als würde eine neue Seele in meinen Körper einziehen. Zu essen bekamen wir ungeschälte Kartoffeln mit einer undefinierbaren Soße. Immerhin. Am nächsten Morgen nach dem Appell teilten uns die Aufseher zu den Zwangsarbeiten ein. Ich war für die Lagerarbeiten vorgesehen und brauchte deshalb nicht fortzumarschieren. Vielleicht ein Privileg, das den Ankömmlingen zukam.

Nach etwa einer Woche kam abends eine Krankenschwester in die Baracke. Sehr langsam ging sie durch die Reihen und musterte die auf den Pritschen liegenden Frauen. Sie wählte fünf aus, die ihr folgen mussten. Ich war darunter. Sie führte uns in das Wartezimmer des Lagerarztes bei den deutschen Kriegsgefangenen. Geheuer war mir das nicht. Ich hatte noch die entwürdigende Eingangskontrolle in Erinnerung. Die Krankenschwester rief die erste Gefangene ins Sprechzimmer. Nach zehn Minuten war die nächste dran. Mich bat man als Letzte hinein. Der Lagerarzt, der sich mit Lauber vorstellte, begrüßte mich freundlich mit Handschlag, was mir einen Teil meiner Unruhe nahm. Ich saß ihm gegenüber. Vor ihm auf dem Tisch lag meine Strafakte, in der er herumblätterte.

„Sie sind Kommunistin, haben zum Streik aufgerufen", stellte er fest.
„Wie viele Semester haben Sie denn studiert?" erkundigte er sich.
„Vier."
„Ich sehe, Sprachen, Geschichte, Politik, Philosophie. Was wollen Sie damit anfangen?"
„Lehrberuf vielleicht."
„Wenn Sie hier fünf Jahre verbracht haben, müssen Sie wieder ganz von vorn anfangen. Das Wissen verliert man im Lager sehr schnell, es sei denn, man bekommt hin und wieder ein geeignetes Buch und hat die Zeit, es zu lesen."
„Worauf wollen Sie hinaus?"
Lauber hob den Blick. Mir wurde irgendwie kalt, als er mich ansah.
„Wenn Sie so direkt fragen, sollen Sie auch eine direkte Antwort bekommen."

Ich erfuhr nun, wovor mich Mithäftlinge bereits gewarnt hatten, dass der Lagerkommandant und seine Offiziere sich Frauen aus dem Sträflingslager nahmen. Unter den Neuzugängen suchten Sie sich die jungen und hübschen aus. Die erste Wahl hatte der Kommandant. Er hatte die Gewohnheit, etwa ein halbes Jahr bei derselben Frau zu bleiben, danach reichte er sie an seine Offiziere weiter, und eine neue musste für ihn her. Die Auserwählten lebten wie die Haremsdamen in der Wohnung ihrer Herrscher. Sie genossen eine Reihe von Privilegien, waren von der Zwangsarbeit befreit, bekamen gutes Essen, auch Bücher auf Wunsch, was Lauber beiläufig bemerkte. Da für den Haushalt Diener zuständig waren, brauchten sie keinen Finger zu rühren, es sei denn auf eigenen Wunsch. Ihre einzige Pflicht war, ihren Körper herzugeben, wann immer und wie immer ihr Herr es wollte.

„Wen soll ich denn beglücken?" fragte ich.

„Ich arbeite nur für den Kommandanten. Ich habe Sie für ihn ausgewählt."

„Wenn ich nicht einverstanden bin?"

„Das hätte fatale Folgen für Sie."

„Welche?"

„Eine zeige ich Ihnen."

Lauber ging mit mir in eine Baracke, worin einige sargähnliche Kisten an den Wänden aufgestellt waren, andere lagen gegenüber auf dem Boden. Dorthin führte er mich. Er befahl einem Aufseher, den Deckel anzuheben. Mir wurde sofort übel. Innen lag nackt ein Mann, von dessen Haut kaum etwas zu sehen war, denn er war über und über mit Wanzen bedeckt.

„Das ist unsere Wanzenbox. Anstelle der Wanzen, könnte ich auch unsere Wächter auf ihren Körper lassen. Sie wollten doch wissen, was folgen könnte."

So wurde ich die Hure des Kommandanten Watutin. Vorher musste ich mich von Lauber internistisch untersuchen lassen. Ich gab mir Mühe, Watutin nicht zu enttäuschen oder gar zu verärgern. Ein unzufriedener Zar war mir nicht von Nutzen, hätte gar zugeschlagen oder mich fortgeschickt, was mir nicht gefallen konnte. Die Vorteile, die sich mir beim Kommandanten boten, nutzte ich ausgiebig. Watutin ließ mir sogar Bücher aus der Permer Stadtbibliothek kommen. So dicht am Zentrum der Macht erfuhr ich natürlich manches von dem, was im Lager vor sich ging, was man dachte und plante. Beispielsweise beobachtete ich im Herbst 1916 eine merkwürdige Geschäftigkeit auf allen Ebenen. Watutin ließ einige Baracken putzen, Stroh in die Betten legen und Decken verteilen. Die Insassen bekamen Lagerkleidung, boten darin ein einheitliches Bild und hinterließen den Eindruck von Ordnung und Sauberkeit. Der Grund für die Aufregung war das internationale Komitee zur Wohlfahrt der Gefangenen, das seine Rundreise machte. Ins Permer Lager rückten sie in einer Pkw-Kolonne an, gefolgt von Lkw, die Hilfsgüter wie Medikamente, Decken, Kleidung und Nahrungsmittel geladen hatten. Herausgeputzt begrüßten Watutin und seine Offiziere die Besucher auf dem großen Appellplatz. Einen Monat später kam die nächste Delegation. Es folgte kurz darauf ein Ukas des Gouverneurs, der im Namen des Zaren forderte, die Lage der Kriegsgefangenen insgesamt zu verbessern. Er benannte eine Reihe von Maßnahmen, für deren Ausführung er die Kommandanten verantwortlich machte. Für die neue Politik hatte nicht nur der internationale Druck gesorgt. Man hatte endlich etwas begriffen: Wer die Lage der fremden Kriegsgefangenen im Land verbesserte, konnte hoffen, ja, hatte die Aussicht, dass der Kriegsgegner das anerkannte und seinerseits verbessernde Maßnahmen ergriff. Der Zar war nun bestrebt, auf diesem Wege seinen gefangenen Soldaten und Söhnen im Ausland das Leben zu erleichtern. Watutin war plötzlich wie versessen, Neuerungen einzuführen, sah sich gar als Pionier einer neuen Ära und dachte dabei natürlich auch an seine nächste Beförderung. Was aber den Entwurf von genauen Plänen und deren effektive Ausführung betraf, war Watutin ebenso hilflos wie seine versoffenen Offiziere. Dieses Manko sollte Lauber ausgleichen. In Lauber fand er den geeigneten Architekten. Immer öfter kam der Lagerarzt zu Besuch, brachte irgendwelche Papiere und Skizzen mit, in die sich Watutin vertiefte. Es dauerte kein Vierteljahr, Arbeitskräfte gab es ja in Hülle und Fülle, da standen neue Baracken auf dem Gelände, vor allem besaß nun jede Baracke, ob alt oder neu, seitwärts eine eigene Latrine, so dass die stinkenden Kübel verschwinden konnten. Und jetzt dürfen Sie staunen. Lauber ließ, da das Gelände hierfür günstig war, vom Fluss einen breiten Wassergraben ableiten und auf dem Gebiet der beiden Lager so verzweigen, dass Wasseradern unter den Latrinen herliefen und für permanente Spülung sorgten. Dass die Baracken nicht kunterbunt durcheinander, sondern auf parallelen Fluchten errichtet waren, erleichterte dieses Werk. Was die Strafgefangenen schon lange besaßen, ließ Lauber nun auch für die Kriegsgefangenen installieren: eine Wasserleitung in jeder Baracke, dazu einen Waschraum. Die Erscheinung des zerlumpten, oft barfüßigen Insassen verschwand. Jeder bekam seine Lagerkleidung, Schuhe konnten aus den Hilfsgütern ausgegeben werden. Ich brauche wohl nicht zu erwähnen, dass sich gleichzeitig die Ernährungslage verbesserte, was schließlich zum Verschwinden der Epidemien führte. Watutin hatte mich inzwischen weitergereicht. Ich lebte nun als Bettgenossin eines Leutnants in bescheideneren Verhältnissen.

Eines Morgens, es war im Frühjahr 1917, erschien Laubers Adjutant im Offizierstrakt. Ich solle in einer Stunde bei Lauber erscheinen. Der Arzt empfing mich gut gelaunt in seinem Sprechzimmer und erkundigte sich nach meinem Befinden. Dann fragte er mich, ob es sich bei uns herumgesprochen habe, dass der Zar abgedankt und Lenin unterwegs nach Russland sei.

„Ich habe davon gehört", antwortete ich.

„Die provisorische Regierung, wie das Wort schon sagt, wird nicht lange regieren. Was glauben Sie, kommt danach?"

„Lenin und der Bolschewismus, davon bin ich überzeugt."

„Ich auch, und er wird schneller kommen, als wir denken. Deshalb habe ich Sie hergebeten."

Zunächst war ich verblüfft, doch nach einigen Sätzen von ihm wusste ich, worum es ihm ging: Er wollte sich auf die kommende Zeit vorbereiten.

„Sie sind doch wegen Ihrer Überzeugung und dem, was Sie deswegen getan haben, in die Verbannung geraten. Wie ich hörte, hat Watutin Sie laufend mit Literatur versorgt. Ich nehme an, Sie sind in der Lehre von Marx und in Lenins Theorien nach wie vor sattelfest. Das nun wäre meine Bitte: Könnten Sie mich an zwei oder drei Abenden in den Marxismus und speziell in den Dialektischen Materialismus einführen?"

Ich sagte zu, und wir vereinbarten gleich die Termine. Als ich schon in der Tür stand, fragte Lauber, ob ich etwas dagegen hätte, wenn Generalmajor Watutin dazukäme.

„Keineswegs", war meine Antwort, und damit sagte ich nicht einmal die Unwahrheit.

Die Oktoberrevolution von 1917 erschütterte das Land und fegte die alte Ordnung hinweg. Es dauerte nicht mehr lange, bis ich frei war. Schon im Dezember erschienen die Bolschewiki im Lager, begleitet von einigen Tschekisten, also Genossen der Staatspolizei, die nun den Roten dienten. Sie nahmen die Offizierswohnungen in Beschlag und begannen damit, das Lager zu inspizieren. Säubern, nannten sie das. Sie prüften die Gesinnungen, beleuchteten die Vergangenheit, pickten sich hier und da Konterrevolutionäre heraus, die sie erschossen. Gleichzeitig klärten sie die Insassen mündlich wie schriftlich über die revolutionäre sozialistische Ordnung auf. Wer sich gegen den Zaren gestellt hatte, war qua Dekret des roten Kommissars sofort frei, das betraf alle politischen Gefangenen. Den Strafgefangenen und den Kriegsgefangenen verhießen sie zwar die Freiheit, konnten aber ihr Versprechen nicht so schnell einlösen. Bei den Kriegsgefangenen hatten sie den Spielraum dafür nicht. Noch tobte der Weltkrieg an allen Fronten. Den von den Sowjets angestrebten Friedensverhandlungen durfte man nicht in die Quere kommen. Kriegsgefangene waren ein Pfand. Bei den Strafgefangenen stießen die Roten auf örtliche Hindernisse. Freiheit der Häftlinge bedeutete, dass viele von ihnen, wenn nicht gar die meisten, die Reise nach Hause antreten würden. Sie waren ja aus allen Ecken des Zarenreiches hierhin zusammengetrieben worden. Dann aber fehlten benötigte Arbeitskräfte in den volkseigenen Betrieben, Werken, Steinbrüchen und Wäldern der Umgebung. Der Alarmschrei aus dieser Richtung war so laut und deutlich, dass kein Kommissar es wagte, die bewährte Zwangsarbeit zugunsten einer politischen Maxime zu vermindern oder gar abzuschaffen. Man definierte einiges einfach um. Die Häftlinge lebten und arbeiteten von nun an mehr oder weniger freiwillig für ein höheres Ziel, für eine gerechte Gesellschaftsordnung im Sozialismus. Sie genossen jetzt allerlei Vergünstigungen, sozusagen als Vorstufe zur Freiheit. Die Arbeitszeit wurde verkürzt, das Essen verbessert, ebenso die medizinische Betreuung. Das Piesacken mit Peitsche oder Arrest wurde verboten.

Ich war also frei und reiste mit einem deutschen Offizier, dessen Freilassung ich durchgesetzt hatte, in meine Heimatstadt St. Petersburg zurück, diesmal nicht im Viehwaggon, sondern im Schnellzug erster Klasse.

Wenn Sie das fragen, will ich auch darauf eingehen. Natürlich habe ich mit dem Gedanken gespielt, mich an Watutin oder anderen, die mich gedemütigt hatten, zu rächen. Ich brauchte doch nur den Kommandanten, seinen Lagerarzt und seinen Leutnant als Konterrevolutionäre zu denunzieren. Diese Formel trieb damals jeden Bolschewisten zur Tat, ohne dass er lange nach dem Wahrheitsgehalt fragte.

Ich saß mit den Genossen eines Abends in Watutins Salon und stieß mit ihnen auf die gelungene Revolution an. Das wäre die Gelegenheit gewesen. Doch einer der Tscheka-Offiziere machte mir einen Strich durch die Rechnung. Er lobte die revolutionäre Gesinnung ausgerechnet von Watutin und seinem Lagerarzt. Man habe Marxens und Lenins Werke sowie eine Reihe bolschewistischer Schriften bei ihnen gefunden. Im Gespräch hätten sie sich nicht nur als Kenner der theoretischen

Grundlagen erwiesen, sondern sich unverzüglich und glaubhaft als überzeugte Kommunisten offenbart, die ohne wenn und aber hinter Lenins Politik und Anschauung standen. Ihre soziale Einstellung zeige sich ja auch darin, wie mustergültig sie das Häftlingslager eingerichtet und geführt hätten, was mit Abstrichen auch für das Lager der feindlichen Gefangenen zuträfe. Watutin habe sich überdies schon als verlässlicher Bolschewist ausgezeichnet. Ihm sei es nämlich zu verdanken, dass man drei seiner Offiziere und eine Konsorte Gefangener wegen konterrevolutionärer Aktivitäten habe überführen können. Alle seien bereits liquidiert. Ich fragte nach den Namen der Offiziere. Ich erfuhr, dass der Besitzer meines Körpers unter ihnen war. Watutin und Lauber hingegen hatten ihre Köpfe aus der Schlinge gezogen. Eine Anschuldigung meinerseits wäre verpufft. Sie der Erpressung und Vergewaltigung bezichtigen? Meine Genossen Bolschewiki hätten müde gelächelt, wenn ich ihnen damit gekommen wäre. Sich eine Frau gefügig zu machen, war in Russland nicht einmal ein Kavaliersdelikt. Darin unterschieden sich die Mächtigen nicht von den Arbeitern und Bauern.

Ob ich etwas von Laubers weiterem Schicksal weiß? Sein Adjutant schrieb mir nach St. Petersburg, dass Lauber im Spätsommer 1918 von heute auf morgen abgereist sei. Einem Gerücht nach sei er auf der Bahnfahrt erschossen worden. Es waren in der Tat unsichere Zeiten, denn der Bürgerkrieg zwischen den Bolschewisten und den Zarentreuen tobte mit voller Härte. Fortwährend wechselten die Fronten. Ich selbst bin mit meinem Begleiter, dem deutschen Offizier Albrecht Maybach, den ich noch in St. Petersburg geheiratet habe, bald über die finnische Grenze und von dort durch die skandinavischen Länder nach Deutschland gereist.

24

Seine Reise unterbrach Hagelstein in Dessau. Bei der Auskunft im Bahnhof erkundigte er sich nach dem Gut Maybach. Er bekam eine genaue Wegbeschreibung nebst einem Hinweis, dass er sich auf dem Vorplatz rechter Hand ein Fahrrad leihen könne. Als er die ungefähren Taxikosten erfuhr, entschied er sich, die dreißig Kilometer hin und zurück mit dem Fahrrad zurückzulegen. Sobald er die Stadt verlassen hatte, genoss er die Ausfahrt. Am Rand ausgedehnter Felder und winterlich blasser Wiesen radelte er entlang. Bäume, Hecken, ab und zu ein Bauernhof glitten in Nebel gehüllt wie feinstoffliche Gebilde an ihm vorbei. Gelegentliches Hundegebell oder Motorengeräusche kamen ihm so unwirklich vor wie die Landschaft, die er durchfuhr. Irgendwo stieß er auf einen Hinweis zum Gut Maybach, ein Schild aus Holz, worauf grasende Pferde abgebildet waren. Vor dem zweiflügeligen, geöffneten Tor stieg er ab. Er schob sein Fahrrad über grobes Kopfsteinpflaster durch einen weitläufigen Hof, der von Schuppen, Stallungen, Scheunen, Werkstätten und Wohnungen umstellt war. Dahinter setzte eine Kastanienallee ein, die schnurgerade zum Wohnhaus der Maybachs führte. Ein Arbeiter, der im oberen Stock die Fensterrahmen strich, rief dem Fremden zu, das Büro des Verwalters finde er links im Flur. Die Tür zum Büro stand offen. Darin am Schreibtisch saß ein vierschrötiger Mann, das Gesicht gerötet, als leide er unter hohem Blutdruck, bekleidet mit einem Anzug aus grobem Cord. Er schien überrascht und für einen Moment ratlos, als er erfuhr, wen er vor sich hatte. Die Herrschaften seien nicht anwesend, warum er sich nicht vorher angemeldet hätte, bemerkte er schließlich kopfschüttelnd.

„Wann kommen sie zurück?" fragte Hagelstein.

„Herr Maybach erst morgen, Frau Maybach erst am Wochenende."

„Warum?"

„Der Chef ist auf Schwarzwildjagd im Harz. Frau Maybach wohnt die Woche über in Dessau."

„Warum in Dessau?"

„Sie ist Lehrerin am Gymnasium, hat abends oft Kurse oder besucht Veranstaltungen. Die tägliche Fahrerei ist ihr zu lästig."

Hagelstein ließ sich die Anschrift geben und schwang sich wieder in den Sattel. Er würde seine Mission hier zu Ende führen, egal, wie spät es werden sollte. Er klingelte bei Vera Maybach. Im Türspalt, den die Sicherheitskette freigab, erschien die Hälfte eines weiblichen Gesichtes. Hagelstein stellte sich vor und hielt seinen Dienstausweis in Sichtweite.

„Scheint in Ordnung." Sie löste die Kette, zog die Tür auf, eine schmale Hand streckte sich Hagelstein entgegen, die sich nach kurzem Händedruck rasch zurückzog. Das Misstrauen war aus ihrem Blick nicht gewichen. Sie bat ihn, den Mantel abzulegen, was Hagelstein etwas umständlich erledigte. Dabei erfasste sie argwöhnisch jede seiner Bewegungen.

„Worum geht es denn, Herr Hagelstein?"

„Um Ihre Vergangenheit im Straflager und um einige Leute, die Sie aus dieser Zeit kennen."

Die Falten um ihre Mundwinkel vertieften sich, ihre wasserblauen, leicht schräg stehenden Augen erschienen wie gefroren, kalt und hart wie Eis.

„Dazu habe ich vor acht Jahren bei Ihrem Kollegen ausgesagt. Meine Aussage werden Sie kennen. Hinzuzufügen ist dem nichts mehr."

„Der Tod hat dem etwas hinzugefügt. Zwei Personen, die Ihnen aus dem Lager bekannt sind, hat er in kurzer Zeit nacheinander geholt: die Oberschwester Sarah Braun und den Assistenten des Lagerarztes, Willi Justus."

„Das ist ... kommen Sie." Das Eis in ihrem Blick war geschmolzen. Sie führte den Besucher in ein kleines Wohnzimmer, worin weiche, bunte Sitzmöbel, ein mächtiges, vollgestopftes Bücherregal, mehrere Ikonen auf einer Tapete mit wiederkehrenden Mustern der Petersburger Festung und schließlich überall verteilte Familienfotos das Bild bestimmten.

„Möchten Sie einen Tee?"

„Gern."

Sie kam mit einem Tablett zurück, worauf außer dem Teeservice auch ein Teller Gebäck stand. Als sie sich vorbeugte, um die Teetassen zu füllen, fielen zwei Tränen auf das Tischtuch. Sie wischte sich mit dem Handrücken die Augen trocken. „Das tut weh, ich mochte Willi Justus. An ihn erinnere ich mich gern, an den Rest nicht. Zwangsprostituierte des Lagerleiters und seiner Offiziere gewesen zu sein, ist nicht gerade ein erhebendes Schicksal. Wie sind sie gestorben, Schwester Sarah und Willi Justus?"

Hagelstein klärte sie auf.

„Es fällt mir schwer, an Zufall zu glauben. Hat die Polizei einen Verdacht?"

„Wir stehen vor einem Rätsel."

„Könnte ich in Gefahr sein?"

„Das kann ich mir nicht vorstellen, Sie gehörten nicht zu den Helfern und Handlangern des Lagerarztes. Trotzdem empfehle ich Ihnen eine erhöhte Wachsamkeit."

„Weil ich eine ganze Menge weiß?"

„Auch deshalb."

„Kann ich Ihnen irgendwie helfen?"

„Indem Sie meine Fragen beantworten. Hatten Sie nach dem Krieg Kontakt zu Justus, zu Sarah Braun, sie heißt seit ihrer Heirat Pedersen, oder zu anderen Personen, die Sie im Lager kennengelernt hatten?"

„Nur zu Willi Justus, zu den anderen nicht. Justus stand mir im Lager nahe. Ich habe mich bei ihm manchmal ausgeweint. Unsere Verbindung haben wir aufrechterhalten. Ich habe seinen beruflichen Aufstieg verfolgt. Gelegentlich hat er mich auf dem Gut besucht. Meinen Gegenbesuch hat er nicht gewünscht. Er sagte, das sei seiner Frau nicht recht. Willi hatte viel in Berlin zu tun. Dort betrieb er zwei Fabriken. Er traf sich öfter mit Sarah Braun, also der Frau Pedersen. Auch einen Stabsarzt aus dem Lager hat er mal in Oldenburg besucht. Sein Name ist mir entfallen. Ob er noch andere getroffen hat, weiß ich nicht."

„Was hat er Ihnen denn über Sarah Braun erzählt?"

„Das Übliche, wie es ihr geht, wie sie lebt und was sie beruflich macht."

„Wann war Justus das letzte Mal bei Ihnen?"

„Vor einem halben Jahr etwa. Dazu fällt mir jetzt etwas ein. Beim Abschied machte er eine seltsame Andeutung, mit der ich nichts anfangen konnte. ‚Ich bin einer Sache auf der Spur. Das könnte eine Sensation werden', sagte er."

„Vielleicht eine neue Erfindung?"

Maybach schob sich eine Locke aus der Stirn. „Wenn ich seine Worte mit dem Mord in Verbindung setze, erhalten sie einen gewissen Sinn. Sie ließen sich so deuten, dass er Lauber auf der Spur war. Das könnte sein Todesurteil gewesen sein."

„Widerspricht der Realität! Lauber schmort in der Hölle. Dorthin gelangt Justus nicht, solange er lebt."

„Die Realität, die Sie meinen, Herr Hagelstein, hat nicht Gott geschaffen, sondern Zeugen mit ihren Aussagen und Beamte mit ihren Urkunden. Solchen Realitäten könnte Lauber doch leicht ein Schnippchen schlagen, meinen Sie nicht?"

„Wir dürfen uns nicht auf Träume stützen, nur weil sie uns helfen könnten, ein Rätsel zu lösen. Gewiss, Lauber hätte ein überzeugendes Motiv, sollte Justus ihn aufgespürt und entlarvt haben. Dann hätte Justus keine Beteuerung, kein Treueschwur retten können. Auch die Ausführung der Tat würde zu Lauber passen. Wie gesagt, der Theorie fehlen die Fakten, womit sie für uns nichts Wert ist."

„Trotz allem, ganz wohl fühle ich mich nicht."

„Was unterrichten Sie denn am Gymnasium?"

„Deutsch, Geschichte, Politik und Russisch."

„Erstaunlich! Wie haben Sie es denn als Frau geschafft, in die Männerdomäne Lehrberuf einzudringen?"

„Es war ein Kampf gegen die Götter. Nicht die kleinste Schwäche durfte ich zeigen. Heute ist der Sturm hinter mir. Ich unterrichte auf einer Mädchenschule, dem Königin-Sophie-Charlotte-Gymnasium. Die männlichen Kollegen sind in Unterzahl und durchweg umgänglicher als meine Kolleginnen. Haben Sie als Kommissar nichts mehr auf dem Herzen?"

„Vorerst nicht."

„Werden Sie den nächsten Zug nach Berlin nehmen?"

„Das habe ich vor."

„Ist das ein Vorsatz?"

„Wenn Sie so wollen."

„Der Weg zur Hölle ist mit guten Vorsätzen gepflastert. Dessau ist sehenswert und hat schöne Lokale. Gehen wir zusammen essen, und Sie nehmen einen späteren Zug?"

Hagelstein schaute auf die Uhr. „Ja, könnte ich." Alles andere hatte er erwartet, nur das nicht. Hagelstein fiel in eine Wolke, darin begann er zu schweben. Weit nach Mitternacht stieg er in Berlin aus dem Zug.

25

Sobald Hagelstein wieder dienstbereit am Schreibtisch saß, erschien Kollege Grimm zum Gedankenaustausch. Die hierfür übliche Frühstückspause konnte er nicht abwarten. Das lag weniger an seiner Neugier als vielmehr daran, dass er den Auftrag hatte, Hagelstein unverzüglich etwas zu übermitteln.

„Die wollen nur dich sehen, Hagelstein, sonst keinen. Was hast du eigentlich an dir? Die Sekretärin des Abteilungsleiters Ostkontakte bei der Politischen Polizei bittet dringend um Rückruf. Es geht um einen Termin."

„Die dürfen noch etwas warten. Erst möchte ich hören, was hier inzwischen los war, und dich wird ja auch mein Reisebericht interessieren."

„Fang damit an!" Mit wachsender Spannung nahm Grimm auf, was sein Kollege über den Besuch bei Erwin Lauber in Frankfurt, über den Mord an Willi Justus in Kassel und über das Gespräch mit Vera Maybach in Dessau zu sagen hatte. Er unterbrach Hagelstein an keiner Stelle, gab aber zum Schluss zu verschiedenen Punkten seine Kommentare ab, darunter zu einer Parallele, die ihm besonders zu denken gab.

„Mit einer Drahtschlinge wurde Justus erdrosselt, sagst du. Auch der Pedersen ging es an den Hals, wenn auch mit einem Rasiermesser. Ist das Zufall, oder könnte es auf einen und denselben Täter hinweisen, der den Hals als Angriffspunkt präferiert?"

„Wir müssen die Gerichtsmedizin nochmals bemühen. Sie sollen diesen Aspekt aufgreifen und Spuren vergleichen, die sie bisher an den Toten gefunden haben. Vielleicht fällt ihnen noch mehr dazu ein. Was gibt es bei uns denn Neues?"

„Die Nachricht von den Kollegen aus Wien ist eingetroffen. Sie haben bestätigt, dass Schwester Marga Sobek, Laubers Assistentin und Geliebte, aus Russland nicht zurückgekehrt ist. Sie gilt als verschollen."

Dann beklagte sich Grimm, dass ihm die Arbeit über den Kopf wachse. Er schwärmte von einem Posten in einer Kleinstadt. Berlin war eben eine kontrastreiche, lebhafte Stadt mit weit gesteckten Grenzen, viel Wasser und zahlreichen Adern im Untergrund. In diesem Areal trieb sich der Tod mit gewalttätigen Absichten ganz gern herum.

Die Sekretärin der Abteilung Ostkontakte nannte Hagelstein einen kurzfristigen Termin, dem er Priorität geben sollte.

„Priorität kann entfallen, der Termin ist frei."

„Das Gespräch wird in der Russischen Botschaft stattfinden. Herr Dr. Kaunitz fährt rüber und kann Sie mitnehmen."

„Worum geht es denn? Sind Unterlagen erforderlich?"

„Das kann ich Ihnen nicht sagen. Bringen Sie einen klaren Kopf mit, das dürfte genügen."

Blöde Gans, dachte Hagelstein, der sich nicht zufrieden gab. „Warum denn in der Botschaft?"

„Das geplante Gespräch muss abhörsicher sein."
„Die Abhörsicherheit können wir doch auch garantieren."
„Das schon, aber die Russen trauen uns nicht."
„Aber wir sollen den Russen trauen, oder?"
„Wir haben nicht viel zu sagen, unsere Aufgabe ist es, zuzuhören, für uns also eher unverfänglich, das meint jedenfalls Herr Dr. Kaunitz."

Die weiß mehr, als sie zugibt, dachte Hagelstein und verabschiedete sich fernmündlich.

Wer das Büro des Polizeirates Kaunitz betrat, blickte zuallererst auf das riesige, goldgerahmte Porträt des Preußenkönigs Friedrich Wilhelm IV., das die Wand hinter dem Schreibtisch beherrschte. Die Augen des Königs, von denen das linke eher Güte, das rechte eher Strenge zum Ausdruck brachte, hefteten sich sofort auf den Besucher und folgten ihm, wohin er sich im Raum auch bewegen mochte.

„Nehmen Sie Platz, Herr Hagelstein. Wir haben noch etwas Zeit. Wir fahren mit meinem Dienstwagen." Kaunitz zog ein Zündholz über die Reibfläche und hielt es, die Luft heftig ansaugend, über den Kopf seiner Tabakpfeife, die offenbar ausgegangen war. „Ein Offizier der GPU will mich sprechen", fuhr er fort, „wir unterhalten gute Kontakte zu Moskau, die von politischen Streitereien verschont bleiben. Es soll sich um ein Verbrechen handeln, deshalb wird die Anwesenheit eines Kriminalbeamten erwünscht. Mehr weiß ich auch nicht."

Da Hagelstein hin und wieder zum preußischen König hinaufschielte, fühlte sich Kaunitz bemüßigt, kurz in die Geschichte abzuschweifen. Mit einigem Stolz ließ er einfließen, dass bereits sein Großvater unter ebenjenem König dem preußischen Staat als Regierungsrat gedient habe. Auch sein Vater habe diese Laufbahn eingeschlagen. Das ganze Mobiliar, das Hagelstein umgebe, stamme unverändert aus dem Büro des Großvaters.

„Das Porträt hinter mir übertrifft aber alles, was hier an Tradition versammelt ist. Ein persönliches Geschenk des Königs an meinen Großvater ist es, als Dank dafür, dass er seinem Souverän im Jahr 1849 aus einer Kalamität herausgeholfen hatte." Kaunitz drückte die Glut seiner Pfeife aus, prüfte mit zwei Fingern den Sitz seiner Krawatte und erhob sich.

Im Hof wartete der Dienstwagen. Sie hätten ebenso gut zu Fuß gehen können. Die Autotür war kaum zugeschlagen, man wechselte einige belanglose Sätze, da stand der Chauffeur schon wieder an der Seite, um seine Fahrgäste herauszulassen. Kaunitz hielt eine schmale, glänzende Aktentasche in der Hand, ein Portefeuille, das die Wichtigkeit seiner Mission verdeutlichen sollte. Hagelstein vermutete, dass die Fächer darin leer waren. Ein Offizier begrüßte sie am Eingang der Botschaft, worüber ein riesiger, emaillierter, roter Stern leuchtete, nicht der einzige, den die Besucher heute zu Gesicht bekommen sollten. Der Offizier eskortierte sie durch den Flur zum Treppenaufgang. Über einen grünen Kokosläufer stiegen sie zum ersten Stock hinauf. Dort, in einem behaglichen Sitzungssaal, nahm sie ein Legationsrat in Empfang, der sehnig und rappeldürr war, als hätte er sich einer heftigen Fastenkur unterzogen. Er machte die Ankömmlinge mit Oberst Samsonow von der GPU bekannt, der jovial und gütig wirkte, wie ein orthodoxer Pope. Genosse Samsonow, sagte der Legationsrat, sei aus Moskau angereist, um über eine Angelegenheit zu berichten, die beide Seiten, also die deutsche und die russische, betreffe. Den roten Stern, diesmal winzig, jedoch mit Goldrand, entdeckte Hagelstein an Samsonows Revers. Man nahm Platz, plauderte, beschnüffelte sich gegenseitig ein wenig, goss sich Tee oder Kaffee ein, genoss von dem bereitgestellten Gebäck, ließ sich für Nebensächlichkeiten also viel Zeit. Dass sich die Zeit zusätzlich ausdehnte, weil zwischen Samsonow und der deutschen Seite gedolmetscht werden musste, eine Aufgabe, die dem Legationsrat zukam, ging Hagelstein, der gern zügig arbeitete, allmählich auf die Nerven. Er war neugierig zu erfahren, was er hier eigentlich sollte. Irgendwann schob Samsonow das Geschirr beiseite, nachdem er vorher kurz die Blicke mit dem Legationsrat gekreuzt hatte. Er ließ sich seine Aktentasche bringen, woraus er einen Bogen zog, den er an Kaunitz weiterreichte. Kaunitz legte das Papier zwischen sich und Hagelstein auf die Tischplatte.

„Dieses Dokument sollten Sie beide kennen", sagte Samsonow, der die Stirn in Falten gezogen hatte, was ihn ungemütlich erscheinen ließ. „Es ist die amtliche Bestätigung des Todes von Dr. Otto Lauber, ehemals Lagerarzt in Perm. Was nicht darin steht, aber an anderer Stelle dokumentiert ist: Am 17. September 1918 haben zaristische Partisanen Lauber und seine Begleiter auf einer Bahnfahrt in der Nähe von Swerdlowsk – vor der Revolution hieß der Ort Jekaterinburg – erschossen. Der

Zug wurde an einer kleinen Station angehalten. Die Partisanen bestiegen die Waggons und zwangen die Passagiere, Geld und Wertgegenstände herauszugeben. Wer sich weigerte oder den Anschein erweckte, zu den Bolschewisten zu gehören oder mit ihnen zu sympathisieren, wurde kurzerhand erschossen. Lauber und seine Begleiter gehörten zu den Unglücklichen. Die aus Swerdlowsk herbeigeeilte Polizei untersuchte den Vorfall. Ein Dossier darüber mit den gesammelten Beweisen liegt im Haus der Swerdlowsker GPU. Alle Unterlagen haben dem im März 1923 aus Deutschland angereisten Abteilungsleiter im Berliner Polizeipräsidium, Dezernat II, Herrn Dr. Koch, zur Einsichtnahme vorgelegen. Dr. Koch hatte auch Gelegenheit, den Kommissar, der seinerzeit die Untersuchungen auf dem Bahnhof geleitet hatte, in unserem Moskauer Büro zu befragen."

Samsonow hob bedeutungsvoll die Augenbrauen, was die Querfalten auf seiner Stirn noch vertiefte, und fuhr fort: „Das Ihnen vorliegende Dokument und seine Grundlagen, meine Herren, dieses Material ist überholt, leider, möchte ich hinzufügen."

Hagelstein verschlug es die Sprache, bis auf einen Satz, den schaffte er noch gerade: „Wollen Sie damit sagen, dass Lauber lebt?"

„Das will ich damit sagen. Dr. Lauber lebt, wenn auch nicht mehr in der Sowjetunion. Selbstverständlich erwarten Sie jetzt eine Erklärung. Beginnen möchte ich damit, wie wir auf diese überraschende Neuigkeit gestoßen sind. Die GPU hat eine besondere Gewohnheit, die Toten zu ehren, besser gesagt, sie zu beehren. Das werden Sie hierzulande nicht anders handhaben, vermute ich, Herr Kaunitz. Wenn ein leitender Genosse in unserer Sowjetrepublik stirbt, egal wo, egal unter welchen Umständen, untersuchen wir gerne seinen Nachlass, bevor er in fremde Hände gerät. In Briefen, Dokumenten, Tagebüchern oder sonstigen Aufzeichnungen finden wir oft interessante Hinweise, Enthüllungen, Botschaften und Erkenntnisse. Vor etwa drei Monaten haben wir dem Haus eines solchen Genossen einen Besuch abgestattet. Der Generalmajor Nikita Pawlowitsch Watutin, ehemals Lagerkommandant in Perm, war in seiner Heimatstadt Kasan, wo er seine Pension genoss, an Herzversagen gestorben, so die ärztliche Feststellung. Zu früh war sein Tod gekommen, möchte ich sagen. Unter anderem fanden wir bei Watutin eine handgeschriebene Fassung seiner Memoiren in der Schublade. In der aufgefundenen Schrift tauchte natürlich Watutins enger Weggefährte, Otto Lauber, auf.

Und jetzt erzähle ich Ihnen eine Geschichte, die zu glauben Ihnen schwerfallen wird. In der heutigen Sowjetunion wäre das nie und nimmer möglich gewesen. Aber damals, in den Wirren des Bürgerkrieges, die nach der Oktoberrevolution herrschten, und bei den bekannten Zuständen in den Lagern, konnte ein scharfer Verstand, gepaart mit kaltblütigem Handeln selbst das Abwegigste zur Wirklichkeit werden lassen. Begonnen hatte es damit, dass Genossen der Geheimpolizei, der Tscheka – Lenin hat sie erst 1922 in GPU umbenannt –, zusammen mit Bolschewiki aus der Armee das Lager Perm Ende 1917 inspizierten. Die Genossen waren nicht zimperlich, wenn ihnen Konterrevolutionäre gleich welcher Couleur über den Weg liefen. Der Leiter der Kommission war ein Leutnant von der Moskauer Tscheka namens Drokin. Drokin war beeindruckt von den Straf- und Foltermethoden, die Watutin im Lager praktizierte. Wer das alles konzipiert, ausprobiert und eingeführt hatte, erfuhr er bald vom Kommandanten. Nach dem ersten Gespräch war der Tschekist von Lauber ebenso eingenommen wie von dessen Erfindungen. Lauber hatte eben diese Gabe, Menschen zu umgarnen und für sich zu gewinnen. Der Gedanke lag nicht fern, sich diesen vielseitigen, einfallsreichen, skrupellosen Zeitgenossen für die Staatspolizei nutzbar zu machen. Die Sache hatte nur einen Haken: Lauber war Deutscher. Daran musste Drokins Vorhaben eigentlich scheitern. Eigentlich! Meine Herren, hören Sie, wie Drokin dieses Hindernis aus dem Weg räumte."

Der Kommandeur, Generalmajor Watutin, ließ sich nicht lumpen. Am Abend vor der Abreise der bolschewistischen Kommission bewirtete er die Leitenden aus Tscheka und Armee in seinem Haus mit allem, was das Herz begehrte, wozu auch Frauen gehörten, die er wie üblich aus dem Straflager hatte holen lassen. Sie hatten sich vorher zu duschen, zu schminken und umzuziehen. Attraktive Kleidung hielt er in seiner Garderobe wie in einer Requisitenkammer für die Damen bereit. Nach Tisch, als zwei Balalaikaspieler anrückten, zog Drokin den Lagerleiter beiseite. „Ich habe eine Idee, Genosse Watutin, die möchte ich gern mit Ihnen und Ihrem Lagerarzt besprechen. Jetzt sofort, am besten in Ihrem Büro." Was die Tscheka wünschte, war für Watutin Befehl. Er ließ Lauber, der neben seinem Adjutanten noch am Tisch saß, zu sich kommen. Gemeinsam ging man in Watutins Büro.

„Ich möchte Ihnen ein Angebot machen, Herr Lauber. Ihre Fähigkeiten sollten der Tscheka zugutekommen. Ich sähe Sie gern an meiner Seite in der Lubjanka. Gewiss, der Krieg mit Ihrem Land wird bald zu Ende sein, und Sie könnten in die Heimat zurück. Aber was erwartet Sie dort? Wissen Sie das? Bei der Tscheka jedenfalls erwartet Sie eine spannende Arbeit, eine sichere Stelle, Beförderungen, Pensionsansprüche und allerlei Vergünstigungen. Ihre sozialistische Einstellung und Gesinnung haben Sie überzeugend unter Beweis gestellt. Der Eintritt in die Kommunistische Partei wäre die logische Konsequenz. Und unsere Sprache beherrschen Sie ja wie ein Einheimischer. Brauchen Sie Bedenkzeit, oder können Sie sich sofort entscheiden, sagen wir nach dem nächsten Glas Wodka?" sagte Drokin.

„Ich bin Deutscher, wie soll das gehen?"

„Lieber Otto Stefanowitsch, ich würde Ihnen einen solchen Vorschlag nicht machen, wenn ich für diese Lappalie keine Lösung hätte. Nein, nicht was Sie denken. Keine Einbürgerung, kein offizieller Weg. Darüber hätten andere zu entscheiden, das wäre aussichtslos. Wir lassen den Lagerarzt Dr. Otto Lauber sterben. Für ihn lassen wir einen anderen auferstehen, einen echten Sohn unserer Heimat. Es wird ein tapferer Soldat sein, fähig und loyal, den ich persönlich meinem Vorgesetzten ans Herz lege. Mit anderen Worten, ich besorge Ihnen die Papiere eines Russen, etwa in Ihrem Alter, der irgendwann, irgendwo im Bürgerkrieg gefallen ist. Was Ausweis, andere Dokumente und das Personenstandsregister betrifft, werde ich in unserem Sinne entsprechende Aktualisierungen veranlassen. Irgendwann bekommen Sie sowieso neue Papiere, womit die kleinen Makel dann endgültig bereinigt wären. Kurz und gut, Sie erhalten eine neue Identität und werden Mitarbeiter der Moskauer Tscheka mit mir als Ihrem Vorgesetzten. Ihre Verwandlung ist außer dem Genossen Watutin und mir niemandem bekannt. Wie klingt das?" Drokin berauschte sich an dem, was er da an verwegenen Ideen entwickelte. Watutin hatte das Gefühl, dass es gar nicht mehr um seinen Lagerarzt ging, sondern um ein spannendes Spiel, worin Lauber eine Holzfigur war, die Drokin je nach Erfordernis hierhin oder dorthin verschob. Andererseits zweifelte er nicht daran, dass Drokin seine Einfälle ohne Abstriche und ohne Skrupel in die Tat umsetzen würde.

„Da bleibt noch der alte Lauber mit seinen deutschen Papieren. Was geschieht mit dem?" fragte Watutin.

Drokin fasste den Kommandanten am Arm. „Das ist Ihr Part, Genosse Watutin", sagte er.

Watutin war vor einem Monat Parteimitglied geworden und suchte nach Gelegenheiten, sich auszuzeichnen.

„Sie werden aus dem Lager sechs Gefangene aussuchen", fuhr Drokin fort, „einer unter ihnen muss Lauber ähnlich sehen. Es sollten Fachleute sein, sagen wir Elektriker, Anstreicher und Maurer. Sie bekommen den Auftrag, in Jekaterinburg ein historisches Gebäude zu renovieren, wozu sie eine Zeitlang dort wohnen müssen. Sie kleiden die Gefangenen ordentlich ein und setzen sie in den Zug. Geführt und bewacht wird die Gruppe von zwei meiner Leute. Kurz vor dem Ziel werden zaristische Partisanen den Zug überfallen. Ich brauche Sie nicht aufzuklären, wer diese Zaristen sind. Es gibt die bei solchen Überfällen üblichen Toten. Unter ihnen die abkommandierten Handwerker. Einem von ihnen, dem Doppel des Lagerarztes, wird mein Mitarbeiter Laubers Papiere in die Tasche stecken, dafür seine eigenen Papiere entfernen, falls er welche haben sollte. Die herbeigerufene Polizei identifiziert diesen Toten unschwer als Dr. Otto Lauber, Lagerarzt in Perm. Die Bewacher der Gruppe und der eilends herbeigeholte Lagerkommandant Watutin bestätigen die festgestellte Identität. Watutin weiß sogar, dass der Lagerarzt das Jekaterinburger Krankenhaus besuchen wollte. Die Verfolgung der Zaristen bleibt leider erfolglos. Soweit meine Vorstellungen. Nun bitte ich um Ihre Kommentare, meine Herren."

„Trotz der Ähnlichkeit, sollte jemand das Gesicht des Toten genauer mit dem Passfoto vergleichen, könnte er stutzig werden", wandte Watutin ein.

„In Krieg und Gefangenschaft verlieren die besten Fotos bekanntlich ihre Schärfe. Wir werden dafür sorgen, dass es noch mehr verblasst. Überdies ist es auch die Aufgabe meiner Leute, die ganze Aktion so zu steuern, dass sie nach unseren Vorstellungen abläuft. Keine Sorge, Genosse Watutin!"

„Das ganze Theater wollen Sie für einen einzigen Mann inszenieren, Leutnant Drokin? Dabei kann ich mich nicht wohlfühlen", bemerkte Lauber.

„Bedenken Sie bitte, meine Herren, die nachrückenden, jungen Genossen in der Tscheka müssen Erfahrungen sammeln und abgehärtet werden. Einen Zug überfallen und einige Passagiere gezielt erschießen, ist ein guter Einstieg für die Frischlinge. Diesen Aspekt bitte ich nicht zu verkennen. Ich verhehle auch nicht, dass mich das Unternehmen persönlich reizt. Es geht also nicht ausschließlich um Dr. Lauber und seine Zukunft bei der Tscheka, wenn auch dieser Teil der wichtigste ist."

„Was geschieht mit dem echten Lauber?" fragte Watutin.

„Die Geschichte ist kurz. In der Nacht vor dem Bahnüberfall verschwindet er. Mit neuen Papieren in der Tasche steigt er in einen Pkw der Tscheka ein. In Moskau nehme ich ihn in Empfang."

Lauber hatte sich längst entschieden. Zwar hätte Drokin ihn in der Hand, ja er wäre Drokin auf Tod oder Leben ausgeliefert. Doch das schreckte ihn nicht ab. Damit würde er fertig werden, wie auch immer. Drokin hatte recht: Im Lager würde er nicht mehr lange bleiben können, als Heimkehrer stünde er zunächst vor dem Nichts oder vor einer Anklage und bald danach vor Gericht. Darüber gab er sich keiner Täuschung hin. Mit einem Wodka stieß das konspirative Trio auf die Zukunft an.

„Wann soll das über die Bühne gehen?" fragte Lauber.

„Bei mir stehen noch einige Inspektionen an, dazu weitere Aufgaben. Unsere Revolution ist noch lange nicht gefestigt. An allen Ecken brennt es. Daneben muss ich die Details unserer Aktion sorgfältig vorbereiten. Einen Zeitpunkt kann ich heute daher nicht nennen. Ich rufe an, wenn es so weit ist. Ich möchte persönlich nach Perm kommen, um die Operation zu leiten."

Inzwischen zum Oberleutnant befördert, kehrte Drokin im späten Sommer des Jahres 1918 in Watutins Lager zurück, um seine Pläne in die Tat umzusetzen. Am 17. September verließ der Vormittagszug nach Jekaterinburg den Bahnhof Perm. Unterwegs, an der Rampe des Lagers, hielt er, um einige Männer aufzunehmen. Laubers Doppelgänger, seine Begleiter und zwei Wächter. Sie saßen im letzten Waggon.

Samsonow amüsierte sich sichtlich über seine Zuhörer, die gespannt, mal verblüfft, mal ungläubig, mal belustigt seinen Ausführungen gefolgt waren, aber auch ein wenig verwundert darüber, mit welch ungewohnter Offenheit Samsonow über pikante Interna der GPU berichtete. Hagelstein fragte sich insgeheim, ob Samsonow ihnen nicht etwa ein Märchen aufgetischt hatte.

„Wissen Sie, meine Herren, wir hätten die ganze Geschichte auf sich beruhen lassen und Ihnen dieses Ei nicht ins Nest gelegt, wenn Otto Lauber, der übrigens seit seinem Wechsel zur Tscheka den Namen Oleg Raditschew trug, wenn dieser Raditschew nicht desertiert wäre. Als Offizier besaß er ein enormes Wissen über Interna der Staatspolizei und über das, was in der Sowjetunion vor sich ging. Jetzt läuft er als Geheimnisträger irgendwo in der Welt herum, verkauft womöglich sein Wissen für eine lukrative Gegenleistung, alles in allem also eine Bombe, die unter unserem Haus jederzeit hochgehen könnte."

„Wann ist er denn desertiert und warum?" fragte Kaunitz.

„Im Schatten des mächtigen Drokin stieg Raditschew in den Jahren 1919 bis zu seiner Desertion im Sommer 1923 von einem Amt zum anderen, von einem Dienstgrad zum nächsten auf. Er gehörte bald zu den leitenden Beamten in der Lubjanka. Bei Festlichkeiten oder offiziellen Anlässen trug er eine Reihe von Orden und Auszeichnungen an seiner Brust. Sein Leben wäre wohl noch eine Weile so weiter verlaufen, wenn sein Mentor, Drokin, nicht bei einer Autofahrt tödlich verunglückt wäre. Vermutlich hat Raditschew diesen Verlust beruflich nicht verkraftet. Denn der einzige Vertraute, Ratgeber und Beschützer fehlte ihm fortan. Er wird bei der GPU seine Zukunft nicht mehr gesehen haben. Nachdem ich die Dokumentation Ihres Kyffhäuserbundes, übrigens in russischer Übersetzung, kürzlich gelesen habe, glaube ich, dass es für ihn auch andere Gründe gegeben hat, die GPU zu verlassen. In diesem Menschen steckt zweifellos ein Forscher, den wissenschaftliche Neugier antreibt. Über kurz oder lang wird jeder unzufrieden, der seiner Berufung nicht folgen kann. Womöglich hat er seine Laufbahn bei der Staatspolizei von Anfang an nur als vorübergehend angesehen."

„Der Absprung aus Ihrer Organisation und die Flucht ins Ausland ließen sich doch nicht von heute auf morgen realisieren, das bedurfte einer sorgfältigen Vorbereitung. Ist Ihrer Behörde denn gar nichts aufgefallen?" fragte Kaunitz.

„Sie sind recht neugierig, Kollege Kaunitz. Erwarten Sie, dass ich uns bloßstelle?"

„Sie waren bisher sehr offen, Herr Samsonow, aus gutem Grund, nehme ich an. Eine Kooperation mit Ihnen setzt voraus, dass Sie uns alles mitteilen, was wir als wissenswert erachten."

„Raditschew galt als ein fähiger, verlässlicher Mitarbeiter, fest im Bolschewismus verankert, einsatzbereit bis zum Umfallen. Natürlich misstrauten wir auch ihm. Jeder misstraut ja jedem bei der Staatspolizei, da alle berufsbedingt misstrauen müssen. Das ist sozusagen eine Handlungsmaxime aller Geheimdienste, da erzähle ich Ihnen ja nichts Neues, Kollege. Ebenso wissen Sie, dass sich bei dem Misstrauen Abstufungen herausbilden, einigen gegenüber mehr, anderen gegenüber weniger. Raditschew gehörte zu dem kleinen Kreis, der das Privileg eines Mindestmaßes an Kontrolle genoss. Das hat er sich zu Nutzen gemacht. Jeder, der ihn kannte oder mit ihm zusammengearbeitet hat, fühlte sich wie vor den Kopf gestoßen, als die Nachricht seiner Flucht die Runde machte. Es wurden Verantwortliche gesucht. Der Mann hatte schließlich die gesamte Organisation desavouiert und blamiert. Sofort setzte eine Fahndung nach ihm ein. Doch er ging uns nicht ins Netz. Nach Drokins Tod kannte nur noch eine Person seine wahre Identität, nämlich Watutin. Sie wäre wohl nie ans Licht gekommen, wenn nicht Watutin seine Memoiren verfasst hätte, auf die wir, wie ich Ihnen eingangs sagte, in diesem Jahr gestoßen sind."

„Wenn Watutin der Welt aber einen Bären aufgebunden hätte?" fragte Hagelstein.

„Von Lauber hat die Tscheka nach seinem fingierten Tod genügend Schriftproben sichergestellt. Wir haben einen graphologischen Vergleich mit der Handschrift von Raditschew vornehmen lassen. Es gibt keinen Zweifel: Lauber ist Raditschew. Wir vermuten, dass sich unser Deserteur mit falschen Papieren in das Deutsche Reich abgesetzt hat. Er wird in Ihrer näheren oder weiteren Nachbarschaft leben, meine Herren. Das bedeutet, dass Sie das längst eingestellte Ermittlungsverfahren wieder aufleben lassen müssen."

„Haben Sie die beiden Vertrauten Drokins befragt, die im Zug die Gruppe der Gefangenen bewacht und Laubers Ausweis einem der Toten zugesteckt haben?" fragte Hagelstein.

„Beide sind kurz nach dem Überfall ums Leben gekommen. Drokin leistete sich keine Fehler."

„Um handeln zu können, benötigen wir einige Unterlagen, so einen Auszug aus Watutins Memoiren, einen Nachweis des genannten Schriftvergleichs, ein Passfoto, wenn möglich weitere Fotos von Raditschew", sagte Hagelstein.

„Ich habe mir erlaubt, alles vorzubereiten. Darin finden Sie, was Sie wünschen." Samsonow schob eine Mappe über den Tisch.

Der Legationsrat wollte dem Gespräch ein Ende machen, doch er kam noch nicht dazu, die Teilnehmer zum gemeinsamen Mittagessen in der Botschaft einzuladen. Mit einer höflichen Handbewegung bremste ihn Samsonow aus. Er war noch nicht fertig. „Es ist der Wunsch meiner Behörde, den Deserteur Raditschew in der UdSSR zur Verantwortung zu ziehen. Sollten Sie Lauber in Ihrem Land fassen, wird meine Regierung unverzüglich ein Auslieferungsersuchen stellen. Die Verbrechen hat Lauber schließlich auf russischem Boden begangen. Ich bitte Sie daher, mich persönlich auf dem Laufenden zu halten. Ich rechne mit Ihrer Unterstützung, damit die Sache rasch über die Bühne geht."

„Unsere Seite hat mindestens das gleiche Interesse, Lauber im Reich vor Gericht zu stellen. Er ist Deutscher und hat im Ausland Taten auch gegen Deutsche begangen. Ob ein Auslieferungsgesuch erfolgversprechend ist, bleibt zumindest zweifelhaft", entgegnete Kaunitz.

„Es steht also ein Tauziehen um einen Verbrecher bevor. Das sollten wir vermeiden. Meine Seite ist weniger daran interessiert, der Gerechtigkeit in einem aufwendigen Verfahren zum Sieg zu verhelfen. Wir möchten Raditschew als Deserteur hinrichten. Das geschieht nach kurzem Prozess. Gleichzeitig möchten wir ihn zum Schweigen bringen, auch auf kurzem Wege. Wir haben bei Ihnen noch einigen Kredit, Herr Dr. Kaunitz, den könnten Sie gelegentlich ausgleichen. Sollten Sie unseren Raditschew oder Ihren Dr. Lauber aufspüren, und sollte er sich mit der Waffe gegen seine Festnahme wehren, müssten Ihre Beamten doch zum Selbstschutz sofort feuern. Letzten Endes ist es doch gleichgültig, ob Lauber bei seiner Festnahme durch die Kugel oder erst nach Monaten oder gar Jahren am Galgen oder unter der Guillotine stirbt."

Samsonow nickte dem Legationsrat zu, worauf dieser die Sitzung schloss und zum Mittagessen bat. Für den Rückweg bestellte Kaunitz wieder den Dienstwagen. „Halten Sie sich morgen Vormittag zur Verfügung, Herr Hagelstein, wir müssen das weitere Vorgehen miteinander abstimmen", sagte er zum Abschied.

26

Zur Frühstückspause ging Hagelstein nicht in der Kantine, auch zur Mittagspause nicht. Am Nachmittag begegnete ihm Grimm auf dem Flur.
„Hast du Lust auf einen Dienstgang?" fragte Hagelstein.
„Wohin?"
„Zum Plötzensee."
„Was willst du am Wasser ermitteln? Doch nicht wieder eine Wasserleiche?"
„Lass dich überraschen."
Das Ufer, an dem die beiden entlangspazierten, säumten dichte Reihen von Binsen und Schilf. Der Wind drängte sich dazwischen, dass die trockenen Blätter und Stängel raschelnd aneinanderstießen. Zwischen den Gewächsen glänzte das Wasser, stellenweise mit Eis bedeckt, das sich in breiten Zungen fast bis zur Seemitte vorschob. An den Bäumen hingen vereinzelt noch verfärbte Blätter, die ein Luftzug ab und zu schüttelte. Vertraulich oder streng vertraulich, daran hielt sich Hagelstein pflichtgemäß mit einer Ausnahme. Bei Grimm kannte er keine Schranken. Minutiös berichtete er von dem gestrigen Gespräch in der russischen Botschaft. Nachdem er geendet hatte, nahm er flache Steine vom Weg auf, die er aufs Eis schleuderte, wo sie nach kurzer Rutschpartie liegen blieben. Dann fuhr er fort: „Ich hatte gehofft, heute Morgen mit Kaunitz allein sprechen zu können. Als mich seine Sekretärin zum großen Sitzungssaal schickte, ahnte ich Schlimmes. Dr. Kaunitz hatte darin einen Haufen von Leuten mit Rang und Namen versammelt, worunter die Vertreter des Preußischen Landeskriminalamtes dominierten. Wie ich befürchtet hatte, erhob sich ein Wirrwarr von Meinungen, das Kaunitz fortwährend entflechten musste. Dabei kam er mehrmals ins Schleudern, was seiner Autorität nicht gerade dienlich war. Eine Reichstagsatmosphäre war das, kann ich dir sagen."
„Ist wenigstens etwas herausgekommen?"
„Nach stundenlanger Debatte wurde man sich einig, dass es keine öffentliche Fahndung nach Lauber geben wird."
„Halte ich für richtig. Sollte er Lunte riechen, ist er ganz schnell weg."
„Die Kripostellen der Länder und der Hauptstädte werden eingeschaltet. Zunächst wird man sich bei der Suche auf die Großstädte kon-

zentrieren. Man behält sich vor, den Fahndungsradius zu erweitern. Die Aktion läuft unter streng geheim."

„Wenn sich Lauber nicht im Reich aufhält, sondern im Ausland, beispielsweise in Paris oder Amsterdam?"

„Unsere Psychologen halten das für unwahrscheinlich."

„Haben die Kripostellen die volle Kompetenz?"

„Leider nein. Die Sache hat übergeordnete Bedeutung, auch wegen ihrer Verquickung mit der Sowjetunion. Das Landeskriminalamt und die Politische Polizei haben die Federführung."

„Uns drohen also Gängelung und Berichtspflicht."

„Ja, bei jedem Schritt müssen wir uns auch noch rückversichern, ob wir das Übergeordnete nicht aus den Augen verloren haben. Was Lauber betrifft, werde ich Dienst nach Vorschrift machen. Ich will mir doch die Finger dabei nicht verbrennen."

„Welchen Fahndungsansatz haben die klugen Köpfe denn vorgegeben?" fragte Grimm.

„Keinen. Dazu ist ihnen nichts eingefallen."

„Wenigstens haben wir ein Foto von Lauber alias Raditschew. Hoffen wir, dass es echt ist. Bei Lauber habe ich immer das Gefühl, über dünnes Eis zu gehen."

„Ein Grund mehr, sich nicht zu weit vorzuwagen."

„Für die Morde an Pedersen und Justus hätten wir damit einen mutmaßlichen Täter mit einem Motiv. Wirst du Vera Maybach informieren? Sie wäre ja wohl die Nächste."

„Ich fahre noch heute Abend nach Dessau. Ich möchte das nicht telefonisch erledigen. Frau Maybach sollte sich darauf einstellen können."

„Dabei machst du aber keinen Dienst nach Vorschrift! Du nimmst einiges auf deine Kappe, du Geheimnisträger!"

Am Ausgang des Parks spielte ein Straßenmusiker, der drei Instrumente gleichzeitig bediente. Mit dem Fuß eine Pauke, mit den Händen eine Gitarre und mit dem Mund eine Harmonika, die ein auf die Schultern gelegter Drahtbügel auf entsprechender Höhe hielt. Grimm kannte den Mann. Er warf ein Markstück in den Hut.

„Ist dein Gitarrist krank?" fragte er den Musiker.

„Der ist untergetaucht. Vermisst sagt man bei euch."

„Kommt öfter vor bei fahrenden Leuten", bemerkte Hagelstein.

„Was redest du für nen Scheiß! Im Gespann mit mir verdient der Bodo gutes Geld. Da setzt man sich nicht einfach ab, schon gar nicht klammheimlich."

„Du meinst, ihm ist etwas zugestoßen?" fragte Grimm.

„Das meine ich."

„Warte ein paar Tage, der wird schon wieder auftauchen", tröstete ihn Hagelstein.

„Hoffe ich!" Da sich einige Leute näherten, setzte der Mann seine Instrumente wieder in Gang.

27

Tecumseh saß auf der Treppe vor dem zoologischen Museum und bettelte. Seine Augen versteckte er unter einer dunklen Brille mit runder Fassung. Ein Stock, den er spiralförmig mit weißem Isolierband umwickelt hatte, lag gut sichtbar neben ihm. Sein Outfit, das er sich heute zum Betteln ausgesucht hatte, dazu die passende Gestik, verleitete die meisten, die an ihm vorbeigingen, zu der Annahme, einen Blinden vor sich zu haben, was ihre Bereitschaft zu geben erhöhte. Auf die gelbe Armbinde mit den drei Punkten, das amtliche Merkmal, verzichtete Tecumseh, denn das hätte ihn unmissverständlich zum Blinden gestempelt, was bei einer Kontrolle verhängnisvoll werden konnte. Das Geschäft lief gut an diesem Vormittag. Mehrmals schon hatte er, was in seinem Hut gelandet war, in die Manteltasche umgepackt. Niemand sollte auf den Gedanken kommen, der hat schon genug im Hut, dem brauche ich nichts mehr hineinzuwerfen. Mit Vergnügen registrierte Tecumseh, wie gut besucht die Sonderausstellung ‚Vom Affen zum Menschen' war. Gegen Mittag trübte sich seine gute Laune, da sich jemand ihm gegenüber auf der Stufe niederließ, der aussah, als könne er Hilfe und Fürsorge gebrauchen. Über einer ausgebeulten Cordhose trug er die graugrüne Feldbluse eines Infanteristen, die schon an mehreren Fronten im Einsatz gewesen sein musste. Vom Ärmel ragte noch ein Rest des Dienstgradabzeichens in die Luft. Den Schaft seiner Filzstiefel hielt ein über Kreuz geführter, oben verknoteter Faden zusammen. Auf seinen angegrauten Haaren saß ein Schiffchen, das wenig Schutz gegen die Kälte bot. Das Gesicht rahmte ein ungepflegter, notdürftig gestutzter Vollbart ein, der noch stärker als das Haupthaar ins Grau changierte.

Misstrauisch blickte Tecumseh zu seinem Nachbarn hinüber. Sollte der Mann zu betteln anfangen, würde er handgreiflich werden. In Wedding, Tiergarten und Mitte galt das ungeschriebene Gesetz, dass ein Bettler, hatte er sich irgendwo niedergelassen, einen gebührenden Abstand um sich herum beanspruchen durfte. Ihm bettelnd zu nah auf die Pelle zu rücken, war verpönt. Es war Tecumseh gewesen, der diese Regel eingeführt und ihr mit den Fäusten Geltung verschafft hatte, bis sie jedem Kumpel in Kopf und Gliedern saß. Der ausgediente Soldat gegenüber auf der Treppe machte keine Anstalten zu betteln. Als ihm jemand etwas zustecken wollte, lehnte er ab. Anscheinend wollte er sich nur ein wenig ausruhen. Kurz bevor die Ausstellung zur Mittagszeit schloss, packte Tecumseh seine Sachen und entfernte sich schleppend, immer wieder das Gelände mit dem Stock abtastend, über den Vorplatz zur Straße hinüber. Der Alte folgte ihm, zupfte ihn am Ärmel und fragte, ob er ein Stück mitgehen dürfe.

„Dann komm halt mit. Du bist neu hier?"

„Ich bin aus Wansdorf."

„Und was willste hier?"

Sein Begleiter grinste verschmitzt. „Du bist nicht blind, stimmt's?"

„Wieso?"

„Blinde gehen anders. Ich habe einen Blick dafür."

Tecumseh nahm die Brille ab und klemmte sich den Stock unter den Arm. Geschäft vorbei, Verkleidung vorbei.

„Ich heiße Adam. Und du?" sagte der Mann.

„Tecumseh."

„Wie heißt du richtig?"

„Tecumseh."

„Mach keinen Quatsch."

Wegen seiner dunklen Haut und seiner scharfen Hakennase hatte Tecumseh irgendwann in seiner Vergangenheit, wahrscheinlich in einer Kneipe, den indianischen Namen empfangen und nicht mehr abgelegt. Seit er in Berlin lebte, kannte ihn, die Behörden ausgenommen, niemand mit bürgerlichem Namen, worauf Tecumseh nicht nur stolz war, es nutzte ihm bei seiner Arbeit.

„Was willste also hier? Warum bleibste nicht in Wansdorf?" insistierte Tecumseh.

„Jemand in Wedding hat mir Geld angeboten. Viel Geld für wenig Arbeit. Deshalb bin ich hier."

Tecumseh spitzte die Ohren. Geld! Das Wort hatte bei ihm einen guten Klang. „Kannste Hilfe gebrauchen?"

„Weiß nicht, ich müsste fragen."

„Was ist das für eine Arbeit?"

„Darf ich nicht sagen. Ich müsste erst fragen. Wo wohnste denn?"

„Weiß ich nicht, ich müsste erst fragen."

„Wollen wir einen Treffpunkt vereinbaren?"

„Wenn du mir dabei was über die Arbeit sagst."

„Gut, morgen Nachmittag um fünf Uhr vor der Dorotheenkirche."

Stolz wie auf sein Pseudonym war Tecumseh auch darauf, dass er in Moabit unterm Dach eines Mietshauses eine Kammer nebst Kochnische bewohnte, ohne dafür etwas bezahlen zu müssen, ein Privileg, worum ihn die meisten, mit denen er in Berlins Straßen zusammenkam, beneideten. Das Quartier hatte ihm der Hauseigentümer überlassen, da es gegen Entgelt niemand genommen hätte. WC und Badewanne am Ende des Flures unterhalb der Mansarde teilte sich Tecumseh mit den Mietern des oberen Stockwerks. Ganz ohne Gegenleistung durfte er allerdings nicht hier wohnen. Er hatte für die Sauberkeit der sanitären Anlagen, des Treppenhauses und Kellers zu sorgen. Eine Aufgabe, die Tecumseh zuverlässig und zügig erledigte. Zeit für seine Haupttätigkeit blieb ihm dabei im Überfluss. Auf das Betteln verstand sich Tecumseh. In einem Teil seines Schrankes verwahrte er abgetragene Kleidung und eine Auswahl verschlissener Utensilien, mit denen er Mitleid erregen konnte. Je nach Laune oder Anlass wählte er daraus das Passende aus. Häufig veränderte er sogar mit Hilfe von Zutaten wie Perücken, Bärten, Brillen, Puder und Tusche sein Gesicht. Das Betteln brachte ihm Einnahmen, über deren Höhe jeder, der dieser Beschäftigung nicht nachging, erstaunt gewesen wäre. Für das Treffen an der Dorotheenkirche griff Tecumseh in eine andere Abteilung seines Schrankes, worin ihm Wäsche, Hemden, mehrere Paar Schuhe, Hosen, zwei neuwertige Anzüge nebst Krawatten und ein Trenchcoat mit einknöpfbarem Winterfutter zur Verfügung standen.

28

Wachtmeister Zschoch setzte handgeschriebene Berichte mit der Schreibmaschine ins Lesbare um. Mittlerweile bediente er das Schreibgerät so geübt und flüssig wie eine Sekretärin. Der Polizeipräsident hatte Zschoch in den Innendienst versetzt. Einer Entlassung war er knapp entgangen. Die tadellose Führung seit Beginn seines Polizeidienstes und seine altruistischen Beweggründe bei der Informationsbeschaffung für seinen Freund und Nachbarn Voigt hatten letztendlich den Ausschlag zu seinen Gunsten gegeben. In den Innendienst versetzt zu werden, war für den mit Bewegungsdrang und Kontaktfreude ausgestatteten Schupo Strafe genug. Den täglichen Dienst im Büro empfand er fast wie einen Aufenthalt im Gefängnis. Immer wieder blickte er durchs Fenster ins Freie hinaus, auch wenn er dabei nur Hauswände zu sehen bekam. In die Musik seiner Schreibmaschine fuhr lautes Klopfen. Sein Revierleiter trat ein. „Paul, ich glaube, wir brauchen dich", sagte er.

„Soll ich zum nächsten Goebbelsprozess?" fragte Zschoch pampig.

„Diesmal nicht. Wir brauchen dich draußen im Revier."

„Da war ich mal."

„Sperr dich nicht, Paul, es könnte der erste Schritt zurück auf die Straße werden."

„Worum geht es?"

„Um zwei Vermisstenanzeigen, die du selbst aufgenommen hast."

„Und?"

„Der Straßenmusiker Bodo und der Meisterbettler Tecumseh, der eine ohne Wohnsitz, der andere mit Wohnsitz."

„Sind mir bekannt. Beides Zigeuner, fahrendes Volk. Sie ziehen weiter, du hörst nichts mehr von ihnen. Wozu der Aufwand?"

„Weil sich bei beiden etwas nicht zusammenreimt. Der Musiker hat Berlin seit seiner Kindheit nicht verlassen. Er spielt mit einem Kumpel zusammen. Das wirst du ja wissen. Udo und Bodo, Melodien vom Feinsten. Das Duo ist ihre Existenz. Die Harmonie hat der eine über Nacht aufgekündigt, ohne auch nur eine Silbe darüber zu verlieren. Der andere, der Bettler Tecumseh, lebt in Berlin wie die Made im Speck. Er hat sogar einen festen Wohnsitz. Keiner kann sich sein plötzliches Verschwinden erklären. Ich kann die beiden Anzeigen nicht in der Schublade verstauben lassen, verstehst du!"

„Ich sage nochmals, fahrendes Volk, die haben plötzlich einen Einfall, und weg sind sie. Was soll ich also im Revier?"

„Ich denke in erster Linie an deinen V-Mann, in zweiter Linie an deine zahlreichen Bekannten."

Schupo Zschoch unterhielt etliche Verbindungen in seinem Revier, zum Teil auch darüber hinaus. Das erleichterte ihm den Dienst. Nicht nur kam ihm auf diesem Wege allerhand zu Ohren, er konnte den einen oder anderen auch für seine Zwecke einspannen, sei es, dass jemand unauffällig zu beobachten war oder irgendeine Sache besorgt werden musste. Zu diesem Bekanntenkreis des Wachtmeisters zählte auch ein Obdachloser, der sich im Milieu auskannte wie in seiner Westentasche. Dem Revierleiter war das bekannt, deshalb wollte er Zschoch auf die Sache ansetzen.

„Wie soll das gehen? Soll ich Aufträge erteilen oder mich nur umhören?" fragte Zschoch.

„Beides, du sollst an die Front, das nehme ich auf meine Kappe."

„In Uniform?"

„Besser in Zivil. Hör zu, Paul! Wenn wir Erfolg haben, stehe ich am nächsten Tag beim Chef auf der Matte mit dem Gesuch, dich in die Streife zurückzuversetzen. Du kennst mich lange genug, ich halte mein Wort."

Im Keller holte Zschoch seine Zivilkleidung aus dem Spind und zog sich um. Sein erstes Ziel war das örtliche Quartier der Heilsarmee; ein mächtiges Gebäude im Bezirk Tiergarten, worin zu Kaisers Zeiten die Post untergebracht war. Im zweiten Stock klopfte er an die Bürotür der Majorin Knufinke. Man kannte sich. Es hatte in der Vergangenheit immer wieder Anlässe gegeben, miteinander zu sprechen.

„Wachtmeister Zschoch! Das freut mich. Sind Sie wieder im Außendienst?"

„Noch nicht ganz, aber heute schon."

„Was führt Sie zu mir?"

„Es geht um zwei Vermisste, mehr oder weniger sesshaft, den Straßenmusiker Bodo aus dem Duo Udo und Bodo, Melodien vom Feinsten, und den Bettler Tecumseh, bürgerlich Harald Bosch."

„Nach denen hat sich Ihr Revierleiter kürzlich bei uns erkundigt, der Bodo ist seit vier Wochen verschwunden, der Tecumseh seit zwei."

„Führen Sie im Haus eine Liste über solche Abgänge?"

„Ja, wir bekommen Mitteilungen von den Sozialdiensten, manche erfassen wir auch selbst."

„Wie ist denn die Fluktuation in den letzten Jahren gewesen?"

„Warten Sie mal." Frau Knufinke zog einen Ordner aus dem Regal, worin sie eine Weile blätterte. „Im Schnitt verschwinden jährlich etwa zwanzig Prozent unserer Klientel, fünf Prozent sind in Berlin geboren, fünfzehn Prozent sind Zuzügler, die hier mit der Zeit Wurzeln gefasst haben. Die meisten ziehen in andere Städte weiter, was wir verfolgen können. Ein geringer Prozentsatz verschwindet spurlos."

„Haben Sie den Werdegang Ihrer Schäfchen auch erfasst?"

„Ja, von jedem eine Kurzbiographie, wenn es ging." Die Majorin zog einen zweiten Ordner hervor. „Harald Bosch alias Tecumseh lebt seit acht Jahren in Berlin, bewohnt ein Zimmer in Moabit. Bodo Luckner ist in Berlin geboren, der war nicht ein einziges Mal weg. Das alles habe ich schon Ihrem Revierleiter gesagt. Interessieren Sie weitere persönliche Daten?"

„Die haben wir bei der Vermisstenanzeige in den Akten. Haben Sie im letzten Jahr ähnliche Fälle registriert und darüber Meldung gemacht?"

„Ich sagte schon, es verschwinden immer wieder Leute spurlos. Wer uns so etwas meldet, den schicken wir zur Polizei. Wir selbst machen die Anzeigen nicht."

„Ich danke Ihnen, Frau Knufinke. Ein Stückchen haben Sie mich weiter gebracht."

„Lassen Sie mich gelegentlich wissen, was bei der Sache herausgekommen ist."

29

Von dem Traum war nichts verlorengegangen, als sie erwachte. Sie wunderte sich, wie genau sie sich an jede Einzelheit erinnern konnte. Das war außergewöhnlich. Daher deutete sie den Traum als eine Warnung. Die beiden ersten Stunden hatte Vera Maybach unterrichtsfrei. Sie frühstückte spät und rief danach bei dem befreundeten Hausarzt der Familie Maybach an. Sie bekam einen Termin am Nachmittag.

„Ich habe dich lange nicht gesehen, Vera. Ausgesprochen leidend siehst du nicht aus. Was kann ich für dich tun?"

„Ich möchte dich bitten, mich für längere Zeit krankzuschreiben."

Der Arzt, dessen weißer Kittel sich über einem mächtigen Bauch spannte, sah sie erstaunt an.

„Aus welchem Grund?"

„Du kennst ja meine Lebensgeschichte und wirst dich an zwei Namen aus der Zeit meiner Gefangenschaft in Perm erinnern: Sarah Braun und Willi Justus. Beide wurden vor kurzem ermordet, beide waren Mitarbeiter des Lagerarztes Dr. Lauber, der ja für tot erklärt worden ist. Zuständig für die Ermittlungen ist ein Berliner Kommissar namens Hagelstein. Er hat mich dieser Tage besucht und mir eröffnet, dass der Lagerarzt Lauber noch am Leben sei und dass die beiden Morde vermutlich auf sein Konto gingen. Er hat mir dringend empfohlen, eine Weile unterzutauchen. Zunächst habe ich seine Warnung nicht ernst genommen. Doch dann hatte ich letzte Nacht einen deutlichen Traum, der mir zu denken gegeben hat. Du weißt, wir Russen sind für Zeichen und Wunder empfänglich. Der Traum hat mich veranlasst, zu dir zu kommen. Wegen der Schule brauche ich eine Krankschreibung."

„Darf ich wissen, was du geträumt hast?"

„Gewiss." Vera Maybach schilderte ihren Traum:

Nach einer Schulkonferenz im Anschluss an den Unterricht kam sie am späten Nachmittag nach Hause. Nachdem sie die Wohnungstür hinter sich geschlossen, Mantel und Tasche abgelegt hatte, beschlich sie das undeutliche Gefühl, nicht allein in der Wohnung zu sein. Sie schob es auf ihre Anspannung, die selbst nach der Konferenz nicht von ihr abfallen wollte, und ging in die Küche, um sich einen grünen Tee zuzubereiten. Wieder diese Empfindung, diesmal stärker, dichter, fast schon ein Eindruck, jemand halte sich in ihrer Nähe auf. Sie wusste sogar wo: Hinter ihr in der geöffneten Tür. Sie zog ein Brotmesser aus der Schublade und fuhr herum. Niemand da! Das Heizungsrohr knackte, vermutlich, weil im Keller die Zentralheizung angesprungen war. Sie holte den Tee, ließ Wasser kochen, stellte die Kanne bereit, schüttelte heftig den Kopf, wie um etwas loszuwerden, etwas ins Lot zu bringen. Es half nichts, das Gefühl, nicht allein zu sein, konnte sie nicht vertreiben. Sie spürte eine Enge im Hals, die ihr das Luftholen erschwerte. Sie ließ sich auf einen Stuhl fallen. Dort kam es zur Revolte. Sie hob die Teekanne an und knallte sie auf die Tischplatte. Diesen Irritationen würde sie jetzt zu Leibe rücken. Wenn sich jemand in ihrer Wohnung aufhalten sollte, würde sie es herausfinden. Zuerst kontrollierte sie Bad, WC und Abstellkammer, danach das Wohnzimmer und das kleine Arbeitszimmer, worin sich Bücher und Hefte stapelten. Unterwegs zum Schlafzimmer hörte sie Glas splittern. Als hätte darin jemand die Deckenlampe, den Spiegel oder die Glasplatte ihrer Kommode zerstört. Sie spürte ihren Puls rasen, aber es gab kein Zurück. Sie schlug auf die Klinke und stieß die Tür auf. Zunächst erblickte sie den demolierten Spiegel über ihrem Schminktisch. Danach sah sie den Mann auf der Bettkante sitzen, der ihr freundlich zulächelte. Unter Millionen hätte sie ihn sofort wiedererkannt. Es war Otto Lauber. Stumm, unter Schock, stand sie im Türrahmen, keiner Bewegung fähig. Sie wusste nicht, wie lange sie Lauber angestarrt hatte. Irgendwann brach sich ihr Entsetzen Bahn. Sie schrie, was ihre Stimme hergab. Lauber zeigte sich unbeeindruckt. Unverändert lächelte er ihr ins Gesicht. Dann stand er auf. Sie sprang in den Flur zurück, knallte die Tür zu, riss wie in Trance ihre Handtasche an sich und rannte aus der Wohnung hinaus ins Treppenhaus. Sie stürzte, einzelne Stufen überspringend, nach unten und kam erst wieder zu sich, als sie die Straße überquert und sich vergewissert hatte, dass ihr niemand folgte. Nun ging sie ziellos durch einige Straßen der Altstadt, bis ihr der Einfall kam, in der nächsten Kirche Zuflucht zu suchen. Die Stille umfing sie wie ein Versprechen der Erlösung. Die Bänke leer, nur vorne kniete eine Frau, ins Gebet vertieft. Sie nahm in einer Bank Platz. Doch sie kam nicht zur Ruhe. Ihr Puls wollte das Tempo nicht zurückfahren. Jetzt wünschte sie, Hagelstein säße neben ihr in der Kirchenbank, hätte den Arm um ihre Schulter gelegt und sie könnte die Wärme seines Körpers spüren. „Es nützt nichts abzuschweifen", sprach sie halblaut zu sich. Sie stellte sich den Mann genau vor, der auf ihrem Bett gesessen hatte. Kein Zweifel, es war Lauber. Doch irgendetwas an seiner Erscheinung kam ihr merkwürdig vor. Er sah aus wie seinerzeit im Gefangenenlager, als sie ihn kennengelernt hatte. Nicht im Geringsten gealtert. Er trug den verwaschenen Arztkittel wie damals als Lagerarzt, und das Stethoskop steckte in der Seitentasche. Würde Lauber in dieser Aufmachung heutzutage herumlaufen? Hatten die verflossenen Jahre keine Spuren in seinem Gesicht hinterlassen? Wenn sich nur ihr Herz beruhigen wollte! Sie schaute auf die Uhr. Sie würde jetzt zurück in ihre Wohnung gehen. Sie würde in ihrem Schlafzimmer nachsehen. Sie würde sich Gewissheit verschaffen. Sie griff in ihre Handtasche, ertastete darin ihre Pistole. In ihrer Panik vorhin hatte sie gar nicht an die Waffe gedacht. Sie lud die Pistole durch, prüfte die Sicherung. Sollte sie ihren Besucher noch vorfinden, würde sie ihn sofort über den Haufen schießen. Unnachgiebig raste ihr Herz, als sie vorsichtig die Wohnungstür aufschloss. Lautlos durchquerte sie den Flur und öffnete, die Pistole in der Hand, die Schlafzimmertür. Niemand zu sehen. Nicht der geringste Abdruck auf der Bettdecke, dort, wo sie vorher ihren ungebetenen Gast hatte sitzen sehen. Ihr Spiegel völlig intakt, blank wie sie ihn am Morgen verlassen hatte.

Erleichtert wachte sie auf.

„Wie lange möchtest du aus Dessau verschwinden?" fragte der Arzt.

„Drei Monate etwa."

„Gut. Du bist vorsichtig, das ist richtig. Zunächst schreibe ich dich für sechs Wochen krank. Danach sehen wir weiter. Ich stelle Herzrhythmusstörungen und Kreislaufprobleme fest. Ich empfehle dir eine Kur, zum Beispiel in Bad Orb, könnte mich aber auch mit häuslicher Ruhe zufrieden geben, was immer du darunter verstehen willst", fügte er vielsagend hinzu.

„Ich danke dir."

„Wie geht es Albrecht?"

„Für uns scheint die Sonne nicht gerade. Albrecht und ich, wir haben uns nach langen Ehejahren auseinandergelebt. Manches, was eine Ehe zusammenhält, findet nicht mehr statt."

„Hat er eine Geliebte?"

„Ja, im Harz. Dort hält er sich oft tagelang auf. Nach außen heißt es, er ist auf der Jagd."

„Und du? Tust du es ihm gleich?"

„Ich arbeite daran."

„Wollt ihr euch scheiden lassen?"

„Ja, die Scheidung ist juristisch eingeleitet. Aber ohne Spannungen, das muss ich hinzufügen. Wir feinden uns weder an, noch greifen wir zu Unwahrheiten. Das ist ein Grundsatz, an den wir uns halten. Es ist nur, wie soll ich sagen, wir haben uns entfremdet, ansonsten läuft alles freundschaftlich und sachlich ab."

Der Doktor brachte sie zur Tür. „Lass dich zwischendurch, spätestens nach einem Monat, bei mir sehen. Ich habe ja deinen Zustand als Arzt zu überwachen."

30

Wachtmeister Zschoch kam mit Neuigkeiten. Er hatte seinen V-Mann auf dem Invalidenfriedhof getroffen, und der wusste einiges zu berichten.
„Damit musst du zur Kripo", sagte sein Revierleiter.
„Wer ist zuständig?"
„Geh zu Hagelstein oder zu Grimm, das ist egal."
Er traf Hagelstein an, den hätte er ohnehin bevorzugt.
„Seit wann sucht ihr denn nach Bettlern?" unterbrach ihn Hagelstein, nachdem er die Vorgeschichte gehört hatte.
„Gewöhnlich nicht. Aber hier liegen zwei Anzeigen vor, und etwas stimmt mit den beiden Vermissten nicht."
„Dafür setzt ihr sogar einen V-Mann ein?"
„Das ist kein richtiger V-Mann, er arbeitet nicht für die Behörde. Ich kenne ihn privat."
„Was hat er beobachtet?"
„Für ihn nichts Auffälliges, für uns schon. Es geht um einen Mann in Militärklamotten, schon älteres Semester, der ab und zu in Mitte oder in Wedding auftaucht. Meistens streicht er allein in der Gegend herum. Niemand weiß, wo er herkommt. Den hat mein V-Mann gestern genauer aufs Korn genommen, weil ich ihm eingebläut hatte, dass er wachsam sein sollte wie ein Luchs. Auf dem Zeppelinplatz hat dieser Mann einen Arbeitslosen angesprochen, der sich ein Schild umgehängt hatte, worauf stand, dass er Arbeit jeder Art suche. Danach sind sie gemeinsam weitergegangen, hinüber zur Voltastraße und von dort auf das Gelände der verlassenen Spreewerke. Meinem V-Mann ist aufgefallen, dass der Alte in der Uniform gehumpelt hat, und dass er sich auf dem letzten Stück des Weges immer wieder umgedreht hat, wie um sich zu vergewissern, dass ihnen keiner folgte."
Hagelstein wurde hellhörig. „Wissen Sie, wo der Alte gehumpelt hat, links oder rechts?"

„Nein. Ich werde meinen Informanten dazu befragen."

„Wie ging es bei den Spreewerken weiter? An dem Ort ist Ihnen doch fast ein Mord angehängt worden."

Zschoch lachte verhalten. „Mein Detektiv hat beobachtet, wie die beiden in der Fabrikhalle verschwunden sind. Zunächst hat er eine Weile draußen in den Büschen gewartet. Wer reingegangen ist, wird auch bald wieder rauskommen, hat er gedacht. Als ihm die Warterei lästig wurde, weil sich ganz und gar nichts bewegte, schlich er sich wie ein Indianer durch das Tor ins Innere. Die Ohren gespitzt, ist er von einem Raum in den anderen, bis er schließlich die ganze Fabrik abgesucht hatte. Von den beiden war nichts zu hören und zu sehen."

„Es gibt Ausgänge auf der Rückseite. Die beiden könnten dort entwischt sein, während Ihr Luchs die Vorderfront im Auge behielt."

„Schon möglich. Aber Sie wissen selbst, auf der Rückseite beginnt der Dschungel von Rosen- und Brombeerbüschen. Wer bahnt sich durch dieses Dickicht einen Weg, wenn er es vorn herum bequemer haben kann?"

„Was denkt Ihr V-Mann über die Sache?"

„Der meint, durch den seitlichen Anbau hätte man auch hinausgehen können. Der Durchgang dorthin ist aber durch eine Gittertür versperrt."

„Ich weiß. Den Ort kenne ich mittlerweile. Ich werde mich trotzdem dort einmal umsehen. Sie können gerne mitkommen. Vier Augen sehen mehr als zwei."

31

Der Mann trug einen Zweireiher, der schon bessere Zeiten gesehen hatte. An Ellbogen und Knien war der Stoff durchgescheuert, im Übrigen sah er nicht gerade unsauber aus. An einem Hanfseil hing auf Brust und Rücken je ein Pappschild, worauf schwarze Druckbuchstaben verkündeten, dass ihr Träger Arbeit jeder Art suche. Der Mann schlenderte ziellos durch belebte Straßen der Stadt, bog irgendwann auf die Gerade zwischen Schifffahrtskanal und Lehrter Güterbahnhof ein, wo er in Richtung Nordhafen weiterging. Dort angelangt, ließ er sich auf einem Steinblock nieder, den Kopf nach vorn gebeugt, die Arme auf die Oberschenkel gestützt. So als habe er resigniert, als habe er die Suche aufgegeben. Als es anfing zu regnen, erhob er sich unsicher und setzte seinen Weg mit schweren Schritten Richtung Zeppelinplatz fort. Offenbar konnte er nicht mehr weiter. Auf dem Platz suchte er sich den nächsten überdachten Hauseingang, nahm sich fröstelnd die Pappschilder ab und setzte sich auf die unterste Stufe einer Steintreppe. Kaum hatte er erschöpft die Augen geschlossen, da fasste ihn jemand am Arm, dass er erschrak. Ein älterer Mann, was ihn sofort beruhigte. Von dem schien keine Gefahr auszugehen, dem ging es genauso schlecht wie ihm, wenn nicht noch schlechter.

„Scheißwetter heute, macht einen krank", sagte der Mann und streifte sich die Feuchtigkeit vom Ärmel seiner abgetragenen Feldjacke. „Willste einen Schluck? Ich hab sogar Becher", sagte er und griff in einen Brotbeutel, der ihm von der Schulter hing, zog daraus zwei Pappbecher hervor, von denen er einen seinem Gegenüber in die Hand drückte. „Wie heißte denn?" fragte er dann.

„Herbert."

„Na, dann halt mal deinen Becher hin, jetzt kommt das Feuerwasser."

Er entkorkte eine Flasche und füllte die Becher randvoll. „Russischer Wodka, das Beste vom Besten. Zum Wohlsein. Ich heiße übrigens Adam." Er tippte mit dem Zeigefinger an den Rand seines Schiffchens, das schräg auf seinen verklebten Haaren saß. „Du bist noch jung, Herbert. Irgendwann findest du Arbeit. Bei mir ist der Ofen aus. Mich stellt keiner mehr ein, ich meine auf Dauer, für eine geregelte Arbeit."

„Wie alt bist du denn?"

„Ende fünfzig."

„Ja, das wird schwierig."

„Auf Dauer schon. Aber nicht für kurze Zeit. Da habe ich nämlich was, und nicht von schlechten Eltern, wenn du weißt, was ich meine." Adam machte mit Daumen und Zeigefinger das Zeichen für Geld. „Dabei könnte ich Hilfe gebrauchen."

„Worum geht's denn?"

„Wir müssen etwas von Berlin nach Leipzig transportieren. Ganz sauber ist die Sache nicht. Wir fahren nachts. Aber was soll's? Ich war Fahrer im Heer, hab die Westfront mit Munition versorgt. Ich fahre durch die Hölle, wenn es sein muss. Wie gesagt, ich könnte einen Beifahrer gebrauchen."

„Warum nicht? Ich mache mit."

Adam zog ein Foto aus der Tasche. „Kennst du das?"
„Nicht genau, ein Fabrikgebäude oder so was."
„Das sind die Spreewerke in der Voltastraße. Da treffe ich den Spediteur in zwei Stunden. Wir erfahren dann die Einzelheiten. Am besten, wir gehen gleich hin. Ein Dach überm Kopf wäre bei dem Wetter nicht schlecht. Und die Zeit können wir uns da allemal vertreiben."

Adam schlug mit der flachen Hand gegen den Bauch der Flasche, hielt darauf seinem eben gewonnenen Partner den geöffneten Brotbeutel vors Gesicht, auf dessen Boden eine weitere Flasche mit kyrillisch beschriftetem Etikett lag.

Bald hatten sie ihr Ziel erreicht. An verschiedenen Stellen tropfte Regenwasser durch das undichte Dach und sammelte sich in flachen Mulden des Betonbodens. In einer trockenen Ecke ließen sie sich nieder. Adam entkorkte den Wodka und schüttete die Becher voll. Was sein Begleiter nicht bemerkte, diesmal hatte er die andere Flasche in der Hand, diesmal täuschte er vor, aus dem eigenen Becher zu trinken.

„Prost, der schmeckt wie im Paradies", sagte Herbert. Sekunden später konnte er nichts mehr sagen. Er sah nicht mehr doppelt, auch nicht dreifach, sondern nur noch schwarz. Adam fühlte den Puls, zog ein Augenlid auf, stellte zufrieden fest, dass sein Narkotikum gewirkt hatte.

Zschochs privater V-Mann observierte derweil, hinter einer Hecke versteckt, die Fassade der verlassenen Fabrik mit ihren blinden und hohlen Fenstern. Ihm entging, wie Adam sich den Ohnmächtigen auf die Schulter wuchtete, mit seiner Last die Kellertreppe hinabstieg und im Licht seiner Taschenlampe bis zum Gittertor zwischen Halle und Anbau vordrang. Ohne seine Last abzulegen, zog er einen Schlüssel aus seinem Brotbeutel, womit er das Vorhängeschloss öffnete. Quietschend machte das Gitter den Weg frei. Sorgfältig verschloss Adam den Durchgang und stand nach wenigen Schritten neben dem Schacht. Hier legte er sein Opfer ab, um es für die Reise durch den Orkus zu präparieren. Er löste einen Strick, den er sich um den Bauch gebunden hatte, und legte ihn um den Oberkörper des bewusstlosen Herbert. Vor der Brust zog er ihn durch eine Schlaufe fest. Danach öffnete er den Deckel und ließ das menschliche Bündel langsam abwärts gleiten, bis er auf dem Grund der Länge nach hinsank. Über seinem Kopf schloss Adam alsdann den Schacht. Ab da bediente er sich eines uralten Transportmittels: des fließenden Wassers, von den wenigen Metern abgesehen, die er bis zum querlaufenden Kanalbett noch auf dem Trockenen arbeiten musste. Am Kanalrand entlanggehend, brauchte er den neben sich abwärts treibenden Körper mithilfe seines Strickes nur hin und wieder zu justieren, vor allem so weit anzuheben, dass der Kopf aus den Fluten ragte, denn schließlich brauchte auch der Ohnmächtige seine Portion Sauerstoff. Irgendwo in Höhe eines Seitenzulaufs fand das Treiben sein Ende. Die inzwischen stinkende Masse aus Stoff und Fleisch wechselte in ein schmaleres Bett hinüber, das aber immer noch genügend Wasser führte und glitschig genug war, um das Weiterziehen der Last zu erleichtern. Ein gutes Stück ging es in der Enge voran, an tropfenden Rohren vorbei, Hausanschlüssen, die hier in Abständen aus der Mauer herausragten, bis endlich ein seitlicher Schacht, der demjenigen unter den Spreewerken glich, erreicht war. Sein Ausgang allerdings mündete nicht in einem finsteren Kellergang, sondern zwischen bunten Sandsteinplatten, auf die der Regen niederklatschte.

32

Hagelstein saß mal wieder bei Grimm im Büro, um zu plaudern.

„Nennen wir ihn Pluto oder so ähnlich. Ich glaube, bei den alten Ägyptern hieß er Anubis, der Gott der Unterwelt. Wie auch immer, unser Pluto aus Berlin steigt aus der Unterwelt hinauf, um die Lebenden zu besuchen. Irgendwann kehrt er aus dem Licht wieder ins Dunkel zurück. Durch zwei Pforten kommt und geht er. Die eine ist der Schacht, die andere die Gittertür im Keller der alten Spreewerke. Die Gittertür ist mit einem Schloss gesichert, für das er einen Schlüssel besitzt. Wir vermuten, dass er alleine heraufklettert, den Rückweg aber gelegentlich in Gesellschaft antritt. Denkbar ist auch, dass er seine Wohnung auf üblichem Wege verlässt, danach in den Straßen herumstreicht und später für die Rückkehr, aus welchen Gründen auch immer, den Kanal wählt." Hagelstein legte ein Papier auf den Tisch. „Hier ist der Bericht unseres Labors. Die Spuren sind eindeutig. Das Schloss wird öfter mit dem Schlüssel bedient, der Gullydeckel häufig geöffnet und wieder zugeschoben. Auch auf dem Rost der Steigeisen sind Spuren zu finden."

„Schön und gut, aber keineswegs ein Indiz für eine Entführung oder Schlimmeres. Sollte überhaupt jemand zusammen mit Pluto abgestiegen sein, könnten sie sich doch ebenso gut zu einem gemeinsamen Beutezug aufgemacht haben", gab Grimm zu bedenken.

„Richtig. Das Einzige, was wir haben, sind die Spuren am Metall und die Beobachtung von Zschochs V-Mann. Wir wissen nicht einmal sicher, ob der vermeintliche Kriegsveteran unser Pluto ist."

„Warum hast du Zweifel? Der Mann ist in die Fabrik hineingegangen und nicht wieder herausgekommen."

„Ein Stadtstreicher unter vielen, den unser Hauptwachtmeister gelegentlich bemüht, kann keine professionelle Observation abliefern. Die Halle hat Ausgänge genug, die unteren Fenster mitgerechnet. Dass der Alte mit seinem Begleiter abgestiegen ist, hat niemand beobachtet. Das ist keinesfalls gesichert. Hast du inzwischen die Pläne vom Abwasserverband besorgt?"

„Ja, die bringen uns aber nicht weiter." Grimm zog zwischen mehreren Akten eine Mappe hervor, der er ein zusammengefaltetes Blatt entnahm. Damit ging er zum Nebentisch, den er freiräumte, um die Zeichnung ausbreiten zu können. „Der Hauptkanal neben den Spreewerken ist einer von vielen unter der Stadt. Du siehst, er läuft durch Wedding und weitere Bezirke bis zur Kläranlage. Die kräftige Abzweigung hier ist ein toter Arm, der in die Spree mündet. Er dient als Notlauf bei Überschwemmungen. An den kleineren Seitenadern des Hauptkanals sind die Straßen angeschlossen. Ich bin daran vorbei, als ich unten war, einige sind eng, andere leicht begehbar. Unser Pluto könnte theoretisch in jedem Gebäude, das über diesem Netzwerk liegt, zu Hause sein. Ihn mit den vermissten Tecumseh und Bodo in Verbindung zu bringen, wäre nach jetzigem Kenntnisstand geradezu abenteuerlich. Uns bleibt nichts anderes übrig, als auf den Zufall zu hoffen."

„Nicht ganz. Ich werde die Streife öfter zu den Spreewerken schicken. Außerdem wäre ein weiterer Abstieg angebracht, auch wenn wir uns nicht viel davon versprechen können. Du hast doch einen Hang zur Unterwelt. Du kennst dich da unten doch schon aus. Willst du die Sache übernehmen?"

„Alex, hast du vergessen, dass ich dort fast gestorben wäre? Nicht noch einmal! Schick die Spurensucher in den Kanal."

„Dann werde ich wohl hinuntersteigen. Ich will mir selbst ein Bild machen", entgegnete Hagelstein.

„Aber bitte mit Gefolge!"

„Ja, ich werde mir eine Mannschaft zusammenstellen. Da fällt mir noch etwas ein. Meinst du nicht, wir müssten den Fall Hannes Voigt neu bewerten? Voigt hat sich neben Plutos Aufgang herumgetrieben, um sich im Keller ein Depot anzulegen. Die beiden könnten sich doch dort unten begegnet sein mit fatalem Ausgang für Voigt", sagte Hagelstein.

„Eine Hypothese, aber viel zu mager", erwiderte Grimm.

Hagelstein wollte dem etwas hinzufügen, doch dazu kam er nicht, denn das Telefon klingelte.

„Für dich. Die Zentrale: Das Hotel Ritz ist am Apparat." Grimm reichte ihm den Hörer.

„Hagelstein."

„Hotel Ritz, ich verbinde mit Frau Maybach."

„Hallo Alex, ich bin in Berlin."

„Mach keine Witze, du hast doch Unterricht."

„Komm ins Ritz, ich sitze an der Hotelbar."

„In einer Stunde."

„Ich freue mich."

Hagelstein legte auf. „Frau Maybach. Sie muss mich dringend sprechen", erklärte er seinem Kollegen.

„Den Kanalplan kannst du mitnehmen. Auf die Sache Voigt kommen wir morgen zurück", sagte Grimm.

33

Vera Maybach saß in der Bar des Ritz vor einem Pernod. Sie hatte den Platz am Ende des halbrunden Tresens gewählt. Von hier hatte sie die messingbeschlagene Pendeltür aus Mahagoni im Auge, die sich um diese Zeit nur selten auftat. Ohne die Miene zu verziehen, bediente der Barkeeper elegant und routiniert die wenigen Gäste. Unauffällig beobachtete Frau Maybach ihn bei der Arbeit, dabei hätte sie sich vorstellen können, dass unter seiner blassen Haut die zusammengeschraubten Schienen eines Roboters steckten. Es reizte sie, diesen Eisklotz von Barkeeper aufzutauen. Damit fing sie aber besser nicht an, denn das war nicht im Handumdrehen zu machen, und Hagelstein konnte jederzeit eintreten.

Mit seinem abgetragenen Trenchcoat passte er nicht recht zwischen die Flügel der kostbaren Pendeltür. Vera Maybach rutschte vom Barhocker, lief ihm einige Schritte entgegen und umarmte ihn. Als sie sich nach einem Kuss von ihm löste, zeigte sie dieses Lächeln, aus dem Hagelstein alles herauslas, was sie bewegte: Freude, Erleichterung, Zuneigung, Verheißung. Auch er bestellte einen Pernod. Hand in Hand hockten sie an der Bar.

„Eigentlich sollte ich nach Bad Orb, um eine Kur anzutreten. Herz, Kreislauf, Psyche. Mein Hausarzt hat mir das empfohlen. Zunächst bin ich für sechs Wochen krankgeschrieben. Ich hätte dir das auch schon früher telefonisch mitteilen können, aber ich wollte dich überraschen."

„Das ist dir gelungen. Von der Geschichte möchte ich gern mehr hören."

Der Barkeeper schob zwei älteren Herren, die sich einige Plätze entfernt mit gedämpfter Stimme unentwegt stritten, zwei Espresso vor die Brust.

„Später, wenn wir allein sind. Was macht der Dienst?"

„Für heute gestrichen. Machen wir einen Spaziergang durch Tiergarten", schlug Hagelstein vor.

Zwischen Wiesen, Bächen, Bäumen und Teichen, die ihr Aussehen alle dem trüben, eintönigen Himmel angepasst hatten, schlenderten sie untergehakt die gewundenen Parkwege entlang. Einige Krähen kreisten über ihnen als erwarteten sie Futter. Schließlich ließen sich die Vögel schimpfend in einem Baum nieder. Hagelstein erfuhr nun von Vera den wahren Grund für ihre Krankschreibung.

„Ich habe dem Arzt nichts verschwiegen."

„Auch nicht, dass Lauber lebt?"

„Natürlich nicht. Die Maßnahme sollte doch in erster Linie meinem Schutz dienen."

„Wer weiß, wo du dich aufhältst oder aufhalten wirst?"

„Mein Mann und jetzt du, sonst niemand."

„Ist die Kur denn nicht angeordnet?"

„Nein. Mein Arzt sagte, sollte ich mich nicht für Bad Orb entscheiden, wäre er auch mit häuslicher Ruhe einverstanden."

„Die Schule?"

„Für die Schule bin ich auf Gut Maybach. Mein Mann wird mich informieren, wenn etwas ist."

„Im Grunde habe ich das alles ausgelöst", sagte Hagelstein.

„Du durftest mir die Neuigkeit nicht verschweigen, Alex. Ahnungslos zu bleiben, wäre zwar angenehmer gewesen, aber viel zu gefährlich."

„So sehe ich das auch."

Seitlich von ihnen kratzte eine Amsel raschelnd das Laub auf. In der Nähe warf eine Frau Brotstücke in den Teich. Einige Enten stritten sich flatternd und flügelschlagend um das Futter. Den Geschicktesten gelang es, die Brocken in der Luft aufzuschnappen. Von einer Parkbank beobachtete ein Mann das Schauspiel. Ein Vollbart, grau wie der Himmel, hob sich von seinem Gesicht ab. Aus der Ferne erschien seine Kleidung irgendwie uneinheitlich.

„Den da auf der Bank möchte ich mir mal näher ansehen", sagte Hagelstein.

„Sucht ihr jemanden?"

„Ja, einen Stadtstreicher, der möglicherweise daran beteiligt ist, dass einige Leute verschwunden sind."

Sie gingen in einem Bogen auf die Bank zu.

„Kriegen Sie keine kalten Füße?" fragte Hagelstein den Mann.

„Geht. Lange bleibe ich eh nicht."

„Wohnen Sie hier in der Nähe?"

„Was geht Sie das an?"

Hagelstein zeigte ihm seinen Ausweis. „Stehen Sie mal auf und gehen Sie einige Schritte. So ist es richtig, noch ein Stück vor und wieder zurück. In Ordnung, Sie können sich wieder setzen."

„Was soll denn das alberne Manöver?" fragte der Mann erbost.

„Schikane", antwortete Hagelstein und gab Vera das Zeichen zum Weitergehen.

„Der Alte, den wir suchen, zieht einen Fuß nach", sagte er, nachdem sie den Teich umrundet hatten.

„Sonst habt ihr keine Merkmale?"

„Sonst keine."

„Auch keine Fotos?"

„Nein."

„Habt ihr denn Zivilfahnder auf ihn angesetzt?"

„Nein, der Verdacht ist zu schwach, der Aufwand dagegen wäre zu hoch."

„Also hofft ihr auf den Zufall."

„Weitestgehend. Wir haben noch einen V-Mann aus der Szene aktiviert."

„Ist das nicht ziemlich dilettantisch?"

„Was würdest du ändern?"

„Viele Hunde sind des Hasen Tod. Ihr müsst mehr Leute aus dem Milieu, worin dieser Mann verkehrt, einspannen."

„Schön und gut, Vera, aber wie willst du die Meute motivieren? Dafür hat die Behörde keine Mark übrig."

„Ihr braucht einen Mäzen, der euch gewogen ist." Vera lachte.

„Den finde mal."

„Ich kenne jemanden. Jetzt möchte ich aber wissen, wie weit seid ihr mit Lauber?" Das war die Frage, die ihr unter den Nägeln brannte. Als fürchte sie schlechte Nachrichten, hatte sie bis jetzt gezögert, sie zu stellen.

„Außer einigen Anweisungen von oben ist nichts geschehen."

„Resignierst du?"

„Jeder in meiner Lage würde resignieren."

„Dann möchte ich jetzt gern deine Wohnung sehen."

Über der Haustür des kompakten Bürgerhauses stand scharf in Stein gemeißelt die Jahreszahl 1892. Hohe Stichbogenfenster zwischen halbrund vorgeschobenen Säulenbalkonen schmückten die weitläufige Fassade. Hagelstein öffnete seine glasdurchwirkte Wohnungstür im zweiten Stock. Im Flur knarrte das Parkett bei jedem Schritt. Vera Maybach ging staunend von Zimmer zu Zimmer.

„Meine Großeltern haben hier schon gewohnt, bis auf die Küche und das Schlafzimmer habe ich nichts verändert", kommentierte Hagelstein sein prachtvolles Interieur.

In Handarbeit gefertigte schwere Tische, Stühle, Sofas und Schränke, sorgfältig und liebevoll verziert, manches mit Intarsien verschönert, Samt- und Seidenbezüge überall, Figuren aus Porzellan neben alten Uhren oder als Schmuck in Vitrinen, eine schwer tickende Standuhr, die über die Zeit der kleineren wachte, alte Fotografien in Standrahmen auf gehäkelten Deckchen, hier und dort eine chinesische Vase, mit antiken Motiven gemusterte Tapeten, Repros in Öl von Frans Hals und C. D. Friedrich, ein mächtiger Kamin, über dem gekreuzt zwei Säbel hingen, Marmor im Bad, Armaturen aus Messing, ein breites, kräftiges Bett im Schlafzimmer, worauf sorgfältig geglättet eine Überdecke lag.

„Ich sollte allmählich Feuer machen", sagte Hagelstein.

Sie gingen in das große Zimmer zurück, worin ein Kohleofen schon vorbereitet war. Hagelstein zündete Zeitungspapier an. Vera Maybach ließ ihre Hand über die geschnitzte Lehne eines Stuhles gleiten. „Schön ist das alles, aber noch schöner, weil es seine Geschichte hat", sagte sie. Es roch leicht nach Rauch, der Ofen brauchte seine Zeit zum Anheizen.

Hagelstein hob den Schürhaken hoch, als wollte er zum Schlag ausholen. „Du darfst wählen zwischen Ritz, Bad Orb oder Hagelstein", sagte er.

„Dann wähle ich Hagelstein."

„Gute Wahl, nachher holen wir dein Gepäck aus dem Hotel. Ich habe dich gar nicht gefragt, wie lange du bleiben willst."

„Zunächst sechs Wochen. Danach entscheidet der Arzt, wie es weitergeht."

„Dann mache ich uns jetzt etwas zu essen."

„Später." Sie zog Hagelstein an sich. Als sie seinen festen Griff um ihre Hüfte spürte, lehnte sie sich zurück und öffnete einige Knöpfe ihrer Bluse.

34

Eine Frau in dunklem Wintermantel und dazu passender Mütze beobachtete, wie Wachtmeister Zschoch in der Morgendämmerung das Revier verließ. Sie folgte ihm ein Stück. An einer Straßenkreuzung setzte sie sich eine getönte Brille auf und sprach ihn an. „Guten Morgen, Herr Wachtmeister, sind Sie wieder bei der Streife?"

„Ja, aber woher wissen Sie ...?"

„Ich weiß so manches."

Obwohl die Mütze Stirn und Haare verdeckte und ihre Augen unter dem dunklen Glas unsichtbar blieben, vielleicht auch gerade deshalb, wirkte die Frau überaus attraktiv. Zschoch rührte sich nicht von der Stelle. Er starrte auf ihren Mund, der ihm im Zwielicht rot entgegenglühte.

„Können wir uns irgendwo ungestört unterhalten?" fragte sie.

„Zwei Häuser weiter im Hof. Kommen Sie mit."

Im Durchgang zum Hinterhof hingen die Briefkästen. An einigen fehlten die Namensschildchen.

„Hier ist nicht alles belegt", erklärte Zschoch.

Die Frau vergewisserte sich, dass niemand in der Nähe war.

„Wissen Sie, wer Pluto ist?" fragte sie.

„Bei den Griechen oder bei uns?"

„Bei uns."

„Ich weiß es. Aber was haben Sie damit zu tun?"

„Ich möchte wissen, wo der Mann zu Hause ist."

„Das möchten auch andere wissen, zum Beispiel unsere Kripo."

„Sehen Sie, Herr Zschoch, da liegt der Unterschied! Die Kripo zahlt keinen Pfennig, aber ich zahle eine gute Summe, wenn mir jemand Plutos Aufenthalt verrät. Ich setze eine Prämie von tausend Reichsmark für den Finder aus."

Zschoch war baff. „Wie stellen Sie sich das vor?"

„Ihr V-Mann allein genügt mir nicht. Er soll seine Kumpel in Marsch setzen. Die Prämie dürfte ja eine ganze Meute motivieren. Stellen Sie sicher, dass die Leute nicht einfach drauflos suchen. Der Mann, der vermutlich unser Pluto ist, hat ein Merkmal, er zieht einen Fuß nach. Er scheint Bettler, Obdachlose und Arbeitslose mit Angeboten zu locken. Das schließen wir aus seinem Kontakt mit dem Arbeitssuchenden, der später mit ihm in den Spreewerken verschwunden ist. Das alles hat ja ihr V-Mann beobachtet. Er soll jedem, den er losschickt, den Mann genau beschreiben. Aber das versteht sich ja von selbst. Und noch etwas: Pluto könnte sein Aussehen verändern. Sollte seine Gehbehinderung nur vorübergehend sein, könnte auch das leichte Hinken verschwinden. Ich bitte, das zu beachten. Wichtig ist, dass ein unbekannter, einsamer Wolf Kontakt sucht. Da liegt der Ansatz, um ihn auszuspionieren. Geht das in Ihren Kopf? Können Sie das Ihrem V-Mann so vermitteln?"

„Das geht schon in Ordnung. Aber woher wissen Sie das alles? Sind Sie am Ende vom Geheimdienst?"

„Raten Sie mal. Aber das tut nichts zur Sache. Damit Sie nicht zweifeln, dass ich es ernst meine, gebe ich Ihnen jetzt sofort fünfhundert Reichsmark, die Ihr V-Mann sozusagen als Spesen an die Suchwilligen verteilen kann. Weitere fünfhundert Reichsmark sind für Sie, Herr Zschoch. Ich möchte, dass Sie die Sache steuern und überwachen. Das sollen Sie nicht umsonst machen."

Einen Moment zögerte Zschoch, doch die Summe wälzte seine Skrupel platt.

„Sollte jemand etwas zu berichten haben, dann zunächst an Ihren V-Mann. Von ihm geht die Information weiter zu Ihnen. Die Kripo darf nicht dahinter kommen. Unter keinen Umständen. Ich allein bin Ihr Adressat. Auch keine Gewalt gegen den Mann! Es soll keiner versuchen, ihn festzuhalten. Damit ist niemandem gedient. Stellen Sie das bitte sicher."

„Wie erreiche ich Sie?"

„Die unbenutzten Briefkästen hier im Hausflur. In der letzten Reihe unten der linke. In den werfen Sie einen Zettel. Darauf schreiben Sie, wann ich Sie anrufen kann. Ihre Telefonnummer geben Sie mir sofort. Die Prämie zahle ich, sobald ich Gewissheit über Plutos Aufenthalt auf der Oberwelt habe."

„Geht in Ordnung."

„Vergessen Sie nicht, Herr Zschoch: Sie dürfen Ihrem V-Mann von dem Auftrag berichten, aber nicht, wer ihn erteilt hat. Ich erwarte Diskretion von allen Beteiligten. Anderenfalls geht es Ihnen an den Kragen, Herr Zschoch."

„Ich halte dicht. Darauf können Sie sich verlassen."

Zschoch war entzückt von ihrem Händedruck. Er sah ihr nach, bis sie in einer Seitenstraße verschwand.

35

Von Hut und Mantel tropfte Wasser auf das Parkett. „Sauwetter", sagte Hagelstein, während er die nassen Sachen an den Kleiderständer im Flur hängte. Vera Maybach kam ihm entgegen, drückte ihm einen flüchtigen Kuss auf den Mund. „Es gibt Neuigkeiten von Zschoch", sagte sie.

„Zschoch! Ich verstehe bis heute nicht, warum du dich so heftig in die Suche nach Pluto einmischst, als hinge dein Leben davon ab. Tausend Mark Prämie und noch mal so viel als sofortige Zugabe für Zschoch und seine Lockvögel, das ist Irrsinn."

„War ich nicht deutlich genug, Alex? Das Geld tut mir nicht weh, davon habe ich genug. Das setze ich ein wie ein Spieler. Ich bin gespannt, ob sich mein Einsatz auszahlt. Jetzt bin ich am Geschehen beteiligt, das ist für mich etwas anderes, als dir nur brav zuzuhören."

„Ich muss wohl mal ins Spielkasino, um das besser zu verstehen. Also, was sagt Zschoch?"

„Ich habe wie jeden Tag auch heute bei dem Unwetter den Briefkasten im Mietblock kontrolliert. Diesmal lag ein Zettel drin. Ich habe Zschoch am Nachmittag angerufen. Einer seiner Lockvögel ist offenbar auf Pluto gestoßen. Lass uns in die Küche gehen. Ich erzähle dir das bei Tisch. Und sag bitte nicht: schon wieder Borschtsch! Der Metzger hatte um zehn Uhr kein Fleisch mehr. Ich kam wohl zu spät. Bei dem Wetter hatte ich keine Lust, zum nächsten weiterzulaufen. Was also habe ich gekocht?"

„Ich liebe Borschtsch!"

Das Telefon klingelte. Hagelstein hob ab und reichte den Hörer weiter. „Dein Mann."

„Servus, Albrecht, schön, dich mal wieder zu hören."

„Ganz meinerseits."

„Was gibt's?"

„Ich habe gestern fünf Haflinger verkauft."

„Doch nicht etwa auch Störtebeker?"

„Gott behüte, deinen Liebling rühre ich nicht an. Das ist aber nicht der Grund meines Anrufes. Dieser Tage hat sich ein Vertreter der Allianz telefonisch bei mir gemeldet. Er habe mit dir verhandelt und den geänderten Vertrag fertig, deshalb würde er dich gern sprechen, sagte er. Ich habe geantwortet, dass du zurückrufen wirst und ihn um seine Telefonnummer gebeten. Er sagte, das sei ungünstig, er sei derzeit viel unterwegs, außerdem ließen sich die Details des Vertrages schlecht am Telefon erklären. Er fragte, wann er hier oder in deiner Dessauer Wohnung vorbeikommen könne. Ich habe geantwortet, das müsste er mit dir selbst besprechen, und habe ihn auf deinen Rückruf verwiesen."

„Ich habe mit niemandem bei der Allianz verhandelt, schon gar nicht über eine Vertragsänderung."

„Das ist merkwürdig. Vielleicht eine Verwechslung. Andererseits, Maybachs gibt es so viele nicht in der Gegend."

„Lass mich wissen, falls er sich wieder meldet. Hast du inzwischen vom Anwalt gehört?"

„Ja, er will uns beide in nächster Zeit sprechen, um den Scheidungstermin vorzubereiten. Er meint, es würde ein kurzer Prozess."

„Halte mich auf dem Laufenden." Damit legte sie auf und berichtete Hagelstein von dem merkwürdigen Anruf des Allianz-Vertreters bei ihrem Mann.

„Scheint nicht harmlos zu sein. Weiß dein Mann eigentlich von Lauber?"

„Ja, ich musste ihm die Ursachen für meine Krankschreibung erklären und auch, warum ich unbekannt verschwinden will. So kann ich sicher sein, dass er richtig reagiert, wenn mich jemand kontaktieren möchte. Das muss dich nicht beunruhigen, auf Albrecht ist Verlass."

Der aus der Küche duftende Borschtsch lockte zu Tisch. Nach den ersten Löffeln schaute Hagelstein erwartungsvoll auf. Vera Maybach bemühte sich, Zschochs Bericht wortgetreu wiederzugeben.

Bei den Hackeschen Höfen wurde einer der ausgeschickten Lockspitzel von einem Unbekannten angesprochen. Der Mann hat ausgesehen wie ein U-Bahnarbeiter. Er trug die hellgelbe Sicherheitsweste mit dem großen U auf dem Rücken, eine Taschenlampe hing am Gürtel, den Schutzhelm hielt er in der Hand. Der Mann hat eine Zigarette angeboten und gesagt, er warte auf seinen Kollegen. Sie hätten in der Nähe gerade den Tunnel kontrolliert und jetzt Feierabend. Dann hat er angefangen, über die neue Tunnelbohrung in Treptow zu erzählen, und dass man dafür noch Arbeitskräfte suche, der Verdienst sei Spitze. Zschochs Spitzel ging darauf ein. Er sei froh, endlich Arbeit zu finden. Darauf schaute sich der U-Bahnarbeiter nochmals nach seinem Kollegen um und sagte, er müsse jetzt nach Hause fahren. Er wohne in der Nähe der Station Voltastraße. Zu Hause hätte er Informationsmaterial über die Arbeiten im Tunnel, auch die Adresse, an die man sich wenden müsse. Dazu könnte er auch einiges erzählen. „Komm doch gleich mit, wenn du Zeit hast." Sie gingen gemeinsam zur nächsten U-Bahnstation. Der Mann löste für seinen Begleiter einen Fahrschein bis Voltastraße und zurück. „Ich fahre umsonst", erklärte er. Als sie am Ziel ausgestiegen waren, sagte er, dass er noch kurz in die alte Fabrik müsse. Da habe er einige Werkzeuge versteckt, die er für den Kontrollgang nicht benötigt habe. Jetzt bekam der Spitzel leider kalte Füße, er wusste ja in etwa, warum man hinter dem Pluto her war. Ihm wurde plötzlich übel. Er setzte sich auf eine Bank. Der Arbeiter verabschiedete sich freundlich und sagte, so würde es wohl nichts mit einem Arbeitsplatz bei der U-Bahn.

„Ich weiß, Alex, was du jetzt fragen wirst. Ich nehme die Antwort vorweg. Unser Mann hat beobachtet und bestätigt, dass dieser Arbeiter den rechten Fuß leicht nachgezogen hat."

„Und das Alter?"

„Er hat ihn auf etwa vierzig geschätzt."

„Neues Gesicht, neue Kleidung, wenn er es überhaupt ist. Was haben wir außer dem Hinkefuß?"

„Wir haben die alten Spreewerke. Er will mit seinem Begleiter in die Fabrik! Das hat er mit einem anderen auch schon mal getan. Ich denke doch, das ist überzeugend."

„Damit sind wir aber nicht weiter, selbst wenn unser Pluto als U-Bahnarbeiter aufgetreten ist. Bei den Spreewerken stecken wir fest. Wir kennen immer noch nicht sein Zuhause."

„Das kennen wir noch nicht. Aber wir könnten es bald kennenlernen. Hast du die Kanalpläne noch in deiner Aktentasche? Ich habe da eine Idee."

Hagelstein breitete die Karte auf dem Tisch aus.

„Rekapitulieren wir, Alex. Pluto hat seinen üblichen Aus- und Eingang in den Spreewerken. Das hat eure kriminaltechnische Untersuchung ja bestätigt. Er kommt und geht zu Fuß. Ich bin sicher, dass sein Fußweg nicht übermäßig lang ist. Eine Wanderung quer durch Berlin wird er nicht auf sich nehmen. Ich setze einfach mal eine Zahl in den Raum, sozusagen als Arbeitshypothese. Nehmen wir einen Radius an von drei bis fünf Kilometer um die Spreewerke herum. Unterstellen wir, dass er hier irgendwo einen Zugang zum Kanalnetz benutzt."

„Das ist mir nicht neu, Vera, das habe ich mit Grimm schon durchgespielt. Der Radius nützt uns nicht viel. Wohnhaus für Wohnhaus, dazwischen mal eine Schule, ein Friedhof mit Kirche, einige Betriebe und kleinere Fabriken, schließlich der Volkspark Humboldthain, ein echtes Mischgebiet also. Wo sollen wir anfangen und wo aufhören? Auf gut Glück können wir nicht tagelang in einem angenommenen Radius unter und über der Erde herumsuchen. Bedenke bitte, es geht bei Pluto nicht um einen verdächtigten oder gar überführten Mörder, sondern um einen Unbekannten, der in Zusammenhang mit einer Vermisstensuche von Interesse sein könnte. Deshalb müssen wir den Aufwand bei der Kripo in Grenzen halten."

„Sagst du nicht immer wieder, man müsste Witterung aufnehmen? Was spricht dagegen, mal an einem Vormittag in den einen oder anderen Kanal vorzustoßen und anschließend nachzusehen, was dem an der Oberfläche entspricht?"

„Nichts spricht dagegen. Im Gegenteil. Ich selbst habe seit längerem vor, mir ein Bild vom Terrain unter der Erde zu machen. Den Abstieg habe ich immer wieder verschoben, weil Wichtigeres anlag."

„Dann gib dir mal einen Ruck."

„Das geht aber nicht ohne Vorbereitung. Ich möchte einige Kollegen mitnehmen."

„Darf ich auch mit?"

„Wie soll ich das im Dienst erklären?"

„Gar nicht, wir beide gehen allein. Den Marsch in der Gruppe kannst du immer noch nachholen."

Hagelstein seufzte. „Dann schlage ich vor, dass wir dem Hauptkanal ein Stück abwärts folgen und in den ersten breiteren Anschluss einbiegen, das wären nach der Karte die Bernauer- und Eberswalder Straße."

Am nächsten Tag um die Mittagszeit stiegen sie ab, bekleidet mit Regenjacken und Gummistiefeln. Hagelstein trug eine kräftige Stablampe bei sich, mit der er ab und zu Spalten und Abbrüche in der Wand anstrahlte. Auch auf die trübe Brühe zu ihren Füßen fiel das Licht, ohne dabei bis auf den Grund durchdringen zu können. Im Seitenkanal unter der Bernauer Straße verengte sich der begehbare Rand, so dass sie höllisch aufpassen mussten, um nicht auf dem glitschigen Stein auszurutschen.

„Nur Verrückte benutzen solche Wege", sagte Vera, der allmählich aufging, was sie sich zugemutet hatte. Ab und zu, wenn sie an einen Einstiegsschacht gelangten, kletterte Hagelstein hinauf, um den Deckel von unten zu überprüfen. Zwischen der Menge der in die Wände eingelassenen Rohre tauchten immer wieder begehbare Seitenschächte auf, die laut Plan für Fabriken, Gewerbebetriebe, Schulen, Altenheime und dergleichen angelegt waren. In den einen oder anderen stießen sie vor, bis ihnen mal eine Mauer, mal ein Gitter den Weiterweg versperrte. Irgendwo stieg Hagelstein über die Metallklammern nach oben, schob den Deckel beiseite und warf einen Blick ins Freie. „Das Offizierskasino", rief er herunter. Weiter gingen sie nicht. Zurück im Hauptkanal fiel ihnen das Atmen wieder schwer.

„Das war genug Witterung", sagte Hagelstein, als sie, den Kloakengeruch noch in Kleidung und Haaren, ziemlich erschöpft aus der Halle der Spreewerke ins Freie traten. Am Abend stellten sie anhand eines detaillierten Stadtplanes fest, an welchen Grundstücken sie unterirdisch vorbeigelaufen waren. Von den Wohnhäusern abgesehen, stießen sie auf eine Schule, eine Farbenfabrik, ein Autohaus, das chemische Untersuchungsamt, einen Klavierhersteller und einen Betrieb, der sich Medizintechnik nannte.

„Das werde ich mir morgen genauer ansehen. Danach werde ich meine täglichen Spaziergänge zunächst auf den Kreis von drei Kilometern um die Spreewerke herum ausdehnen", sagte Vera.

„Dein Elan in allen Ehren, Vera, aber du suchst die bekannte Stecknadel im Heuhaufen. Geh lieber durch den Tiergarten spazieren oder fahr mit mir nächste Woche nach Rastenburg. Ich nehme die Bahn."

„Was willst du denn in Rastenburg?"

„Laubers früheren Freund, Baron Fritz von Dubjanski, besuchen."

36

In Rastenburg fegte ein Schneesturm durch die Straßen. Die zahlreichen Biegungen, Ecken, Wände und Vorsprünge störten seinen Lauf und zwangen ihn immer wieder zu bizarren Wirbeln, die er in alle Richtungen ausschickte. Der feuchte Schnee schlug so heftig gegen die Fenster, dass er am Glas haften blieb.

„Ich komme mir vor wie im Iglu, der Schnee muss vom Fenster", sagte der Wirt der Eule, nahm den Handfeger und wagte sich hinaus. Kurze Zeit blieben die Scheiben frei, dann hatte die weiße Schicht sie wieder überzogen. Einen zweiten Anlauf unternahm der Wirt nicht. Stattdessen staubte er die Flaschen im Regal hinter der Theke ab und putzte die Spiegelfläche blank. Die Eule war nur mäßig besucht. An drei Tischen spielten die Männer vom Skatklub, die hier jeden Donnerstag erschienen und selbst bei Weltuntergang angetreten wären. Am Tisch in einer der Nischen saßen drei dem Wirt bekannte Kriegsveteranen, die sich Schnitzel bestellt hatten. Sie unterhielten sich immerfort über den Krieg. Mehrmals fing der Wirt das Wort „Schrappnell" auf, während er an der Theke arbeitete. Die Tür ging auf. Der Wirt war überrascht, dass bei dem Wetter noch jemand kam. Eine Frau trat ein, Mütze und Mantel dicht mit Schnee bedeckt. Ihr folgte ein Mann, dessen Kleidung nicht minder zugeschneit aussah. Die Frau schlug mit beiden Händen den Schnee von ihrem Mantel ab, der sich allmählich als Fuchspelz entpuppte. Der Mann verzichtete auf diese Säuberung. Er hängte die beiden Mäntel nebst Kopfbedeckungen an den Garderobenständer neben der Tür, unter dem sich eine Wasserlache zu bilden begann. Die neuen Gäste suchten sich einen Tisch in der zweiten, noch freien Nische. Wenigstens mal eine Frau im Lokal, dachte der Wirt, der beobachtet hatte, wie einige der Skatspieler die Köpfte nach ihr umdrehten. Er beobachtete aber noch mehr: wie die beiden sich ansahen, wie sie zusammenrückten, wie sie aus einer einzigen Speisekarte auswählten, obwohl zwei Stück auf dem Tisch lagen. Sie bestellten vorab zwei Obstler, danach eine Speisenfolge, die eine ansehnliche Zeche versprach. Die Verliebten schienen viel Zeit zu haben. Die Veteranen waren schon gegangen. Als sich die Skatrunde zu später Stunde aufzulösen begann, erhob sich der Mann und mischte sich dazwischen. Verwundert registrierte der Wirt, wen er ansprach.

„Sind Sie Dr. Dubjanski?"

„Volltreffer, mit wem habe ich die Ehre?"

„Würden Sie mir an unseren Tisch folgen."

Der Mann wirkte so bestimmt, dass Dubjanski ihm folgte.

„Hagelstein, Kripo Berlin, das ist meine Kollegin Orlow." Hagelstein präsentierte seinen Ausweis. Seiner Kollegin schien das entbehrlich.

„Wir möchten mit Ihnen über Otto Lauber sprechen. Wo geht das ungestört?"

„Na, hier am Tisch oder bei mir zu Hause. Sie dürfen wählen."

„Dann bei Ihnen zu Hause. Noch heute Abend? Oder sollen wir morgen vorbeikommen?"

„Heute Abend. Ich bin ein Nachtmensch. Vor Mitternacht liege ich gewöhnlich nicht im Bett. Woher wissen Sie eigentlich, dass ich in der Eule anzutreffen bin?"

„Von Ihrer Frau."

„Na, dann kennen Sie ja den Weg. Es sieht so aus, als habe sich der Sturm gelegt." Dubjanski deutete zum Fenster, das inzwischen schneefrei war.

Seine Wohnung war, soweit Hagelstein und Maybach sie zu Gesicht bekamen, konsequent im Bauhausstil eingerichtet. Vergeblich sah sich Hagelstein nach Gegenständen oder Bildern um, die aus dem Schloss des Barons hätten stammen können. Auf Wunsch bekamen sie Kaffee serviert. Dubjanski zündete sich eine Zigarre an.

„Was ist mit Otto Lauber?" fragte er einleitend.

„Ich habe seinen Vater besucht. Er hat mir von Ihrer Freundschaft erzählt."

„Deswegen werden Sie mich nicht sprechen wollen."

„Nein, deswegen nicht. Wir ermitteln in zwei Mordfällen. Der Oberschwester des Lagerarztes Lauber hat jemand die Kehle durchgeschnitten, und seinen damaligen Assistenten hat jemand erdrosselt. Es gibt gewissen Anzeichen, die auf Lauber als Täter hindeuten. Andererseits wurde Lauber, wie Sie wissen werden, für tot erklärt."

„Ein Dilemma für die Kripo." Dubjanski spitzte den Mund und formte einen Kringel aus Zigarrenrauch.

„Allerdings. Wann haben Sie Otto Lauber zum letzten Mal gesehen?"

„Im Herbst 1914, als ich in Moskau aus dem Zug steigen musste. Otto fuhr weiter in Richtung Ural, ich kam in ein Lager bei Moskau."

„Danach nicht mehr?"

„Nein."

„Hat jemand aus dem Lager Perm nach dem Krieg Kontakt mit Ihnen gesucht?"

„Nein."

„Sie wissen, was man Ihrem ehemaligen Freund vorwirft?"

„Ja, ich habe die Dokumentation des Kyffhäuserbundes gelesen."

„Der Vater hat die Verwandlung seines Sohnes bis heute nicht begriffen. Er streitet ab, dass Otto zu solchen Verbrechen fähig sei. Sind Sie auch dieser Meinung?"

„Die Vorwürfe sind bewiesen, wenn auch nur durch die Aussagen der noch lebenden Opfer und der Mitarbeiter Ottos aus dem Lager. Daran komme ich nicht vorbei."

„Können Sie die Mutation Ihres Freundes vom Paulus zum Saulus verstehen?"

„In Ansätzen schon. Dazu müsste man aber wissen, wie es ihm in den ersten Monaten der Gefangenschaft ergangen ist."

„Würden Sie uns das begreiflich machen?" fragte Vera Maybach.

Dubjanski stellte Cognac auf den Tisch.

„Die jungen Männer, die in Scharen und voller Begeisterung an die Front zogen, hatten keinen blassen Schimmer, was auf sie zukam. Sie stellten sich vor, dieser Feldzug sei eine Art Manöver und in kurzer Zeit zu Ende. Ich war inzwischen Offizier und hatte eine genaue Vorstellung vom Krieg. Otto, mein Freund, gehörte zu den Naiven. Er war zudem sensibel, verletzbar und voller Mitgefühl für andere, also völlig ungeeignet für die Härte und Grausamkeit des Krieges. Ich habe auf ihn eingeredet, zu Hause zu bleiben. Als Krankenhausarzt war er nicht zum Kriegsdienst verpflichtet. Er ließ sich nicht überzeugen. Er wollte unbedingt seinem Vaterland dienen. Ich sorgte schließlich dafür, dass er zu meiner Einheit kam. Ich war Stabsarzt, Otto wurde Sanitäter.

Bei der Vorgeschichte fasse ich mich kurz. Es war die 1. Russische Armee unter General Rennenkampf, die in Ostpreußen bei Gumbinnen zum Durchbruch nach Westen antrat. Eine unübersehbare Masse an Infanterie, Artillerie und Kavallerie wälzte sich da auf das Reich zu und bezog Stellung. Den Russen stand die 8. Armee des preußischen Generaloberst von Prittwitz gegenüber. Zwei Tage schon tobte die Schlacht im August 1914. Die massive russische Artillerie überschüttete unsere Stellungen ununterbrochen mit einem Granathagel. Die Ordnung begann sich aufzulösen. Ich versorgte vormittags gerade zusammen mit Otto und einigen Sanitätern die Verwundeten von zwei zusammengeschossenen Batterien. Wir mussten die Toten beiseite schieben, um den Verletzten Erste Hilfe leisten zu können. Dabei entging uns, dass der preußische linke Flügel nicht mehr standhalten konnte und die Russen dort zu einer Umfassung ansetzten. Wir hatten die Verwundeten soeben notdürftig versorgt und für den Rücktransport ins Lazarett vorbereitet, da stand ein russischer Stoßtrupp in unserem Rücken. Zwei von ihnen trieben uns mit gezückten Waffen seitwärts durch die russischen Linien zu einem Sammelplatz. Von hier mussten alle Gefangenen, einschließlich der noch gehfähigen Verwundeten, in einer langen Kolonne den Marsch nach Osten antreten. Nach dreißig Kilometern Fußmarsch erreichte die Kolonne am Abend das erste Durchgangslager. Die Reihen waren bei der Ankunft bereits gelichtet. Denn Kranke und Verwundete, die andere Kameraden nicht irgendwie hatten mitschleppen können, ließen die Wachen dort liegen, wo sie zusammengebrochen waren. Hin und wieder gab ein Berittener aus dem Sattel den Gnadenschuss ab, ob aus Spaß, Zeitvertreib oder Erbarmen, ist ungewiss. Im Lager erwartete die Kriegsgefangenen eine böse Überraschung. Nicht das fehlende Essen, der Mangel an Wasser, die Enge oder das gerade einsetzende Gewitter. Es war noch hell genug, um es zu erkennen: Dort saßen oder lagen Zivilgefangene zwischen den Soldaten, darunter Frauen, Kinder und Greise. Wir erlebten jetzt, was wir nur vom Hörensagen kannten: Die russischen Truppen nahmen auch Zivilisten gefangen. In Wohnungen, Fabriken, Höfen, auf Straßen und Feldern, überall dort, wo sie sich gerade aufhielten, fingen die Soldaten sie ein, trieben sie zusammen und deportierten sie. Ohne das Nötigste, die Kinder häufig barfuß, mussten sie sich in Marsch setzen. Die eroberten Grenzgebiete entvölkerte das russische Militär. Ich vermute, um sich den Rücken freizuhalten. Auch ließ sich die Grenze, sollte der Krieg gewonnen werden, auf diese Weise leicht nach Westen hin verschieben.

Ich möchte behaupten, wenn es diese Zivilgefangenen nicht gegeben hätte, wäre das Leben von Otto anders verlaufen. Die erste Prügel bezog er, weil er gefangenen Kindern zu Hilfe kam. Da es im Lager nichts zu essen gab, warfen einige Bäuerinnen aus dem nahen Dorf den Frauen und Kindern etwas Brot über den Stacheldrahtzaun zu. An solche Stellen kamen schnell andere zusammen, die der Hunger quälte. Sie drängten die Schwächeren beiseite, rissen gar den Kindern das Brot aus den Händen. Die Bäuerinnen schimpften vor dem Zaun. Otto ging zusammen mit anderen Gutwilligen dazwischen, um wenigstens den Kindern zum Brot zu verhelfen. Es war vergeblich. Er kam mit einem geschwollenen Auge und gerissenen Lippen zurück.

Auf dem Weitermarsch in aller Frühe zum nächsten Zwischenlager blieb unser Sanitätstrupp beisammen. Otto hätte unterwegs um ein Haar sein Leben verloren. Vor uns ging eine Frau, die zwei Kinder an der Hand führte. Daneben marschierte mein Sanitätsgefreiter. Er tuschelte ab und zu mit der Frau, blickte dabei verstohlen zu der neben uns reitenden Wache hinüber. Der Reiter kämpfte sichtlich mit der Müdigkeit, immer wieder fielen ihm die Augen zu, die er nach einer Weile gewaltsam aufriss. Als wir gerade über einen Waldweg marschierten und der Wächter wieder eingenickt war, trat der Sanitätsgefreite beiseite, so dass die Frau mit ihren Kindern an ihm vorbei im Unterholz verschwinden konnte. Zwar nicht der schlafende, aber ein anderer Wächter, der in einigem Abstand auf der anderen Seite der Kolonne ritt, hatte die Flucht bemerkt. Er riss sein Pferd herum, galoppierte durch die zur Seite springenden Gefangenen hindurch in den Wald hinein. Kurz danach fielen Schüsse. Der Wächter kam zum Vorschein. Am ausgestreckten Arm hielt er ein Kind an den Haaren gepackt, dem das Blut durch das Gesicht lief. Wie im Triumph ritt er in dieser Haltung ein Stück an der Kolonne entlang. Dann schleuderte er den leblosen Körper zwischen die Fichtenstämme. Ich versuchte vergeblich, Otto zurückzuhalten. Er riss sich los und stürzte wie von Sinnen auf den berittenen Wächter los, mit ausgestreckten Armen, um ihn aus dem Sattel zu reißen. Seine Hände hatten sich schon um den Stiefelschaft gekrallt, da zückte der Wächter seinen Revolver und drückte ab. Der Schuss löste sich aber nicht. Offenbar hatte er die Patronen aus der Trommel soeben im Wald verfeuert. Da er aus dem Sattel gerissen zu werden drohte, schlug er den Griff des Revolvers auf Laubers Schädel, so dass der Geschlagene sofort niederstürzte. Ich rannte mit dem Sanitätsgefreiten zurück. Ehe der Berittene nachgeladen hatte, trugen wir den Ohnmächtigen, ihn mit unseren Körpern deckend, im Laufschritt davon. Die befürchteten Schüsse fielen nicht. Wir schleppten Otto zwischen uns weiter, bis er wieder zu sich kam. Ich hatte von meinem Hemd einen Streifen abgerissen, womit ich Ottos Wunde am Kopf notdürftig versorgen konnte. Im nächsten Lager kam die Kolonne am Abend an. Wir hatten etwa vierzig Kilometer bewältigt. In diesem Lager fanden wir wenigstens fließendes Wasser vor. Krankenschwestern verteilten eine Scheibe Brot pro Person.

Am nächsten Morgen trieben Wächter die Gefangenen mit Peitschen zum Weitermarsch an. Es kamen keine Gespräche mehr auf. Das Denken in den Köpfen war versiegt. Die Qualen von Hunger und Durst, die Schmerzen in Magen, Füßen und Knien wurden unerträglich, beschäftigten uns ohne Pause, ob wir wollten oder nicht. Befremdet stellte ich bei mir fest, dass Vernunft, Planung, Respekt und Rücksicht, also Mechanismen, von denen ich mich im Leben und in der Gesellschaft bisher hatte leiten lassen, die Regie abgegeben hatten. Es herrschten Triebe, die für das Überleben zuständig waren. ‚Otto, wir dürfen uns den Charakter nicht kaputt machen lassen, auch wenn es uns noch so schlecht geht', sagte ich in einer Marschpause zu meinem Freund. Seinen Blick vergesse ich bis heute nicht. Wie soll ich es Ihnen schildern? Er drückte nichts aus. Keinen Schmerz, keine Verzweiflung, keinen Zorn, keine Zuversicht, keine Wärme, nichts, nicht eine einzige Regung. Als seien seine Augen aus Stein. Ich erschrak.

Nach einem viertägigen Marsch erreichten wir endlich das Sammellager am Stadtrand von Wilna. Von hier würde es mit der Bahn weitergehen ins Innere von Russland. In dieses Lager strömten auch die in Galizien und in den Karpaten gefangengenommenen Soldaten der österreichischen Armee hinein, ebenfalls durchmischt mit Zivilgefangenen. Der habsburgische Vielvölkerstaat spiegelte sich in ihnen wieder. Ungarn, Tschechen, Slowaken, Polen, Serben, Kroaten und Österreicher vermischten sich mit den Deutschen auf dem Gelände. Die Nationalitäten sorgten neben den miserablen Bedingungen für zusätzlichen Zündstoff, für Spannungen und Aggressionen. Tausende warteten auf ihren Abtransport.

Drei Wochen schon waren seit unserer Ankunft vergangen, da steuerte einer der Wächter auf mich zu. Deutsche Ärzte und Sanitäter genossen einen guten Ruf bei den Russen. Der Wächter befahl mir, ihm zu folgen. Vorsichtshalber nahm ich Otto mit, dessen Rotkreuzbinde immer noch am Ärmel leuchtete. In einer der Wachbaracken lag ein Offizier, der sich unter schmerzhaften Koliken schreiend am Boden wand. Ich tastete den Unterleib ab. Ich vermutete einen kräftigen Nierenstein. Ich warf Otto einen fragenden Blick zu. Ich wusste, dass er im Saum seines Mantels einige Morphiumampullen nebst einer Spritze eingenäht hatte. Otto schüttelte den Kopf.

‚Wahrscheinlich ein Nierenstein, reiben Sie die Seite mit Wodka ein, lassen Sie den Mann viel Wasser trinken und schaffen Sie ihn ins Krankenhaus. Mehr kann ich für Sie leider nicht tun', sagte ich zu den Umstehenden. Als wir draußen waren, stellte ich Otto zur Rede. ‚Der hätte ein Schmerzmittel gebraucht, ob Russe oder nicht.'

‚Das Morphium hebe ich für uns auf, Fritz. Das bekommt kein anderer', lautete seine Antwort.

Unsere Lebenskraft war ziemlich aufgebraucht, jede Anstrengung fiel uns schwer. Mental waren wir einem Dämmerzustand nahe, da erreichte uns eine Nachricht, die mich niederschmetterte, bei Otto aber den allerletzten Halt, das letzte Fünkchen von Trost und Hoffnung zerstört haben musste.

Ein preußischer Offizier, der bei den Masurischen Seen in Gefangenschaft geraten war, erkundigte sich im Lager nach mir. Nach einigem Herumfragen fand er mich. Otto lag neben mir.

‚Sie sind Baron Dubjanski?' fragte er.

‚Ja.'

‚Sie haben unter Generaloberst Prittwitz gekämpft?'

‚Ja.'

‚Prittwitz ist inzwischen abgelöst. Hindenburg und Ludendorff führen das Heer. Die Russen haben bei Tannenberg eine schwere Niederlage einstecken müssen, ihr Vormarsch ist gestoppt. Jetzt treiben wir sie aus dem Land.'

‚Erfreulich. Leider haben wir nichts davon', sagte ich.

‚Für Sie hätte ich eine Nachricht, Dubjanski.'

‚Gut oder schlecht?'

‚Schlecht, sehr schlecht sogar. Aber ich denke, Sie sollten es wissen.'

Ich erfuhr, dass Kosaken meine ganze Familie im Schloss umgebracht hatten, dazu eine Reihe von Verwandten, die dorthin geflohen waren. Die Kosaken hatten das Schloss umzingelt, die Bewohner samt Dienstpersonal darin eingesperrt und mit der Artillerie alles in Brand gesetzt und zu Bruch geschossen. Otto hatte seine große Liebe verloren und das auf geradezu bestialische Weise. Er war mit meiner Schwester verlobt. Ich war so sehr mit mir selbst beschäftigt, dass ich mich um Otto neben mir nicht kümmern konnte.

Musste uns das auch noch treffen? War dieses Inferno der Verrohung nicht genug, worin der andere, der nächste, der Mitmensch zum Feind wurde, lauernd, sprungbereit, um das wenige an sich zu reißen, das es noch gab? Den Kampf um einen Happen zu essen, um einen Schluck zu trinken, um ein Kleidungsstück oder einen Platz musste jeder gegen jeden erbarmungslos führen, damit er nicht selbst zugrunde ging. Anstand, Mut und Hilfsbereitschaft kamen hier dem Selbstmord gleich. Die Welt, in der wir aufgewachsen waren, die gab es nicht mehr. Jetzt herrschte nur noch der nackte Instinkt.

Wer mit Hunger, Enge, Schmutz und Krankheiten zu kämpfen hat, dem steht der Sinn nicht nach Intimität. Aber am Rande des Lagers in den Wächterbaracken gediehen die Triebe. Etwa ein- oder zweimal die Woche streiften Wächter durch das Lager, um sich Frauen zu greifen. Sie kamen in Gruppen, mal drei, mal fünf Mann, denn in dieser Stärke konnten sie jeden Widerstand brechen. Sie rissen die Frauen hoch, auf die sie es abgesehen hatten, und zerrten sie fort in ihre Baracke. Es gab ja genug Auswahl unter den Zivilgefangenen. Manche ihrer Opfer folgten ihnen apathisch. Frauen, die um sich schlugen und traten, machte ein Holzknüppel rasch gefügig. Mir war es gelungen, bis zu einem der Offiziere vorzudringen. Ich warf ihm Verletzung der Genfer Konvention vor und drohte mit Anzeige. Er hat gelacht. ‚Meine Männer verhören die Zivilisten. Wer etwas anderes behauptet, der lügt.' Damit war das Gespräch beendet.

Irgendwann war eine Frau an der Reihe, die in der Nähe von Otto und mir einen Platz gefunden hatte. Sie leistete keinen Widerstand, als zwei Wächter sie hochzerrten. Otto blieb liegen, ich auch. Keiner wagte es, einzugreifen. Courage bedeutete den Tod. Damit war niemandem geholfen. Erst am nächsten Morgen kam die Frau zurück, die Hände gegen den Unterleib gepresst. Blut floss an ihren Beinen herunter. Wortlos und vor Schmerzen stöhnend ließ sie sich neben uns auf den Boden fallen. Otto riss ein Stück vom Saum seines Mantels auf. Aus dem Versteck zog er ein Kästchen, dem er eine kleine Glaskapsel entnahm. Er drückte sie der Frau in die Hand. ‚Zerbeißen Sie das, dann ist alles vorbei', sagte er. Die Frau zögerte nicht lange. Im Sterben lösten sich ihre Lippen zu einem Lächeln. Ich habe ihn nicht daran gehindert, der Frau das Zyankali zu geben. Zusammen trugen wir die Leiche fort. Tote mussten die Gefangenen selbst entfernen.

‚Ich habe bisher die Hölle an der verkehrten Stelle gesucht, ein Gebiet im Jenseits, regiert von Teufeln und vollgestopft mit Seelen. Hier ist die Hölle! Dem habe ich mich jetzt angepasst', sagte Otto, nachdem wir zurückgekehrt waren.

Unser Verhalten und die Sicht der Dinge, die uns die Gefangenschaft vorübergehend aufzwang, schienen sich bei Otto verfestigt und sein Denken und Tun fortan bestimmt zu haben. Ich selbst habe mich von dem Schlimmen befreit, sobald die äußeren Umstände wieder ein menschenwürdiges Leben ermöglichten. Ich habe die Werte und Grundsätze wiedergefunden, die mich seit meiner Kindheit geleitet und geprägt haben. Was ich in der Gefangenschaft zeitweise erlebt und getan habe, ist in die Erinnerung gerückt. Bei Otto muss dieser Prozess anders verlaufen sein. Die Zustände in der ersten Zeit seiner Gefangenschaft haben sich bei ihm offenbar als Weltbild festgesetzt, das kritisch zu hinterfragen er nicht mehr im Stande war. Später als Lagerarzt war er dem Elend entkommen. Jetzt hätte er umsteuern und allmählich wieder zu sich selbst finden können, zu dem Otto Lauber, der er früher gewesen war. Das ist ihm nicht gelungen. Ich bin davon überzeugt, was wir als Persönlichkeit bezeichnen, ist ein fragiles Gebilde, das sich nicht nur oberflächlich, sondern auch fundmental verändern kann.

Lassen Sie mich nun das Ende unserer Freundschaft schildern. Wenige Tage nachdem Otto das Zyankali verwendet hatte, war es endlich so weit. Wächter trieben Hunderte von Gefangenen zum Bahnhof, die Soldaten getrennt von den Zivilisten. Am Bahnhof, es war nur eine Rampe mit einigen Schuppen, stand eine Lokomotive unter Dampf, an die eine endlose Kette von einheitlichen Viehwaggons angekoppelt war. Die letzten Waggons waren für die Zivilgefangenen bestimmt. Hinein in die Güterwagen, mehr und immer mehr, schnell und immer schneller. Wer zögerte oder schwächelte, bekam den Holzknüppel oder die Hundezähne zu spüren. Otto und mir gelang es, zusammenzubleiben. Die Wächter schoben die Tür zu und versperrten sie von außen. Vier schmale Gitterfenster ließen viel zu wenig Licht und Luft für die eingepferchte Herde ins Innere. Otto und ich landeten neben einem im Waggonboden eingelassenen, mit Blech ausgekleideten Loch, durch das wir eine Schwelle sehen konnten. Von diesem Platz drängten wir schnell fort, denn das Loch diente der Notdurft und war so klein, dass die Hälfte des Kotes, besonders bei Durchfall, drum herum liegen bleiben musste. Der Gestank von dieser Stelle stieg bald auf und vermischte sich mit der Ausdünstung der ungewaschenen Leiber. Die Luft lag jedem schwer auf der Lunge. Dabei war es so eng, dass niemand sich hinlegen konnte. Wir waren also gezwungen, stehend zu schlafen, wobei wir uns gegen die Waggonwand oder gegen die Leiber der anderen lehnen mussten. Wem das nicht gelang, der knickte ein und blieb, rundum von Beinen eingeklemmt, auf dem Boden sitzen. Zu Essen und zu Trinken bekamen wir an Haltestellen, die oft Hunderte von Kilometern auseinander lagen. Dann öffneten die Wächter die Türen ein Stück, schoben einen Korb mit Rübenschnitzeln oder schimmeligem Brot und einen Eimer mit Wasser, das nach Öl roch, durch den Spalt. Sofort entbrannte ein heftiger Kampf um die Nahrung, die diesen Namen nicht verdiente. Aussteigen durften wir nicht, obwohl der Zug sehr lange, manchmal halbe Tage, hielt. Wer es wagte, wurde sofort erschossen. Später, wenn die Wächter Korb und

Eimer wieder einsammelten, fragten sie regelmäßig nach Toten. Gab es welche, mussten die Insassen sie vor den Eingang zerren. Die Wächter schoben die Tür ganz auf und rollten die Leichen auf den Perron. Was brauchbar war, wie Schuhe, Mantel, Mützen oder Tascheninhalt, nahmen sie sofort an sich. Später fuhr ein Leiterwagen am Zug entlang, worauf die Körper landeten.

In unserem Waggon gab es regelmäßig Tote, bei jedem Halt einen oder zwei. Ich bin erst nach Tagen dahintergekommen, woran das lag. Das Sterben hatte uns nach und nach ein wenig Platz im Waggon verschafft. Manche konnten sich jetzt hinlegen, wenigstens einige Stunden lang, danach mussten sie dieses Privileg an andere abtreten. So lagen Otto und ich eines Nachts mit zwei weiteren Gefangenen in der Waggonecke. Ausstrecken konnten wir uns nicht. Mit angezogenen Beinen dicht an dicht, wie die Sardinen in der Büchse, schliefen wir in Seitenlage. Umdrehen konnte sich in dieser Enge keiner. Ich wachte von einem Stoß auf, der von Otto ausging. Aus dem Schlaf gerissen, hörte ich, wie jemand mit den Schuhen mehrmals auf die Bohlen trommelte. Nachdem Ruhe eingetreten war, schlief ich wieder ein, bis mich die Stehenden zum Schichtwechsel wachrüttelten. Wir machten für die Nachfolger Platz. Doch es gab schnell Unruhe. Der Gefangene, der zwischen Otto und der Waggonwand gelegen hatte, wollte sich nicht erheben. Es war dunkel, wir konnten nicht sehen, warum. Ich tastete mich vor, fand das Handgelenk und prüfte den Puls. Der Mann war tot. Wir zogen ihn neben die Tür. Am nächsten Morgen schoben die Wächter das Essen auf die übliche Weise herein. Ich sah mir den Toten jetzt näher an. In dem durch den Türspalt einfallenden Licht erkannte ich schnell: Der Hals vorn war blutunterlaufen, der Kehlkopf eingedrückt. Jetzt konnte ich mir den nächtlichen Stoß und das Aufschlagen der Schuhe erklären. Otto hatte meine Untersuchung beobachtet und wusste nun, dass ich im Bilde war. Ich stellte ihn nicht zur Rede, sondern wartete ab. Ich hatte inzwischen Fieber, meine Lunge arbeitete schleppend, die stinkende, stickige Luft setzte mir zu. Je weniger Menschen diesen rollenden Stall bevölkerten, umso besser für mich. Ich untersuchte den nächsten Toten, bei dem ich das gleiche Symptom entdeckte. Um die weiteren Leichen kümmerte ich mich nicht mehr. Auch um Otto nicht. Mir war inzwischen gleichgültig, was er machte.

Über eine Woche dauerte es, bis wir endlich in Moskau ankamen. Dort mussten alle aussteigen. Willkürlich selektierten die Wächter einen Teil der Gefangenen, der zu einem Lager bei Moskau verfrachtet werden sollte. Ich war dabei. Die Waggons für diese Gruppe koppelte man ab. Die anderen mussten wieder einsteigen. Dazu gehörte auch Otto. Für sie ging die Reise weiter in Richtung Ural. Es gab keinen Abschied. Ich konnte ihm nicht einmal zuwinken."

Dubjanskis Bauhaus-Uhr schlug zweimal, als Hagelstein und Maybach sich verabschiedeten.

37

Der Gedankenaustausch in der Kantine war diesmal nicht besonders ausführlich. Hagelstein berichtete über sein Gespräch mit Fritz Dubjanski.

„Ein Psychogramm also, ansonsten keinerlei Fortschritte", kommentierte Grimm.

„Das Psychogramm ist der Fortschritt, Horst, ein genaueres werden wir nicht bekommen", entgegnete Hagelstein.

„Schön, aber bei der Aufklärung der Morde an Justus und Pedersen hilft uns das nicht weiter, und Lauber läuft weiterhin unerkannt herum", sagte Grimm.

Abends kam Hagelstein vom Dienst nach Hause, wieder bei Regen. Vera begrüßte ihn mit einem flüchtigen Kuss. „Wir leben schon wie ein betagtes Ehepaar zusammen. Der Mann kommt von der Arbeit in sein geordnetes Zuhause und schnuppert, was es zu Essen gibt. Das wird sich nun ändern."

„Willst du in den Streik treten?"

„Nein, aber verreisen. Albrecht hat angerufen. Der Termin bei unserem Scheidungsanwalt steht an. Auch den längst fälligen Besuch bei meinem Hausarzt werde ich bei der Gelegenheit nachholen. Am kommenden Montag reise ich."

„Wie lange bleibst du?"

„Einige Tage werde ich brauchen."

„Das sehe ich nicht gern."
„Du kannst beruhigt sein, ohne meinen Mann gehe ich nirgends hin."

Albrecht Maybach holte seine Frau am Bahnhof Dessau ab. Er begrüßte sie mit Wangenkuss und nahm ihr den Koffer ab. „Ich hoffe, es macht dir nichts aus, aber wir können nicht gleich nach Hause. In einer Stunde haben wir einen Termin bei Liliencron. Es geht leider nicht anders. Ich gebe den Koffer ab, und wir setzen uns solange ins Café."

Privatdetektiv Sven Liliencron nahm längst nicht alle Aufträge an. Er legte Wert auf eine vermögende Kundschaft. Er hatte seine Detektei unweit des Rathauses in allerbester Lage eingerichtet. Das Messingschild neben der gläsernen Eingangstür kündete von den Diensten, die er anzubieten hatte: Detektei und Personenschutz. In seinem Sekretariat herrschte eine Zuvorkommenheit wie an der Rezeption eines Hotels. Als passionierter Jäger war Liliencron mit dem Gutsherrn Maybach eng befreundet. Auch der Lions Club, worin sie an der Verbesserung der Welt arbeiteten, verband die beiden. Liliencron, von imposanter Größe, musste sich tief niederbeugen, um Frau Maybach, der lieben Vera, formvollendet die Hand zu küssen. Etwa in der Linie eines gleichschenkligen Dreiecks standen in seinem Büro oben der Schreibtisch und seitlich davon zwei Sitzgruppen, eine größere, eher sachliche, und eine kleinere, eher bequeme. Auf dem Tisch des bequemen Ensembles lag ein Stapel schwarzer Mappen. Hier bat er seine Besucher, Platz zu nehmen.

„Ich habe drei meiner besten Leute nach Berlin geschickt. Zwei Tage lang war ich selbst vor Ort."

„Ich bin gespannt", sagte Frau Maybach.

Liliencron legte eine Hand auf die Mappen. „Hier ist das Material, obwohl ich sagen muss, zehn Tage waren verdammt knapp. Wie du es gewünscht hast, Vera, haben wir die drei Firmen unter die Lupe genommen: das biomedizinische Forschungsinstitut in der Ackerstraße, die neurochirurgische Privatklinik in der Schönwalder Straße und die Firma Medizintechnik in der Bernauer Straße. In den Mappen findest du die Organigramme, Geschäftsverteilungspläne und Personalverzeichnisse. Die Ausbeute über das Privatleben der Firmenchefs ist nicht gerade üppig. Dafür hat uns die Zeit gefehlt. Immerhin haben wir einige Quellen anzapfen können und dazu eine Reihe Fotos geschossen."

Liliencron schob Vera die drei Mappen zu. „Ich möchte bemerken", fuhr er fort, „dass der Inhaber der Medizintechnik, Herr Johann Jefferson, ein schrulliger Zeitgenosse zu sein scheint. Jefferson leitet zwar seine Firma, aber so unauffällig und zurückgezogen wie er lebt. Die Geschäfte betreiben seine beiden Prokuristen. Sie führen die Verhandlungen, erscheinen auf Kongressen und Empfängen, reisen in der Welt herum und steuern den Betrieb von innen. Jefferson tüftelt lieber in seinem Labor herum und entwickelt neue Geräte."

„Habt ihr Fotos von ihm gemacht?" fragte Vera.

Liliencron lachte. „Der Mann hat eine einzige Schwäche, die wir natürlich ausgenutzt haben. Er besucht das Spielkasino Westend jeden Freitag pünktlich um neunzehn Uhr. Ebenso pünktlich wie er kommt, verlässt er das Kasino um zweiundzwanzig Uhr. Er spielt wie besessen, manchmal an zwei oder drei Tischen gleichzeitig."

„Ich nehme an, da war die Gelegenheit, ihn zu fotografieren", sagte Vera.

„Ja, meine Mitarbeiter verstehen sich darauf, heimlich Bilder zu machen."

„Wo lebt Jefferson?"

„In seiner Villa hinter der Fabrik."

„Mit Familie?"

„Nein, alleine. Er hat eine Haushälterin, die er ganztags beschäftigt."

„Ziemlich trist."

„Nicht ganz. Mindestens einmal die Woche besucht ihn abends eine junge Frau, die dort nächtigt."

„Die anderen beiden Firmeninhaber?"

„Bewegen sich in der Norm, sind eher unauffällig, nicht der Rede Wert. Du kannst es nachlesen."

„Hervorragend! Die Maybachs danken."

„Die Rechnung liegt in einer der Akten."

Auf dem Weg zurück zum Bahnhof, wo Veras Koffer abzuholen war, fragte sie, wann der Termin beim Anwalt sei.

„Übermorgen. Ich denke, einen Tag brauchen wir, um miteinander alles zu besprechen und zu regeln. Ich möchte beim Anwalt mit klaren Vorstellungen auftreten", sagte Albrecht Maybach.

38

Bei einigen Tagen in Dessau blieb es nicht. Vera Maybach teilte Hagelstein zwischendurch mit, dass sie eine ganze Woche brauche und erst am Sonntag nach Berlin fahren könne. Weshalb, das werde sie ihm erklären, wenn sie zurück sei. Also nutzte Hagelstein die Gelegenheit, um am Wochenende ein Zimmer in seiner Wohnung zu renovieren, eine Arbeit, die er Monat für Monat vor sich hergeschoben hatte. Dann stand auch noch ein Boxkampf an, den er sich nachts im Sportpalast anschauen wollte. Den Wochenenddienst versah der Kollege Grimm. Schlechte Nachrichten oder sonstige Störungen würden bei ihm anlanden.

Eine Botschaft solcher Art, sogar mit explosiver Wirkung, hätte ihn totsicher erreicht und aus seiner Bereitschaft gerissen, wäre nicht die Verwaltung des Preußischen Kammergerichts ausgerechnet am Freitagnachmittag zu einem Betriebsausflug nach Stettin aufgebrochen, von dem man erst am späten Sonntagabend zurückkehren wollte. Oft sind die Wege weit und gewunden zwischen Ursache und Wirkung. Besagter Verwaltung gehörte der Inspektor Olaf Rübsam an, dessen Gattin seine kümmerlichen Beamtenbezüge beachtlich aufbesserte. Dafür ging sie nicht etwa auf den Strich, was eine Nachbarin mal angeregt hatte, die in einem Erotikclub ihr Bestes gab. Frau Rübsam arbeitete ganztags als Haushälterin beim Fabrikanten Jefferson, entrichtete brav ihre Sozialabgaben und Steuern an den Staat. In seiner Villa ließ sie der Chef frei schalten und walten. Gottlob fand sich keine Ehefrau an seiner Seite, die an allem Möglichen hätte herumnörgeln können.

Als Olaf Rübsam spät und ziemlich beschwipst vom Ausflug nach Hause kam, fand er die Wohnung seltsam verlassen vor. Es gab Anzeichen dafür, dass hier übers Wochenende niemand anwesend gewesen war. Sollte seine Frau plötzlich verreist sein? Vielleicht eine Erkrankung oder gar ein Todesfall in der Familie? Vergeblich suchte er nach einer Nachricht an allen Stellen, wo Zettel üblicherweise hinterlegt werden. Sein Schwips war längst einer wachsenden Unruhe gewichen. Er steckte sich Kleingeld in die Tasche und lief hinüber zur nächsten Telefonzelle. Anschlüsse hatten nur wenige in der Verwandtschaft. Seine Schwiegereltern wussten von nichts, der Schwager auch nicht, eine Freundin seiner Frau schließlich noch weniger. Nun wagte er den Anruf im Hause Jefferson, wo seine Frau angestellt war. Dort meldete sich niemand. Blieb also noch die Polizei, die ihn auf den kommenden Morgen vertröstete. Da sich nach dem Frühstück am Montag die Lage unverändert zeigte, machte sich Rübsam auf den Weg zum nächsten Polizeirevier. Während man hier in aller Ruhe seine Personalien aufnahm, kam an einer anderen Stelle Bewegung in die Sache. Es war einer der Prokuristen von Jeffersons Medizintechnik, der tätig wurde. Er vermisste nämlich das Oberhaupt der Firma zur montäglichen Konferenz im Besprechungszimmer. Das war umso befremdlicher, als der Chef diesen Termin für so wichtig hielt, dass er hierzu stets persönlich erschien. Zunächst sah der Prokurist im Labor nach, danach rief er in der Wohnung an. Da niemand den Hörer abnahm, ging er über den Hof zur Villa hinüber, um selbst nach dem Rechten zu sehen. Er fand die Haustür angelehnt. Vorsichtig trat er ein. Was er im Foyer entdeckte, trieb ihm den Schrecken in die Glieder. Dort lag Jefferson leblos auf dem Marmorboden. Der Prokurist hatte den Eindruck, zu helfen war dem nicht mehr. Er rannte zurück in die Fabrik und alarmierte die Kripo. Kurze Zeit später war Kommissar Grimm mit seiner kleinen Mannschaft zur Stelle. Nach erstem Augenschein ließ er sofort seinen Kollegen Hagelstein nachkommen. „Höchste Priorität, lass alles andere liegen, Alex", hatte er durchgegeben.

Nur wenige Schritte vom Eingang entfernt lag die Leiche auf dem Rücken. Die Anzugjacke aufgeknöpft, der Hemdkragen geöffnet, die Krawatte entknotet. Eine bläulich verfärbte, scharfe Linie zog sich um den Hals. Das Schädeldach war in der Mitte sichtbar eingedrückt. Um den Krater herum ertastete Grimm eine Schwellung. Die Hände lagen gefaltet über der Brust, wie bei jemandem, den der Bestatter für das Begräbnis vorbereitet hat. In seinen Taschen fanden sich Ausweis, Schlüssel, Kamm, eine Rolle Geldscheine und einige bunte Jetons aus der Spielbank. Neben ihm lagen zwei abgerissene Hemdknöpfe und eine getönte Brille, in der ein Glas zersplittert war. Grimm zupfte mit den Fingerspitzen am dunklen Schnurrbart des Toten, fasste fester zu und zog die aufgeklebte männliche Zierde unter der Nase weg.

Inzwischen war Oberkommissar Hagelstein eingetroffen. Kaum hatte er Jefferson ins Gesicht geschaut, zog er auch schon Otto Laubers Fahndungsfoto aus der Rocktasche, das er stets bei sich trug. „Der sicht Lauber ähnlich, sehr ähnlich, sehr, sehr ähnlich sogar." Er reichte das Foto an Grimm weiter.

„Das ist Lauber, kein anderer", sagte Grimm.

„Langsam, Horst, genau wissen wir das erst, wenn ihn einige Bekannte identifiziert haben."

„Wieder hat sich der Mörder den Hals ausgesucht wie bei Justus und der Pedersen", sagte Grimm.

„Vorher hat sein Opfer aber einen mächtigen Schlag auf den Schädel bekommen", ergänzte Hagelstein.

„Da steht uns noch einiges bevor, Kollege", meinte Grimm.

„Ich denke, das wird eher die Politische Polizei und das Landeskriminalamt beschäftigen. Bevor diese Herrschaften hier eintrudeln und die übliche Verwirrung anrichten, sollten wir beide das Haus besichtigen, vor allem die Räume im Kellergeschoss. Den Hof, die Treppe, das Foyer und die Leiche überlassen wir vorerst den Kollegen von der Spurensuche und dem Arzt", sagte Hagelstein.

Sie gingen durch einen Flur hinein zu den Wohnräumen. Doch sie kamen nicht weit. Am Fuß der Treppe zum Obergeschoss hörten sie deutlich ein Stöhnen, das von oben kam. Sie eilten hinauf, rissen eine Tür nach der anderen auf und fanden im Schlafzimmer des Hausherrn eine Frau, die auf dem Bett lag, im Mund einen Knebel, Hände und Füße mit Handschellen an das Messinggitter des Bettes gekettet. Grimm rannte sofort hinunter, um den Arzt zu holen, während Hagelstein, der stets einen passenden Schlüssel für derartige Sperren bei sich trug, die Frau befreite. Sie versuchte vergeblich, auf die Beine zu kommen, konnte Hagelstein eben noch antworten, dass sie hier den Haushalt führe und Rübsam heiße, danach fiel sie ohnmächtig zurück auf die seidene Bettdecke.

Jeffersons Arbeitszimmer durchsuchten sie flüchtig. Auf dem Schreibtisch fanden sie die beiden Bände der Kyffhäuser Dokumentation. Sie zogen die Schubladen des Schreibtisches auf, ohne dabei etwas an sich zu nehmen.

Im Keller stießen sie auf eine Stahltür, die in die Außenwand eingelassen und wie ein Tresor mit einem Spezialschloss gesichert war. Der Lage nach musste sie in unterirdische Räume außerhalb der Hausmauern führen.

„Hat er sich hier etwa einen Bunker eingerichtet?" fragte Grimm.

„Das werden wir gleich wissen, hol einen Spezialisten herbei, der diese Tür öffnen kann, und das ganz schnell", entschied Hagelstein.

Während Grimm sich entfernte, durchschritt Hagelstein den rückwärtigen Kellerausgang. Er gelangte auf einen mit Sandsteinen ausgelegten Vorplatz, an den sich ein weitläufiger, gepflegter Garten mit einem schilfumrandeten Teich in der Mitte anschloss. Unweit des Ausganges schob sich ein kleiner, gemauerter Anbau vor, worin Hagelstein allerhand Gartengeräte, eine Rolle Maschendraht, zwei Fahrräder, Gartenmöbel aus Tropenholz und ein mit Blumentöpfen, Farben, allerhand Tüten und Werkzeugen vollgestopftes Regal vorfand. Neben diesem Abstellraum entdeckte er die in den Boden eingelassene Abdeckung eines Schachtes. Grimm war inzwischen nachgekommen und half, den Deckel anzuheben. Hagelstein stieg in die Tiefe. Unten öffnete sich ein begehbarer Tunnel in Richtung des Fabrikgebäudes und der dahinterliegenden Straße. „Das da unten werden wir noch genauer untersuchen", sagte er, während er aus dem Loch herausstieg.

Beide gingen in den Keller zurück. Hier war derweil der Fachmann vom Schlüsseldienst eingetroffen. Er stellte seinen schwarzen Koffer ab und schob das Gesicht nah an das Schließsystem heran, als wollte er dessen Geruch einziehen. „Das widersteht mir nicht lange", sagte er.

Keine fünf Minuten später zeigte er auf das Rad in der Stahlwand. „So, meine Herren, dann drehen Sie mal am Steuerrad."

Mit einer Leichtigkeit ließ sich der Koloss von Tür bewegen, als sei er aus Pappe. Das Licht innen ging automatisch an. Die Kommissare stiegen einige Steinstufen abwärts und betraten einen Saal, der jeden Chirurgen entzückt hätte. In der Mitte erhob sich beängstigend ein gegliederter, nach allen Seiten hin verstellbarer Operationstisch. An einer Längswand reihten sich niedrige Stahlschränke, hinter deren Glastüren chirurgische Instrumente blitzten. An der Wand gegenüber standen teils feste, teils rollbare Metalltische, die vollgestellt waren mit Kästen und Behältnissen in verschiedenen Größen. Dort, auf einem Tablett, entdeckte Hagelstein einige Sonden sowie Elektroden an Kabelenden. In die Rückwand des Raumes war eine Kassettentür aus dunklem Holz eingesetzt. Hagelstein hatte die Hand schon am Türgriff, da hielt ihn Grimm am Arm zurück und deutete auf zwei seitlich angebrachte Klappen, deren Bauweise auf Kühlfächer schließen ließ. Grimm legte den Hebel um, öffnete und zog eine mobile Bahre in ganzer Länge heraus. Darauf lag ein mit Leinen abgedeckter Körper. Er schlug das Tuch zurück. Bis auf den Kopf war der bleiche Tote unversehrt. Der Kopf aber bot einen makaberen Anblick. Die Schädeldecke war dicht über Augen und Ohren glatt abgesägt. Aus der Höhlung wölbte sich gefaltet das helle Gehirn, das wie Perlmutt im Licht glänzte. Ein steiler Keil im Nacken ließ den Kopf fast senkrecht stehen, so dass die weiche Masse nicht über den Schädelrand rutschen konnte. Beim Toten im zweiten Fach war neben der Schädeldecke auch das Gehirn entfernt.

„Kuriert hat Jefferson hier niemanden", sagte Grimm, während er die Bahren zurückschob.

Hinter der hölzernen Kassettentür fanden sie ein komfortables Büro. In dem Aktenschrank, dessen Rolltür hinaufgeschoben war, reihten sich bis obenhin sorgfältig beschriftete Ordner. Hinter dem Schreibtisch hing ein dreistöckiges, schweres Eichenregal, das von einem Wandende bis zum anderen reichte. Darauf erblickten die Kommissare reihenweise verschlossene Glasbehälter, um einiges größer als die üblichen Einmachgläser, worin in Formalin menschliche Gehirne schwammen. In einem Wandschrank entdeckten sie eine üppige Requisitenkammer, worin wohlgeordnet alles hing und lag, womit sich das Äußere, einschließlich der Physiognomie, effektvoll verändern ließ.

„Dieses Kabinett des Schreckens sollte unser Arzt unter die Lupe nehmen. Wir müssen auch eruieren, wo der medizinische Abfall entsorgt wurde", sagte Hagelstein.

„Wenn ich die Gläser hier abzähle, wird davon eine Menge angefallen sein. Und was machen wir jetzt?" fragte Grimm.

„Wir werden uns Jeffersons Fabrik ansehen. Veranlasse bitte, dass die Spurensucher derweil das Haus durchkämmen einschließlich den Lagerraum auf der Rückseite der Villa, aber nicht die chirurgische Abteilung. Die versiegeln wir besser gleich."

39

Im Krankenhaus St. Lazarus holten die Schwestern soeben das Geschirr vom Abendessen aus den Zimmern und stellten es auf Rolltische im Flur. Ein Arzt führte Hagelstein durch diese Betriebsamkeit hindurch zu einem Einzelzimmer am Ende des Ganges im ersten Stock. Darin lag Frau Rübsam, bleich wie ihr Betttuch.

„Sie hat zwei Tage nichts gegessen und getrunken, dazu der Schock und die Qual der Gefangenschaft. Wir müssen Frau Rübsam langsam wieder aufbauen", sagte der Arzt, prüfte Puls, Augen, Reaktionen und fragte anschließend, ob sie sich in der Lage fühle, dem Herrn von der Kripo zu berichten.

„Aber ja, ich fühle mich schon viel besser." Frau Rübsam genoss es, mal im Mittelpunkt des Interesses zu stehen. Der Arzt nickte zustimmend und verließ das Zimmer. Hagelstein schob einen Stuhl näher, zog seinen Notizblock hervor und setzte sich. „Dann erzählen Sie mal, Frau Rübsam", sagte er.

„Seit fünf Jahren führe ich den Haushalt bei Herrn Jefferson. Ein feiner, höflicher, großzügiger Mann ist er gewesen. Ich verstehe nicht, warum er sterben musste."

„Wie lange haben Sie täglich gearbeitet?"

„Von acht Uhr morgens bis acht Uhr abends, außer an Sonn- und Feiertagen."

„Letzten Freitag sind sie aber länger geblieben."

„Ja, an den Freitagen gab es eine Ausnahme. Freitags ging Herr Jefferson regelmäßig ins Kasino Westend. Gegen sieben Uhr abends verließ er das Haus, und kurz nach zehn Uhr kam er wieder zurück. Danach konnte man die Uhr stellen. Er legte Wert darauf, dass ich noch im Haus war, wenn er zurückkam. Er aß gern noch eine Kleinigkeit nach dem Spielbankbesuch."

„Und was geschah letzten Freitag?" fragte Hagelstein.

„Herr Jefferson fuhr wie üblich um sieben Uhr fort. Ich war in der Küche, als ich gegen neun Uhr die Hausklingel hörte. Ich fragte durch die Sprechanlage, wer da sei. ‚Die Polizei', kam zur Antwort. Und danach: ‚Herr Jefferson ist vor dem Spielkasino verunglückt. Deshalb müssten wir Sie kurz sprechen'.

Sie werden wissen, Herr Kommissar, die Villa hat eine eigene Toreinfahrt. Die öffnete ich von innen. Durch den Spion in der Tür sah ich dann im Laternenlicht zwei Polizisten in Schupouniform auf das Haus zukommen. Ich ließ sie aber nicht sofort eintreten. Die Haustür hat einen Sicherungshebel. Den betätigte ich zunächst und ließ mir durch den Türspalt die Ausweise zeigen."

„Haben Sie sich die Namen in den Ausweisen gemerkt?"

„Nein, die Einzelheiten nicht. Ich fand die Ausweise äußerlich in Ordnung, das genügte mir, da war schließlich auch noch die Uniform."

„Danach haben Sie die beiden ins Haus gelassen."

„Ja, kaum war die Haustür hinter ihnen zu, da hielt mir der größere Schupo eine Pistole vor die Stirn. ‚Wo ist der Safe?' fragte er. Ich führte ihn ins Arbeitszimmer des Herrn Jefferson. ‚Wo ist der Schlüssel?' war die nächste Frage. Ich kannte das Versteck. Ich hatte es mal beim Staubwischen entdeckt. Ich zögerte mit der Auskunft. Da spannte der Schupo den Hahn seiner Pistole. Ich verriet ihm, wo der Schlüssel lag. ‚Dann gehen wir zurück in den Flur', sagte der Schupo. Ich musste vorangehen. Bei der Treppe zum Obergeschoss drückte er mir plötzlich ein feuchtes Tuch vor Mund und Nase. Ich rang nach Luft, dann wurde mir schwarz vor Augen. Im Bett von Herrn Jefferson wachte ich später auf. Da lag ich bis heute früh angekettet und geknebelt."

„Könnten Sie die beiden Polizisten beschreiben?"

„Der eine Schupo war etwa so groß wie Sie. Er trug einen Schnurrbart. Ich sehe noch seine buschigen Augenbrauen vor mir. Sein Gesicht war länglich, die Augenfarbe hellblau. Seine Haare bedeckte der Tschako. Der Mann sah irgendwie gutmütig aus. Jedenfalls hatte ich diesen Eindruck."

„Und der andere?"

„Den habe ich nicht so genau beachtet. Er hielt sich mehr im Hintergrund. Er war etwa einen Kopf kleiner als sein Kollege. Das Gesicht, nein, beim besten Willen, davon habe ich nichts registriert. Im Foyer habe ich ihn überhaupt nicht wahrgenommen. Ich blickte ja sofort in den Pistolenlauf."

„Hatte er auch einen Tschako auf dem Kopf?"

„Ja."

„Haben die beiden miteinander gesprochen?"

„Kein Wort."

„Ist Ihnen irgendetwas an den beiden aufgefallen, vielleicht an der Kleidung?"

„Nein. Es war die übliche Schupouniform."

„Haben Sie später Geräusche oder Stimmen im Haus gehört?"

„Nein, nichts."

„Wissen Sie, wann Sie aus Ihrer Bewusstlosigkeit erwacht sind?"

„So genau nicht. Zunächst war ich benommen. Als ich einige Zeit später zur Nachttischuhr schaute, war es zehn Minuten nach zwölf."

„Fährt Herr Jefferson gewöhnlich mit dem eigenen Pkw zur Spielbank?"

„Nein, immer mit dem Taxi, hin und zurück."

„Waren Sie mal in Jeffersons Bunker neben dem Haus?"

„Nein, den darf niemand betreten."

„Wer putzt denn den Bunker?"

„Der Chef selbst."

„Haben Sie sich nicht mal gefragt, wozu der Bunker dient?"

„Das hat mir Herr Jefferson verraten. Darin verwahrt er die Unterlagen von seinen Erfindungen und vertrauliches Material aus der Firma. Außerdem soll der Bunker Schutz bieten, falls es Krieg gibt und Bomben fallen."

„Ich danke Ihnen, Frau Rübsam. Ich wünsche gute Besserung. Es kann aber sein, dass wir Sie nochmals hören müssen."

„Jederzeit gerne."

40

Nach der Vernehmung von Frau Rübsam bestieg Hagelstein ein Taxi, von denen immer einige vor dem Krankenhaus warteten. Er wollte so schnell wie möglich zurück in seine Wohnung. Den ganzen Tag lang war er in der Mordsache Jefferson dienstlich unterwegs gewesen. Endlich sollte Vera Maybach die brisante Neuigkeit erfahren. Von einer telefonischen Vorabinformation hatte er abgesehen. Sie wäre mit zu vielen Fragen und Antworten verbunden gewesen. Das ließ sich besser erledigen, wenn man sich gegenüber saß. Das Taxi kam ihm nicht schnell genug voran. Es hatte geschneit, die Straßen waren gefährlich glatt. Er machte es sich auf der Rückbank bequem und ließ seinen Gedanken freien Lauf. Wie würde Vera die Nachricht aufnehmen? Würde sie in den nächsten Tagen abreisen, jetzt, da von Lauber keine Gefahr mehr drohte? Dass der Tote in Jeffersons Villa Lauber war, daran hatte Hagelstein nach den ersten Recherchen keinen Zweifel mehr. Die Identifikation würde das bestätigen. Wen sollte er dazu in die Rechtsmedizin schicken? Otto Laubers Vater? Vera Maybach? Vielleicht Laubers Jugendfreund, Fritz Dubjanski? Aber war die Gefahr für Vera wirklich vorüber? Wer hatte Lauber auf solch markante Weise ins Jenseits befördert? Hatten sie sich etwa geirrt? War die Bedrohung gar nicht von Lauber ausgegangen, sondern von einem noch Unbekannten, der Frau Pedersen und Willi Justus beseitigt hatte, bevor Lauber an die Reihe kam? Dann wäre Vera Maybach vielleicht die nächste? Kreuz und quer schossen Hagelstein solche Gedanken durch den Kopf, während er im Taxi saß.

Dann rief er sich in Erinnerung, wie er Vera gestern am Zug abgeholt hatte. Sie war mit dem Nachtzug aus Dessau zurückgekommen. Als Hagelstein auf dem Bahnsteig wartete, wollte er es nicht wahrhaben: Er war aufgeregt wie ein Pennäler beim ersten Rendezvous. Während ihrer Trennung, auch wenn sie nicht länger als eine Woche dauerte, hatte er die Anziehung, die diese Frau auf ihn ausübte, deutlicher als sonst empfunden. Bin ich ihr verfallen? fragte er sich. Er konnte es kaum erwarten, sie in die Arme zu schließen. Er starrte in das Dunkel am Ende des Perrons, worin sich die Gleise zwischen den roten Punkten der Signale verloren. Dabei überfielen ihn Sequenzen luzider Träume, in denen er Vera auf sich zulaufen sah, ohne dass sie näher gekommen wäre. Obwohl sie sich in weitem Abstand von ihm bewegte, sah er ihr Gesicht ganz dicht vor sich: ihre Lippen, die sie gern schminkte, ihre blauen, leicht schräg stehenden Augen, in deren Farbe sich ein grüner Schimmer mischen konnte, wenn sie erregt war, die schmale, gerade Nase und ihre auf slawische Vorfahren hinweisenden markanten Wangenknochen. Die Lautsprecheranlage riss ihn aus den Träumen. Der Zug fuhr ein.

„Ich habe Durst, trinken wir noch ein Bier im Wartesaal", hatte sie nach einem langen Kuss gesagt, dem kein Wort vorangegangen war. Auf der Treppe abwärts in die Bahnhofshalle hatte sie gefragt, wie ihm ihr Mädchenname, Orlow, eigentlich gefalle.

„Er passt besser zu dir als Maybach."

„Bald nenne ich mich wieder Orlow. Der Scheidungstermin ist angesetzt."

Obwohl schon nah an Mitternacht, war im Wartesaal noch reger Betrieb; nur wenige Tische waren frei. Bei weitem nicht alles Reisende, die sich hier bei Bier und Zigaretten die Zeit vertrieben. Recht munter berichtete Vera über ihren Aufenthalt in Dessau. Die beständige, gleichförmige Geräuschkulisse aus Stimmen, klapperndem Geschirr, Gelächter und Stühlerücken zwang Hagelstein sich vorzubeugen, damit er Vera, die eher zu leise sprach, verstehen konnte. Hagelstein erfuhr einiges über den Anwaltstermin und die Scheidungsvereinbarung, über den Besuch beim Arzt, über die Arbeiten auf dem Landgut, über die Pferde, die sie auch nach der Scheidung nicht vermissen müsste. „Solange ich in Dessau lebe, kann ich jederzeit zu den Pferden", sagte sie. Dann schilderte sie die Geburt eines Fohlens. Schließlich äußerte sie sich lobend über ihren Mann, der sich bei den finanziellen Regelungen äußerst großzügig gezeigt habe. So könne man sich im besten Einvernehmen trennen und brauche den Kontakt nicht einfrieren zu lassen.

Am Morgen war sie nicht wie üblich mit Hagelstein zusammen aufgestanden. Er frühstückte allein. Bevor er die Wohnung verließ, warf er einen Blick ins Schlafzimmer. Vera lag, die Decke bis zum Kinn hochgezogen, noch in tiefem Schlaf, den sie nachholen musste, da er in dieser Nacht zu kurz gekommen war. Lächelnd zog Hagelstein die Tür zu. Da klingelte das Telefon. Es war Grimm, der aus Jeffersons Villa angerufen und einen Mord gemeldet hatte.

41

Das Taxi hielt vor der Haustür. Hagelstein zahlte und ging die Treppe zu seiner Wohnung hinauf. Die Turbulenz in seinem Kopf hatte sich gelegt.

„Du kommst spät!" Der übliche Kuss zur Begrüßung.

„Ich hatte viel zu tun, Vera. Wir haben höchstwahrscheinlich Otto Lauber gefunden."

Sie befreite sich aus seiner Umarmung. Zunächst ungläubig, danach belustigt nahm sie die Nachricht auf. „Lauber lässt sich nicht finden."

„Wenn er tot ist, schon."

„Wo?"

„In Berlin. Wir beide waren neulich ganz in seiner Nähe."

„Sag schon!"

„Ihm gehört die Firma Medizintechnik in der Bernauer Straße. Er heißt Jefferson."

„Du sagst höchstwahrscheinlich. Was fehlt euch zur Gewissheit?"

„Dazu fehlt nicht mehr viel."

Hagelstein schilderte ihr seine Ermittlungen vom heutigen Tage. Längst hatte er jede Grenze, jede Zurückhaltung, jede Vorsicht ihr gegenüber aufgegeben. Die Distanz zu anderen, die er nicht nur dienstbedingt einzuhalten pflegte, war im Strom seiner Gefühle eingebrochen. Keinen Augenblick zog er sein schrankenloses Vertrauen in Zweifel.

„Wir müssen also annehmen, dass Jefferson Lauber und Lauber zugleich Pluto war. Lauber hat Probanden für seine Versuche gebraucht. Dafür hat er sich Stadtstreicher und Bettler ausgesucht, deren Verschwinden nicht besonders auffällt, jedenfalls nicht sofort polizeiliche Maßnahmen auslöst. Er hat seine Opfer in die alten Spreewerke gelockt, dort betäubt und durch die Kanalisation bis in seinen Bunker geschleppt. Wir werden es genau wissen, sobald die beiden Toten in seinem Kühlfach identifiziert sind. Nach außen hin war Lauber, getarnt als Jefferson, der honorige Geschäftsmann, der medizinische Geräte entwickelt und diese an Krankenhäuser in aller Welt geliefert hat. So sieht insgesamt unser derzeitiger Ermittlungsstand aus", schloss Hagelstein.

„Einige Leute werden den Toten identifizieren müssen, darunter auch Vera Maybach", bemerkte Vera.

„Auch Vera Maybach. Dazu kämen Laubers Vater, einige Kollegen von der GPU, die Lauber alias Raditschew gekannt haben, vielleicht auch Laubers Jugendfreund Fritz Dubjanski."

„Weiß eigentlich dein Kollege Grimm oder ein anderer inzwischen, dass ich bei dir wohne?" fragte Vera unvermittelt.

„Nein. Wir hatten ja abgesprochen, dass niemand davon erfährt. Dabei ist es geblieben."

„In der Stadt könnte uns aber jemand zusammen gesehen haben."

„Das ist möglich, wir tragen ja keine Tarnkappen. Angesprochen hat mich bislang niemand darauf. Warum fragst du das eigentlich?"

„Weil ich jetzt aus der Deckung hervortreten muss. Zunächst, um den Toten zu identifizieren. Danach, weil ich ein kräftiges Motiv hätte, Lauber zu töten. Das muss doch zu einer Vernehmung meiner Person führen. Man wird mich zumindest nach meinem Alibi fragen."

„Damit musst du allerdings rechnen."

„Wer wird mich verhören?"

„Ich."

„Kommissar Hagelstein vernimmt eine Frau, zu der er eine Liebesbeziehung hat! Wenn dein Vorgesetzter das erfährt, streicht er das ganze Vernehmungsprotokoll wegen Befangenheit zusammen. Du wirst einen Verweis bekommen, und ein anderer fängt mit mir von vorn wieder an.

Warum legst du die Karten nicht auf den Tisch und beauftragst Grimm mit dem Verhör?"

„Aus zwei Gründen. Bis heute bist du inkognito in Berlin. Das soll auch so bleiben, bis wir sicher sind, dass dir keine Gefahr mehr droht. Sicher können wir aber erst sein, wenn wir wissen, wer Jeffersons Mörder ist. Der zweite Grund ist der, dass ich das Verfahren, was dich betrifft, nicht aus der Hand geben möchte."

„Du hältst es für möglich, dass ich am Mord beteiligt bin, sogar selbst die Tat begangen habe. Deshalb willst du sicherstellen, dass mir nichts zustößt. Ist es nicht so?"

„Du gehörst zum Kreis der Verdächtigen. Davor kann ich die Augen nicht verschließen. Einem Verhör durch Grimm möchte ich dich nicht aussetzen. Grimm ist ein Fallensteller. Das kann unangenehm für dich werden, auch wenn du unschuldig bist."

„Dann lasse es doch einen anderen machen. Ihr beide seid ja nicht allein die Kripo. Ich fühle mich jedem Verhör gewachsen. Ich habe mir nichts vorzuwerfen. Das werde ich jedem klarmachen."

„Wenn du meinst. Gut, dann beauftrage ich Grimm. Damit hätten wir meine Befangenheit vom Tisch."

42

In ihren Silberfuchspelz gehüllt, die Mütze in der Hand, ging Vera Maybach auf den Toten zu, der im gleißenden Licht mitten im Raum aufgebahrt lag. Das Tuch von Gesicht und Schultern gezogen, die Augen geschlossen, die blutleeren Lippen um einen schmalen Spalt geöffnet, der Kopf wie aus mattem Wachs modelliert. Auf dem Schädel eine bläuliche, kraterförmige Vertiefung und am Hals der schwarze Abdruck der Drahtschlinge. Sie betrachtete den Toten einige Atemzüge lang. Nichts in ihrem Gesicht verriet, was in ihr vorging. „Das ist Dr. Otto Lauber." Sie wandte sich an den hinter ihr wartenden Hagelstein.

„Sicher?" fragte er.

„Ganz sicher."

„Dazu habe ich noch eine Frage, Frau Maybach. Haben Sie damals im Lager beobachtet, dass Lauber gehinkt hat?"

„Ja, jeder hat das gesehen."

„Rechts oder links?"

„Das weiß ich nicht mehr so genau."

Hagelstein gab dem Arzt ein Zeichen. Er zog das Tuch von den Füßen. An der rechten Fußwurzel zeigte sich eine Narbe. „Splitterverletzung. Er konnte den Fuß nicht richtig bewegen", sagte der Arzt.

„Danke, Doktor, das war's. Sie, Frau Maybach, möchte ich bitten, mich ins Präsidium zu begleiten. Mein Kollege möchte Ihnen einige Fragen stellen", sagte Hagelstein.

Der Schlag ihrer Absätze auf dem Steinboden hallte durch den Raum.

„Diesmal ohne Maske. Wird er noch gerichtet?" sinnierte Vera Maybach, als sie im Freien standen.

„Nein, der hat sich der Gerechtigkeit entzogen", antwortete Hagelstein.

„Warum?"

„Weil es kein Jenseits gibt."

Grimm half ihr aus dem Mantel, den er einem Haken in der schmucklosen Wand anvertraute.

„Hatten Sie eine angenehme Reise nach Berlin, Frau Maybach?" fragte er, nachdem sie vor seinem nüchternen Schreibtisch Platz genommen hatte.

„Angenehm, danke."

„Haben Sie die Leiche identifiziert?"

„Ja, Otto Lauber, kein Zweifel."

„Ich hoffe, Sie verstehen, dass die Kripo Sie anhören möchte."

Frau Maybach nickte.

„Lauber ist also nicht, wie wir bisher angenommen hatten, im Jahr 1918 in Russland gestorben. Das wirft ein ganz anderes Licht auf das Geschehen. Die Annahme, dass Lauber hinter den Morden an seiner Oberschwester Sarah Pedersen, damals Sarah Braun, und seinem Assistenten Willi Justus steckt, ist nach neuesten Erkenntnissen nicht von der Hand zu weisen. Nicht auszuschließen ist auch, dass Sie, Frau Maybach, Laubers nächstes Opfer hätten werden können. Mir ist bekannt, dass der Kollege Hagelstein Sie gewarnt hat. Sie wussten also, dass Lauber noch lebte. Daraus ergäbe sich für Sie ein Motiv, Lauber loszuwerden", sagte Grimm.

„Gewiss, wie bei vielen anderen auch."
„Bei denen aber stärker, die sich bedroht fühlen mussten."
„Das bezweifele ich. Wird nicht jemand, den Lauber zum Krüppel gemacht hat, mindestens ein gleich starkes Motiv haben, nämlich Rache?"
„Wie dem auch sei, bei der Sachlage muss ich Sie nach Ihrem Alibi fragen. Die Tatzeit war am letzten Freitag gegen zweiundzwanzig Uhr."
„An diesem Abend waren mein Mann und ich bei Freunden zum Essen eingeladen. Es hat bis weit nach Mitternacht gedauert."
„Namen und Adresse der Freunde?"
„Herr und Frau Liliencron, Leipziger Straße 32 in Dessau."
„Waren außer Ihnen und Ihrem Mann weitere Gäste dort?"
„Nein."
„Freunde von Ihnen. Gibt es jemanden, der neutraler ist?"
„Vielleicht hat uns ein Nachbar anfahren und abfahren sehen."
„Ich werde dem nachgehen. Da wäre aber noch etwas anderes. Wir hatten in letzter Zeit einen Mann auf der Fahndungsliste, der im Verdacht stand, Bettler und Stadtstreicher entführt zu haben. Der Mann hatte ein Merkmal, er zog das rechte Bein nach. Das und weitere Indizien lassen uns annehmen, dass Lauber der gesuchte Entführer war. Bei der Fahndung nach dem Mann hat merkwürdigerweise eine Privatperson nachgeholfen. Sie hat eine hohe Prämie für sachdienliche Hinweise ausgesetzt. Involviert in die Geschichte ist ein Schupo namens Zschoch. Von ihm wissen wir, dass es eine Frau war, die ihm das Geld angeboten, zum Teil auch schon übergeben hatte. Sie war leider so vermummt, dass er sie nicht beschreiben kann. Wären Sie bereit zu einer Gegenüberstellung?" Forschend blickte Grimm ihr in die Augen. Dabei verunsicherte ihn ihre Augenfarbe, die ihm bisher als klares Blau erschienen war, nun aber grünlich wirkte.
„Bitte, allerdings möchte ich bemerken, dass ich in Dessau lebe. Was in Berlin mit Ihren Bettlern geschieht, ist mir so fremd und fern wie die Rückseite des Mondes. Ich frage mich, ob Sie da nicht übers Ziel schießen, Herr Kommissar. Aber bitte! Wann und wo soll ich mich der Besichtigung stellen?"
„Sofort. Einige Türen weiter. Ziehen Sie bitte Ihren Mantel dazu an."

Einige Zeit später saß Vera Maybach mit Hagelstein in einem entfernten Café.

„Wie ist es gelaufen?" fragte er.

„Ich habe ihm mein Alibi geliefert. Danach hat er mich mit Zschoch konfrontiert, der offenbar einiges bei euch ausgeplaudert hat."

„Hat er dich erkannt?"

„Ich weiß es nicht. Grimm hat mir nichts verraten."

„In Kürze werden wir es wissen", sagte Hagelstein.

„War die GPU inzwischen in der Rechtsmedizin?" fragte Vera.

„Ja, zwei Offiziere. Sie haben im toten Jefferson einhellig ihren entlaufenen Kollegen Oleg Raditschew wiedererkannt. Mit anderen Worten, auch sie haben bestätigt, dass der Tote Dr. Otto Lauber ist."

43

Die Sekretärin der Abteilung Ostkontakte meldete sich. „Kennen Sie das Sewastopol, Herr Hagelstein, russische Spezialitäten?"

„Dem Namen nach."

„Dann können Sie es heute Abend auch dem Gaumen nach kennenlernen. Sie sind zusammen mit Dr. Kaunitz eingeladen. Oberst Samsonow gibt sich die Ehre."

„Was hat der denn vor?"

„Er lädt zum Leichenschmaus ein. Er möchte mit Ihnen auf Laubers Wohl anstoßen."

„Da kann ja jeder mithören."

„Nicht doch! Sie sitzen im Séparée. Das ist so abhörsicher wie die russische Botschaft."

„Um wieviel Uhr?"

„Zwanzig Uhr. Ich hoffe, Sie sind trinkfest."

Im Sewastopol stieg Hagelstein eine Wendeltreppe hinunter, durchquerte einen kurzen Flur und betrat ein matt beleuchtetes, gemütliches Speisezimmer, dessen Wände mit Motiven aus der Seefahrt bunt bemalt waren.

Samsonow drückte ihm kräftig die Hand, zugleich legte er ihm seine Linke wie anerkennend auf die Schulter. Im Hintergrund standen stramm zwei Offiziere der GPU, ein Leutnant und ein Oberleutnant, die Cherry-

Gläser in der Hand hielten. Hagelstein erkannte sie wieder. Sie hatten am Vormittag Raditschew identifiziert. Kaunitz stand neben dem dürren Legationsrat, der sich vor Lachen schüttelte. Es kam selten vor, dass Kaunitz einen Witz zum Besten gab. Hagelstein zählte unauffällig die Anzahl der Gedecke. Nach ihm wurde niemand mehr erwartet. Alsbald nahm die Gesellschaft am ovalen Tisch Platz, wobei Samsonow Dr. Kaunitz und den Legationsrat, der wieder als Dolmetscher fungieren musste, an seine Seite zog, ansonsten aber jedem freistellte, wohin er sich setzen wollte. Das Essen begann mit einer Gemüsesuppe, der Soljanka. Nach der Vorspeise ergriff Samsonow das Wort. Er holte weit aus und sprach von den Gegensätzen zwischen der Sowjetunion und dem Deutschen Reich. Danach hob er die zahlreichen Kontakte und Gemeinsamkeiten hervor. Die offiziellen Kontakte, so führte er aus, vollzögen sich in geregelten Bahnen und seien nicht immer förderlich, geschweige denn angenehm. Umso wichtiger sei es, dass hier und dort Schleichwege die Grenzen durchschnitten. So ließen sich oft Lösungen in beiderseitigem Interesse erreichen, von denen die Bürokratie nur träumen könne. Ein treffendes Beispiel dafür sei, wie die hier Anwesenden mit dem Problem Raditschew oder Lauber umgegangen seien. Wer auch immer die Arbeit ausgeführt habe, erstaunlich sei, wie schnell und sicher man dem aalglatten Verbrecher auf die Spur gekommen sei. Ebenso zeuge die Ausführung von hoher Professionalität.

„Aber, Kollege Samsonow! Es ist doch nicht professionell, mit Hammer und Schlinge zu arbeiten und dazu noch einen geöffneten Tresor zu hinterlassen", warf Kaunitz ein.

„Wenn damit jemand eine falsche Spur legen wollte, war das doch sehr geschickt. Meinen Sie nicht auch, Herr Kaunitz?" antwortete Samsonow und fuhr fort: „Um Ihnen das Staunen darüber zu nehmen, woher ich solche Einzelheiten weiß, meine Herren: Die beiden Genossen Offiziere hier bei Tisch haben ihren Besuch in der Forensik mit einer Tasse Kaffee beim leitenden Arzt ausklingen lassen. Ihrem Mediziner haben sie dabei einige Würmer aus der Nase gezogen. Alles in allem wollen wir den erfolgreichen Abschluss heute ein wenig begießen." Samsonow ließ in der Runde die Gläser klingen.

Kaunitz schloss seine Replik sofort an. Zunächst stimmte er in die Eloge über die gute persönliche Zusammenarbeit ein. Danach verlor er sich auf einigen Allgemeinplätzen. Zum Schluss, um Samsonow jeden

Wind aus den Segeln zu nehmen, stellte er mit preußischer Geradlinigkeit klar, dass die hiesige Polizei den Mord an Jefferson nicht zu verantworten habe.

„Werter Kollege Kaunitz, hatten Sie etwa den Eindruck, ich hätte gedacht, dass Ihre Leute dahinter stecken? Nicht im Entferntesten ist mir dieser Gedanke gekommen. Ihre Behörde hat damit ebenso wenig zu tun wie meine GPU, die sich hüten würde, in fremden Revieren zu wildern. Ich nehme an, Ihre Suche nach dem Täter läuft mittlerweile auf Hochtouren", sagte Samsonow.

Die Kellner servierten Boeuf Stroganoff. Neuen Wodka brauchte Samsonow nicht zu ordern. Die Kellner kannten die russischen Bräuche. Sie füllten jedes Wasserglas, sobald es leer war, zur Hälfte mit Wodka auf.

„Zum Kräftigen gehört das Kräftige, Nasdrowje!" sagte Samsonow. Die Runde prostete sich zu.

Hagelstein fand seine Vermutung bestätigt, dass dieses Bankett nicht nur angesetzt war, um Freundschaften zu pflegen, sondern auch, um sich gegenseitig auszuhorchen. Samsonow erkundigte sich nach der Herkunft des in Deutschland fremd klingenden Namens Jefferson. Kaunitz klärte ihn auf, ohne dabei etwas zu verschweigen.

„Lauber hat diesen Namen nicht erfunden. Es hat hier tatsächlich einen Jefferson gegeben, einen Johann oder John Jefferson. Er ist vor dem Krieg als Student aus Australien eingereist. Er hatte mütterlicherseits deutsche Vorfahren. Bei Kriegsausbruch hat sich Jefferson sofort als Freiwilliger gemeldet. Einige Monate vorher ist er eingebürgert worden. Offenbar wollte Jefferson im Reich bleiben. Jefferson ist als Kriegsgefangener im Lager Perm aufgetaucht, dort aber bald verschollen. Lauber wird dabei seine Hand im Spiel gehabt haben. Denn ein günstigeres Alter Ego hätte er sich für seine antizipierte Rückkehr ins Reich nicht zulegen können. Weder Vater noch Mutter noch Geschwister in Deutschland. Australien liegt auf der anderen Seite der Weltkugel. Eine Leichtigkeit für Lauber, den australischen Angehörigen eine Vermissten- oder gar Todesanzeige des John Jefferson zukommen zu lassen. Wir haben Jeffersons alten Pass mit Laubers Foto darin gefunden. Jefferson, vormals Raditschew, vormals Lauber, ist 1923 als verspäteter Kriegsgefangener ins Reich zurückgekehrt. Das hatte alles seine Ordnung. Jefferson wurde Unternehmer, zunächst in Osnabrück, danach in Berlin."

Samsonow schob sich eine scharfe Paprika in den Mund. Davon standen zwei gefüllte Schüsselchen auf dem Tisch. „Dem Unternehmer schien der Verkauf seiner Medizintechnik auch in Russland vielversprechend gewesen zu sein. Wir haben dieser Tage festgestellt, dass Jefferson sich vorigen Sommer persönlich mit ordnungsgemäßem Visum auf die Reise begeben hat. Einer Reihe von Krankenhäusern in der Sowjetunion hat er seine Geräte vorgestellt und angeboten. So in Moskau, Charkow, Gorki, Kasan, Stalingrad und Swerdlowsk", sagte Samsonow.

„Tollkühn, ausgerechnet nach Russland zu reisen", bemerkte Kaunitz.

„Eher kaltblütig", warf der GPU-Oberleutnant ein, der sich bisher recht zurückhaltend gezeigt hatte. „Jefferson hat genau das getan, womit niemand rechnete, nämlich offen im ganzen Land herumzureisen, ja, sogar Moskau, die Stadt seiner früheren Dienststelle, zu besuchen. Wir haben für ihn, wie das üblich ist, sogar eine Begleitung abgestellt. Niemand hat in ihm den gesuchten Raditschew vermutet. Das lag jenseits aller Vorstellung. Er selbst musste sich als Fabrikant medizinischer Geräte über jeden Verdacht erhaben gefühlt haben. Gut, ein wenig wird er sein Äußeres verändert haben, vermute ich." Kerzengerade saß der Oberleutnant am Tisch, als er das sagte.

Mit dem Strom des Wodka stieg allmählich die Stimmung auf heiter bis ausgelassen. Man genoss das ausgezeichnete Menü. Die Zahl der Trinksprüche nahm zu. Selbst der sonst trockene Kaunitz rang sich zu einigen heiteren Wendungen durch. Als die Kellner begannen, das Geschirr abzuräumen, um Platz für den Nachtisch zu schaffen, machte Samsonow einem gerade aufkommenden Gelächter ein Ende, indem er fragte, ob man in Jeffersons Villa irgendwelche Schriften oder Unterlagen gefunden habe, die aus seiner Zeit als GPU-Mitarbeiter stammten und etwas über seine damalige Tätigkeit aussagten.

„Bisher nichts. Hätten wir etwas gefunden, würde ich es Ihnen heute übergeben haben, Kollege Samsonow. Wir haben kein Interesse daran, zu erfahren, was Jefferson alias Raditschew bei der GPU getan hat", antwortete Kaunitz.

„Mich interessiert aber noch etwas, Herr Kaunitz, ich hoffe, Sie dürfen mir dazu etwas zuflüstern", sagte Samsonow.

„Ich höre."

„Wie wir wissen, hat Lauber im Gefangenenlager medizinische Versuche gemacht. Hat er das als Jefferson fortgeführt?"

„Hat er. Wir haben Grund zur Annahme, dass er sich in Berlin Bettler und Stadtstreicher für seine Versuche besorgt hat."

„Dann müssen Sie auf eine Anzahl von Leichen gestoßen sein."

„Wir haben zwei Leichen in seinem Kühlfach gefunden. Sonst bisher nichts."

Der Oberleutnant schaltete sich wieder ein. „Als ich noch bei der Moskauer Kripo war, überführten wir einen Massenmörder, der sich einiges von den Fischern abgeguckt hatte. Er wickelte jede Leiche zusammen mit einem schweren Stein in einfachen Maschendraht und warf das Päckchen in den Fluss. In dieser Reuse zersetzte sich der Körper ohne die Gefahr, dass irgendetwas auftauchte."

Hagelstein fiel ein, dass er in Jeffersons Anbau auch eine Rolle Maschendraht gesehen hatte. „Eine gute Idee!" sagte er lächelnd.

Bis drei Uhr in der Frühe saßen sie im Sewastopol beisammen. Samsonow nahm sie in seinem Dienstwagen mit, setzte zunächst Hagelstein, danach Kaunitz zu Hause ab.

44

Hagelstein holte Otto Laubers Vater Erwin am Sonnabend vom Zug ab. Eingezwängt in eine Traube von Reisenden entstieg er blass und unsicher dem dunkelgrünen Waggon. Höflich zog er den Hut, als sie sich begrüßten.

„Heute ohne Juppi?" fragte Hagelstein.

„Diesen Gang mache ich besser allein. Eine Nachbarin kümmert sich um den Hund."

„Der Dienstwagen steht bereit."

„Gut, dann bringen wir es hinter uns."

Vor dem Eingang zur Rechtsmedizin bekam Erwin Lauber einen Schwächeanfall. Schlohweiß im Gesicht stützte er sich auf das Treppengeländer.

„Darf ich Ihnen helfen?" Hagelstein fasste ihn am Oberarm. Gemeinsam durchschritten sie die Glastür.

„Werden Sie es schaffen?" fragte Hagelstein, als sie sich dem Tisch mit dem abgedeckten Körper näherten.

„Es geht schon."

Der Arzt im grünen Kittel zog das Tuch von Gesicht und Schultern. Erwin Lauber trat nah heran. Sein Mantel berührte den metallenen Rand des Tisches. Er beugte sich ein Stück hinunter, schob die Haare des Toten etwa eine Hand breit über dem linken Ohr auseinander. Eine alte Narbe wurde sichtbar. „Das ist mein Sohn. Was immer geschehen sein mag, er ist mein Sohn."

Erwin Lauber schwankte. Der Arzt schob schnell einen Stuhl heran und holte ein Glas Wasser. Langsam gewann Lauber seine Fassung wieder.

„Woher hat er die Narbe?" fragte Hagelstein.

„Otto ist als Student vom Pferd gestürzt. Das war auf dem Gut der Dubjanskis in Ostpreußen."

„Wir können nun gehen, Herr Lauber. Ich lade Sie zum Mittagessen ein", sagte Hagelstein.

Unterwegs im Dienstwagen erkundigte sich Erwin Lauber, ob man den Mörder seines Sohnes gefasst habe. „Nein, wir ermitteln noch."

Nach dem Essen brachte Hagelstein seinen Gast zum Bahnhof. „Haben Sie jemanden, mit dem Sie reden können, Herr Lauber?" fragte er beim Abschied.

„Seit der Treibjagd auf meine Familie rede ich mit mir selbst."

„Ich besuche Sie in nächster Zeit einmal. Mir hat es an der Oder gefallen."

„Ich würde mich freuen."

45

Montagvormittag ging Hagelstein mit seinem Kollegen Grimm zum Frühstück in die Kantine. Auf dem Weg dorthin unterhielten sie sich über den Sport vom Wochenende. Wenn auch Grimm selbst dem Sport gerne aus dem Weg ging, interessierte ihn umso mehr, was andere auf diesem Gebiet betrieben und leisteten. Hagelstein wartete, bis der Kollege den Kaffee geholt und sich seinen Apfelkuchen zurechtgerückt hatte, dann erkundigte er sich, wie das Gespräch mit Frau Maybach verlaufen sei.

„Sie hat mir ein Alibi geliefert. Angeblich hat sie mit ihrem Mann bei einem befreundeten Ehepaar zu Abend gegessen. Ich bin am Samstag nach Dessau gefahren. Ich wollte mir selbst ein Bild von den Alibi-Gebern machen. Ich habe mit meinem Pkw eineinhalb Stunden gebraucht. Mit einem BMW beispielsweise schaffst du das in einer Stunde."

„Weshalb BMW?"

„Ja, dann hör dir das mal an." Grimm nahm einen Schluck Kaffee aus der schlichten Kantinentasse. Alsdann gab er folgenden Bericht:

Vormittags klingelte Grimm an der Wohnungstür der Liliencrons. Frau Liliencron öffnete. Als sie hörte, wer da vor ihr stand, sagte sie, ihr Mann sei im Büro.

„Ich möchte nicht nur Ihren Mann, sondern auch Sie sprechen, Frau Liliencron."

Sie bat Grimm herein.

Den Flur beherrschte ein aufgestellter, blanker, vollständiger Harnisch, an dessen Helm das Visier herabgelassen war. Grimm hängte seinen Hut an die ausgestreckte Panzerhand, was Frau Liliencron erheiterte. Seinen Mantel indes brachte er dort unter, wo er hingehörte. Eingangs setzte Grimm ihr auseinander, weshalb er die Fahrt nach Dessau auf sich genommen habe.

„So, das Alibi der Frau Maybach sollen wir bestätigen. Das tun wir gerne, Herr Kommissar." Offenherzig wie das Kleid, das sie trug, sprach Frau Liliencron über den fraglichen Abend. Mitunter erzählte sie mehr als Grimm wissen wollte.

„Ja, die Maybachs sind an jenem Freitag um acht Uhr abends gekommen. Wenn wir vier zusammensitzen, nimmt es kein Ende. Mein Mann und Herr Maybach kennen sich schon seit der gemeinsamen Schulzeit. Es verbindet sie auch die Jagd und alles, was damit zusammenhängt. Über Waffen und Selbstgebrannten können die beiden stundenlang fachsimpeln. Also, weggefahren sind die Maybachs kurz nach ein Uhr. Das kann übrigens auch eine Nachbarin von uns bestätigen."

„Eine Nachbarin?" Grimm stutzte. Hatte nicht auch Frau Maybach derartiges angedeutet?

„Das kam so, Herr Kommissar. Vor der Haustür hatte mein Mann noch einen Witz gemacht, worüber wir laut lachten. Danach schlugen die Autotüren zu. Nachts schallt so etwas ja besonders. Halt, ich habe noch etwas vergessen. Frau Maybach hatte ihren Schirm in der Garderobe gelassen. Sie stieg wieder aus, um ihn zu holen. Nochmals schlug eine Autotür zu. Es war ein ziemlicher Lärm bei der Abfahrt. Am nächsten Tag fragte mich eine Nachbarin, ob wir gut gefeiert hätten. Sie sei von dem Krach wach geworden. Ich habe mich bei ihr entschuldigt."

„Welche Nachbarin?"

„Im Haus gegenüber. Sie sollten sie befragen. Den Wagen der Maybachs kennt sie. Der ist ja nicht zu übersehen, ein cremefarbenes BMW Cabrio."

Später erfuhr Grimm von besagter Nachbarin, dass sie aus dem Fenster geschaut habe. Ein wenig Neugier sei schon dabei gewesen. Sie habe beobachtet, wer bei den Liliencrons vor dem Haus gestanden habe. „Es waren die Maybachs. Sie sind dann mit ihrem BMW abgedüst. Das war nach ein Uhr."

„Wo hat der BMW gestanden?" fragte Grimm.

„Vor dem Haus der Liliencrons."

„Sie haben beobachtet, wie die Maybachs eingestiegen sind?"

„Selbstverständlich."

„Haben Sie den BMW auch ankommen sehen?"

„Nein, das nicht. Ich hocke ja nicht den ganzen Tag vor dem Fenster."

Von hier fuhr Grimm geradewegs zur Detektei Liliencron, dessen Inhaber ihm die Auskünfte seiner Ehefrau passgenau wiederholte. Einer Eingebung folgend, spazierte Grimm ein Stück durch die Stadt bis zu Vera Maybachs Wohnung. Dort klingelte er mehrfach vergeblich an der Tür. Auf der Rückfahrt machte er einen Abstecher zum Gut Maybach, wo er den Gutsbesitzer antraf, nicht im Haus, sondern im Stall bei seinen Pferden. Auch ihn befragte er nach dem Alibi seiner Frau. Nachdem Maybach bestätigt hatte, was Grimm bereits wusste, erkundigt er sich nach seiner Frau. Er müsse sie kurz sprechen, habe sie aber in der Dessauer Wohnung nicht erreicht.

„Wissen Sie denn nicht, dass meine Frau einen Herzanfall hatte und deshalb in Kur ist?" tat Maybach ganz erstaunt.

„Woher soll ich das wissen? Wo hält sie sich zur Kur auf?"

„Das darf ich Ihnen leider nicht verraten, Herr Kommissar. Ärztliche Anordnung. Meine Frau braucht absolute Ruhe."

„Davon gab es dieser Tage aber eine Ausnahme. Das Abendessen bei den Liliencrons ebenso wie den Besuch in der Forensik und bei der Kripo in Berlin scheint sie ja verkraftet zu haben."

„Die Wochenenden darf meine Frau zu Hause verbringen. Ein Besuch bei guten Freunden wirkt doch eher aufbauend. Die Reise nach Berlin war ja wohl unumgänglich, sie wurde vorher medizinisch auf diesen Termin vorbereitet. Sie selbst haben ja lange genug mit ihr gesprochen. Verschonen Sie meine Frau bitte mit Weiterem, bis sie die Kur hinter sich hat."

„Ich könnte Sie, ebenso wie den behandelnden Arzt, zur Preisgabe der Anschrift zwingen, das wissen Sie."

„Darüber sollten Sie mit Ihrem Vorgesetzen Hagelstein sprechen. Entscheidend ist doch, dass meine Frau jederzeit für die Kripo erreichbar ist, wenn auch nur über meine Person."

Grimm beschloss, seinen Kollegen Hagelstein über die Kur zu befragen. Schließlich hatte er Frau Maybach vor einiger Zeit in Dessau besucht. Er verabschiedete sich und fuhr nach Berlin zurück.

„An dem Alibi ist nicht zu rütteln", sagte Hagelstein, nachdem er die Geschichte gehört hatte.

„Das heißt aber nicht, dass ich locker lasse. Ich habe die Maybach in Verdacht, dabei bleibe ich."

„Fakten, Horst, Fakten, keine Gefühle!"

„Dieser auffällige BMW könnte abends zur angegebenen Essenszeit auf das Grundstück der Liliencrons gefahren sein. Wenn aber nur Herr Maybach darin saß? Seine Frau könnte um diese Zeit längst zusammen mit einem Komplizen in Berlin gewesen sein. Nach dem Mord an Jefferson gegen zehn Uhr hätte Frau Maybach im Pkw ihres Begleiters zurück nach Dessau fahren können. Sie wäre dort gegen Mitternacht eingetroffen. Bis zur angeblichen Abfahrt von den Liliencrons nach Hause hätte sie eine volle Stunde Zeit gehabt, bei ihren Gastgebern ein kräftiges Süppchen und einige Gläser Sekt zu genießen. So stelle ich mir den Ablauf vor", sagte Grimm.

„Deine Vorstellung in Ehren, Horst. Die Tat hatte aber eine lange Vorgeschichte, benötigte eingehende Kenntnisse und eine sorgfältige Vorbereitung. Wie sollte das Frau Maybach mit lädierter Gesundheit aus dem entfernten Kurort bewerkstelligen? Abwegig, würde ich sagen."

„Du hast doch die Maybach zur Leichenschau und zur Vernehmung bei mir nach Berlin bestellt, woher kanntest du ihre Kuradresse?"

„Die kannte ich nicht, und ich kenne sie bis heute nicht. Das lief über Herrn Maybach. Er hat dir ja klar gemacht, was der Arzt verlangt."

„Wir können es drehen und wenden. Es bleibt bei einem Verdacht", sagte Grimm.

„Nach Aussage von Frau Rübsam waren es zwei Polizisten."

„Verkleidete Polizisten, keine echten!"

„Wieso?"

„Wären es echte gewesen, hätten sie Frau Rübsam als Zeugin nicht am Leben gelassen."

„Du steckst in einer Sackgasse und gehst stur geradeaus, anstatt logischerweise umzudrehen", sagte Hagelstein.

„Der Vergleich mit der Sackgasse mag stimmen. Auch Zschoch hat mir nicht heraushelfen können. Aber es gibt ja auch Wege durch die Häuser hindurch."

„Wieso Zschoch?"

„Ich habe ihm die Maybach vorgeführt. Er hat leider nicht bestätigen können, dass sie die geheimnisvolle Frau gewesen ist, die mit ihrer Prämie Schwung in die Suche nach Pluto gebracht hat."

„Siehst du, auch diesbezüglich rennst du gegen die Wand. Du solltest dein Gesichtsfeld mal erweitern."

„Wohin denn? Gewiss, bei unserer Politischen Polizei oder bei der russischen GPU könnte man mit gutem Grund den Täter suchen. An diese Institutionen komme ich aber nicht heran. Da verbrenne ich mir die Finger, wenn ich sie nur ausstrecke."

„Dann machst du schlicht Dienst nach Vorschrift."

„Vorschrift! Ich beachte also, was Kaunitz dir ans Herz gelegt hat: ‚Ermitteln Sie bitte nicht allzu forsch im Mordfall Jefferson, lieber Hagelstein.' Alex, ich bin Kriminalist mit Leib und Seele. Halbherzigkeiten kann ich nicht ertragen."

46

„Wir freuen uns, dass es Ihnen wieder gutgeht, Kollegin Maybach. Man sieht, dass Ihnen die Kur bekommen ist. Sie können morgen wie gewohnt den Unterricht wieder aufnehmen. Es hat sich für Sie nichts geändert. Ich habe alles vorbereitet", sagte die Rektorin des Königin-Sophie-Charlotte-Gymnasiums.

Nach Begrüßung der Kollegenschaft verließ Vera Maybach die Schule und kehrte nach einem Stadtrundgang mit etlichen Besorgungen in ihre Wohnung zurück. Sie klingelte später bei ihrer Nachbarin, die sie hocherfreut hereinbat. Vera Maybach übergab ihr einen Strauß Blumen nebst einer Holzkiste mit zwei Flaschen erlesenen, französischen Rotweins. „Das ist ein kleines Dankeschön dafür, dass du dich so lange Zeit um meine Wohnung gekümmert hast", sagte sie.

Man unterhielt sich eine Weile. Danach holte Vera Maybach die Post des Tages aus ihrem Briefkasten. Sie fand eine Telefonrechnung, eine Nachricht vom Schulbuchverlag, eine Mitteilung des Elektrogeschäftes, dass sie ihr repariertes Radio abholen könne, schließlich eine bunte Ansichtskarte des Schlosses Sanssouci. Sie drehte die Karte um: „Liebe Vera, ich besuche mit Familie am Samstag das umseitige Schloss. Mal eine Gelegenheit, sich wiederzusehen. Falls Du Zeit und Lust hast, schlage ich als Treffpunkt das chinesische Teehaus vor. Wäre sechzehn Uhr recht? Herzliche Grüße, Simon."

Das vereinbarte Zeichen für ein Treffen!

Es war noch nicht die Zeit des Frühlings. Ab und zu tauchte die Sonne zwischen Wolkenfeldern auf, ohne die kühle Luft zu erwärmen. Dennoch vergnügten sich eine Menge Spaziergänger auf den Wegen des Potsdamer Parks. Zwischen Langläufer, Radfahrer, Hundebesitzer und ballspielende Kinder mischten sich die Ausflügler, einige sogar mit Führer. Am Teehaus begrüßte Vera Maybach ein Ehepaar mit drei Kindern. Nach wenigen Schritten und dem Austausch einiger Belanglosigkeiten ging die Frau mit den Kindern zum Schloss Charlottenhof weiter, während der Mann mit Vera Maybach einen seitwärtigen, schmalen Parkweg einschlug.

„Wie geht es Ihnen?" fragte Simon.

„Ich hatte vor einiger Zeit Herzprobleme. Ich war deswegen in ärztlicher Behandlung. Jetzt geht es mir wieder gut."

„Ihre Scheidung?"

„Steht kurz bevor."

„Haben Sie den Bericht?"

„Ja." Vera Maybach drückte Simon einen Mikrofilm in die Hand, den er sofort in der Tasche verschwinden ließ.

„Was ist drauf?" fragte er.

„Diesmal nichts zu meinen Kernthemen Schule, Bildung und Kultur. Ich habe mal die Stimmung in der Bevölkerung eingefangen. Sie rückt von Monat zu Monat weiter nach rechts. Es ist nur eine Frage der Zeit, bis Hitler mit seinen Nationalsozialisten die Macht übernimmt, entweder über Wahlen oder auf anderem Wege."

Hinter der Fassade einer gutgehenden Apotheke im Berliner Bezirk Tempelhof steuerte und überwachte Simon Hesse die Arbeit der zahlreichen Agenten und Helfer der GPU-Auslandsabteilung im Deutschen Reich. Vera Maybach hatte sich schon im Gefangenenlager Perm der Geheimpolizei – damals Tscheka – angeschlossen und ihre Stellung bei der Organisation auch nach Übersiedlung ins Deutsche Reich beibehalten. Gebildet, intelligent, weltanschaulich gefestigt und sensibel für Stimmungen und Entwicklungen in der Gesellschaft, zählte sie zu den besonders fähigen Agenten der sowjetischen Geheimpolizei. Regelmäßig lieferte sie ihren aktuellen Report unauffällig, an jeweils wechselnden Orten, beim Apotheker Hesse ab. Mitunter übertrug man ihr auch heikle Sonderaufgaben, sofern sie diese unauffällig neben ihrem Beruf und ihrem Privatleben erledigen konnte.

Sie nahmen auf einer entlegenen Bank Platz. Simon zog eine Mappe aus dem Rucksack, woraus etliche rote Fähnchen herausragten. „Das ist Ihr vorheriger Bericht, Genossin."

„Ist er nicht in Ordnung?"

„Im Gegenteil, er ist vorzüglich. Es geht mir um etwas anderes. Erinnern Sie sich noch an Ihre Zitate darin?"

„Es waren einige Zitate aus Hitlers ‚Mein Kampf'."

„Richtig, daran möchte ich Sie jetzt kurz erinnern."

„Weshalb?"

„Das werden Sie gleich erfahren. Sie haben mit Ihren Zitaten folgendes belegt. Erstens: Hitler sieht im Bolschewismus den Erzfeind des Reiches, der sich die Weltherrschaft aneignen will. Hinter dem bolschewistischen Machtstreben stecken nach Hitlers Ansicht die Juden. Zweitens: Hitler sieht es als unvermeidbar an, den Grund und Boden für das deutsche Volk zu erweitern. Neues Land will er von Russland und seinen Randstaaten gewinnen. Drittens: Kulturbegründer und Kulturträger sind die Arier. Die Slawen gelten in Hitlers Augen als minderwertig. Sie zählen zu den Kulturzerstörern. Das Fazit: Russland ist also der Erzfeind, dient als Bodenlieferant, sein Volk ist in allen Belangen minderwertig. Das sind verkürzt einige Ihrer Folgerungen aus Hitlers Buch", schloss Simon.

„Richtig."

„Wie sieht eine Genossin mit russischen Wurzeln und russischem Pass ihre Zukunft im nationalsozialistischen Rassen- und Expansionsstaat, sollte er Wirklichkeit werden?" fragte Simon.

„Nicht sehr rosig, wenn ich bedenke, wie man zurzeit schon in der Republik mit den Juden umgeht. Das sind Menetekel, die man nicht übersehen kann."

„Haben Sie über Konsequenzen für sich nachgedacht, Genossin?"

„Nicht vertieft, muss ich zugeben."

„Andere haben das getan. Nur wenige unserer Mitarbeiter im Reich sind Russen, durch Heirat oder Geschäfte hierher verschlagen. Die GPU möchte, bevor es zu spät ist, für diese Gruppe gewisse Weichen stellen."

„Wollen Sie andeuten, dass ich zurück in die Sowjetunion soll?"

„Nicht nur andeuten. Wir befehlen unseren Landsleuten den Rückzug. Wir möchten unsere fähigen Agenten nicht verlieren."

„Und was geschieht mit den deutschen Agenten der GPU wie mit Ihnen zum Beispiel, Genosse? Sie sind doch nicht minder gefährdet."

„Sofern die deutschen Agenten Arier sind und keine Juden, gelten sie nicht als Volksfeinde und Untermenschen. Darin liegt ein kleiner Unterschied. Wenn sie geschickt genug sind, bleiben sie ungeschoren."

„Wann soll ich zurück?"

„Alsbald nach Ihrer Scheidung. Hitler könnte unerwartet schnell an die Macht kommen."

„Wie stellen Sie sich das vor? Ich habe hier einen Beruf."

„Ganz einfach! Sie packen Ihre persönlichen Sachen ein und reisen ab nach Moskau oder Leningrad. Um die Formalitäten kümmert sich die russische Botschaft. Um Ihre Zukunft brauchen Sie sich keine Sorgen zu machen. Sie können an einer Schule Ihrer Wahl unterrichten. Eine möblierte Wohnung ist Ihnen sicher. Auch bei der GPU warten neue Aufgaben auf Sie. Ich bin befugt, Ihnen das zu garantieren."

„Und wenn ich mich weigere?"

„Genossin Maybach! Sie werden doch nicht einen Befehl verweigern! Da ist aber noch etwas anderes."

„Bitte?"

189

„Sie leben mit dem Kripobeamten Hagelstein aus Berlin zusammen. Durch ihn sind Sie an Informationen über den Aufenthalt und das Leben des Deserteurs Oleg Raditschew alias Otto Lauber herangekommen. Sie haben Ihre Informationen an uns weitergegeben, was wir sehr zu schätzen wissen. Nachdem Raditschew gestorben ist, hat Hagelstein keinen Wert mehr für uns. Im Gegenteil: Diese Beziehung erscheint uns höchst riskant. Eine GPU-Agentin teilt das Bett mit einem Oberkommissar der Kripo! Es ist nur eine Frage der Zeit, bis der Schnüffler hinter Ihre Agententätigkeit kommt, Genossin. Sie werden sich umgehend von ihm trennen müssen."

„Ich wohne nicht mehr bei ihm. Ich lebe wieder in Dessau."

„Es geht nicht um Ihre Wohnung, es geht um Ihre Beziehung."

„Ich kann mich nicht von ihm trennen."

„Dann werden wir nachhelfen müssen. Sie sind lange genug bei der GPU, um zu wissen, wie das geht. In maximal zwei Wochen erwarte ich Ihre Vollzugsmeldung."

47

Das Telefon störte Hagelstein beim Aktenstudium.

„Hallo Alex, ich bin geschieden! Ab jetzt heiße ich Orlow. Das sollten wir feiern. Ich komme nach Berlin."

„Gratuliere! Dann mache ich früher Schluss. Kommst du mit dem Zug?"

„Nein, mit dem BMW. Gegen sechs Uhr könnte ich bei dir sein. Stell ein kleines Programm zusammen, bitte."

Hagelstein erinnerte sich an das letzte Gespräch mit seinem ehemaligen Abteilungsleiter Dr. Koch. Koch hatte ihm das Vergnügungsviertel in seiner Nachbarschaft schmackhaft gemacht.

Sie erschien in einem bordeauxroten, am Saum mit Blumenmustern bestickten Kleid, wozu ein offenes Westchen gehörte. Vor der Wohnungstür wirbelte sie auf ihren hohen Absätzen mehrmals herum, dass sich das Kleid bis über die Knie hob. „Das habe ich aus meiner Heimat mitgebracht. Ich trage es nur zu besonders festlichen Anlässen."

Selten hatte Hagelstein sie so ausgelassen erlebt. Er drückte die Tür mit der Schuhspitze ins Schloss, sobald Vera eingetreten war. Dabei hätte er fast das Gleichgewicht verloren, so heftig hielt sie ihn umschlungen.

Mit manchen Geschenken geht das Leben recht sparsam um. Selten können Sinnlichkeit und Gefühle sich so stark in der Gegenwart verdichten, dass ein Empfinden entsteht, dem eigenen Ich mit allem, was gewöhnlich daran hängt, entkommen zu sein, um sich in einer unbeschreiblichen Einheit wiederzufinden. Solche Momente unbändigen Glücks setzen sich in der Erinnerung fest wie grüne Oasen, die man in der Wüste des Alltags gerne aufsucht, um sich zu erquicken. Die Stunden, die Hagelstein und Orlow an diesem Abend gemeinsam verbrachten, trugen diese Zeichen. Sie hatten zunächst das Varieté besucht, waren danach beim Lustigen Bosniaken zum Essen eingekehrt, um schließlich den Abend in der Bar Livadia ausklingen zu lassen. Nach Mitternacht traten sie aus der Bar in die fast menschenleere Straße hinaus, über der nächtliche Stille lag. Sie erreichten bald die nächste Haltestelle, wo sie eine Weile warten mussten, ehe die beleuchtete Straßenbahn heranrasselte.

„Ich habe dich gar nicht gefragt, ob du heute früh in die Schule musst", sagte Hagelstein.

„Nein, ich habe mir einen Tag freigenommen. Und du? Musst du pünktlich in den Dienst?"

Hagelstein überschlug seinen Terminkalender. „Ab Mittag sollte ich präsent sein."

Sie lehnte ihren Kopf an seine Schulter. Auf ihrer Haut lag noch der Geruch von Zigarettenrauch aus der russischen Bar.

48

Kommissar Grimm ließ nicht locker. Unbeirrbar hielt er an seinem Verdacht fest, wonach Vera Maybach in irgendeiner Form an der Ermordung des John Jefferson beteiligt sein sollte. Er berief sich dabei auf sein Gespür, das ihn noch nie im Stich gelassen habe.

Kaum saß Hagelstein nach der Mittagszeit in seinem Büro, stürmte Grimm herein und eröffnete ihm, dass er auf dem Weg zu Frau Rübsam sei, die er befragen wolle.

„Auch nach Dessau werde ich fahren, um mir die Beteiligten nochmals vorzuknöpfen. Bei der Gelegenheit werde ich mir den Garten der Liliencrons näher ansehen."

„Weshalb den Garten?"

„Sollte die Maybach nach dem Mord nachts nach Dessau gefahren und bei den Liliencrons untergeschlüpft sein, wird sie nicht die Haustür von der Straßenseite her benutzt haben, sondern die Terrassentür oder den rückwärtigen Kellereingang. Der Weg dorthin führt durch den Garten."

„Mit dieser Idee kommst du recht spät, Horst. Nach zwei Wochen und dem Regen zwischendurch willst du noch Spuren finden?"

„Wer weiß? Wir sollten nichts unversucht lassen. Aber jetzt möchte ich zu Frau Rübsam."

„Ich komme mit. Mich kennt Frau Rübsam bereits. Das wird sie gesprächiger machen."

Hagelstein nahm seinen Mantel vom Haken.

„Ach, der nette Kommissar! Treten Sie doch näher", sagte Frau Rübsam, deren Veränderung Hagelstein erstaunte. Aus der blassen, geschwächten, verängstigten Patientin war eine kräftige, rotwangige, freundlich und bestimmt dreinblickende Frau geworden, die ihn und den Kollegen Grimm mit festem Händedruck begrüßte. Frau Rübsam räumte einige Zeitschriften und eine leere Kaffeetasse von einem Glastisch, bevor sie Platz nahmen. Hagelstein auf einer nagelneuen Ledercouch, Grimm in einem dazu passenden Sessel. In den Sessel gegenüber sank Frau Rübsam hinein. Es roch angenehm nach frischem Leder. Auch Schrank, Teppich, Beistelltisch und der Sekretär in der Ecke hatten das Möbelgeschäft offensichtlich erst vor kurzem verlassen.

„Sie sehen, Herr Kommissar, mir geht es wieder gut. Was kann ich diesmal für Sie tun?"

„Haben Sie inzwischen eine neue Stelle gefunden?" fragte Hagelstein.

„Leider noch nicht."

„Zunächst möchten wir Sie fragen, Frau Rübsam, ob Sie wissen, was Herr Jefferson in seinem Tresor aufbewahrt hat."

„Nein, er sorgte immer dafür, dass ich nicht in der Nähe war, wenn er ihn öffnete."

„Das Versteck des Schlüssels kannten Sie aber."

„Ja, das habe ich Ihnen doch schon erzählt, Herr Kommissar."

„Wo lag denn der Schlüssel?"

„In einer Buchkassette im Regal."

„Und Sie waren wirklich nicht in Versuchung, mal einen Blick in den Tresor zu werfen?"

„Ehrlich gesagt, es hätte mich schon interessiert, was in der Stahlkiste lag."

„Ist Herr Jefferson schon mal mit einem hohen Gewinn von der Spielbank zurückgekommen?"

„Ich weiß es nicht. Gefragt habe ich ihn danach nie."

„Weshalb haben Sie ihn nicht gefragt? Ich meine, das ist doch eine spannende Geschichte."

„Das mochte Herr Jefferson nicht. Wenn ich etwas wissen sollte, hat er es mir gesagt. Ich hatte keine Lust, mich anpfeifen zu lassen."

„Sie sagten mir aber vor kurzem, Herr Jefferson sei ein vornehmer Herr gewesen."

„Vornehm auf seine Art. Er ließ mich gewähren, er mischte sich nicht in meine Arbeit ein. Er war aber schwankend. Mal sprach er mit mir, manchmal sogar recht freundlich, mal behandelte er mich, als sei ich Luft für ihn. Dann war er in Gedanken vertieft und sah und hörte nichts. Ich habe mich darauf eingestellt."

Hagelstein verständigte sich mit Grimm durch einen Blick.

„Bekanntlich verbessert sich das Gedächtnis, wenn man gesund wird und einigen Abstand zu den Dingen gewinnt. Ist Ihnen zu dem Überfall auf Sie und dem anschließenden Mord vielleicht noch etwas eingefallen, Frau Rübsam?" fragte Grimm.

„Alles, woran ich mich erinnern konnte, habe ich Herrn Hagelstein gesagt."

„Denken Sie trotzdem noch mal nach. Den größeren Schupo haben Sie gut beschrieben. Können Sie zu dem anderen denn gar nichts sagen?"

„Wortführer war der große Polizist. Er hat mich auch mit der Pistole bedroht. Der andere hielt sich zurück. Den habe ich gar nicht beachtet."

„Aber als die beiden vor der Haustür standen, mussten Sie doch genauer hingeschaut haben."

„Der zweite Schupo stand halb verdeckt hinter dem Wortführer."

„Es fällt Ihnen also nichts mehr ein?"
„Nein, leider."
„Wir danken Ihnen, Frau Rübsam. Möglicherweise kommen wir Sie nochmals besuchen."
„Aber gern, meine Herren."
Im Treppenhaus begegneten die beiden Kommissare einem Mann, der sie aufdringlich musterte.
„Haben Sie bei den Rübsams den Kuckuck angebracht?" fragte er.
„Wieso?"
„Sie machen einen amtlichen Eindruck, beide. Und ich habe Sie vorher bei den Rübsams reingehen sehen."
„Wie kommen Sie auf den Kuckuck?"
„Weil die Rübsams sich überschuldet haben müssen. Die Wohnung neu eingerichtet, und das vom Feinsten! Übermorgen reisen sie für zwei Wochen nach Rügen, was auch nicht billig ist. Das ist doch seltsam. Oder?"
„Die Rübsams haben eben ihr Erspartes aufgebraucht. Sie gönnen sich halt was", entgegnete Grimm.
„Kann sein oder auch nicht." Damit stieg der Mann an ihnen vorbei die Treppe hinauf.
Auf der Straße blieb Grimm stehen. „Nach wie vor müssen wir uns fragen, wo der Inhalt aus Jeffersons Tresor geblieben ist", sagte er.
„Vielleicht war überhaupt nichts drin. Vielleicht steckt ein Teil davon aber bereits in Rübsams neuen Möbeln."
„Rübsams Geldquelle werden wir überprüfen müssen."
„Übernimm du das. Aber was ich noch wissen wollte, Horst: Wann wirst du nach Dessau fahren?"
„Morgen oder übermorgen. Willst du mitkommen?"
„Nein. Ich habe dir bereits gesagt, dass du dich in etwas verrennst. Die Maybach hat zwar ein Motiv, aber sie kann nicht die Mörderin sein. Auf Abwegen möchte ich dich nicht begleiten."
„Ordne doch an, dass ich meine Ermittlungen gegen sie einstellen soll."
„Warum sollte ich? Hol dir deine Beulen, wenn du unbedingt willst."

49

„Alex, würdest du deinen Kollegen Grimm bitte zurückpfeifen." Vera Maybachs Stimme pendelte im Hörer zwischen laut und leise, immer wieder von einem Knacken unterbrochen.

„Ich höre dich nur undeutlich, die Leitung ist gestört. Sprich bitte lauter."

„Dein Kollege Grimm wird hier langsam lästig. Den Liliencrons stiehlt er die Zeit mit Fragen, die längst beantwortet wurden. Dazu ist er eine Stunde lang kreuz und quer durch deren Garten gelaufen, um irgendwelche Spuren zu suchen. Mich hat er versucht, mit hinterhältigen Tricks reinzulegen. Sollte er nochmals auftauchen, werde ich ihm die Tür weisen. Auch die Liliencrons werden ihn zum Teufel schicken. Also bitte, unternimm was, Alex."

„Ich werde mit ihm reden."

„Das genügt nicht. Du musst diese fruchtlosen Ermittlungen gegen mich einstellen."

„Das könnte nach dem Gespräch mit ihm herauskommen."

„Ich hoffe es. Kommst du am Sonnabend nach Dessau?"

„Ja, wie üblich."

„Komm bitte später. Wir haben nach dem Unterricht noch Konferenz. Wenn du mit dem Vier-Uhr-Zug ankommst, kann ich dich abholen."

Zur verabredeten Zeit stieg Hagelstein im Dessauer Bahnhof aus dem Zug. Hinter seinem Rücken hielt er einen Strauß Teerosen, die Vera so liebte. Doch er konnte sie auf dem Bahnsteig nicht entdecken. Also ging er in die Halle. Aber auch dort war nichts zu sehen von Vera. Er wartete eine Viertelstunde, dann bestieg er ein Taxi. An der Wohnungstür klingelte er vergeblich. Schließlich öffnete er die Tür mit dem Schlüssel, den Vera ihm überlassen hatte. Er ging von Zimmer zu Zimmer und suchte nach irgendeiner Nachricht. Mit geübtem Blick erkannte er schnell, dass an einigen Stellen persönliche Sachen fehlten: aufgestellte Fotos, die Lieblingsbücher auf dem Nachttisch, Zahnbürste, Parfum und die Schminksachen im Bad. Hagelstein zog einige Schubladen auf. Veras Pistole lag nicht an ihrem Platz. Das Bündel Briefe war verschwunden. In der Abstellkammer schließlich stellte er fest, dass beide Koffer fort waren.

Eine Minute lang stand Hagelstein wie gelähmt im Flur. Eine Reise hätte Vera ihm angekündigt. Ihr musste etwas zugestoßen sein, etwas Übles. Seine Brust zog sich zusammen. Es fiel ihm schwer zu atmen. Er gab sich einen Ruck und klingelte bei der Nachbarin.

„Frau Maybach verschwunden? Aber die habe ich gestern Abend noch gesehen. Sie kam spät von der Schule mit einem Packen Hefte unterm Arm." Unbehaglich musste die Frau sich fühlen, so wie Hagelstein sie anstarrte, ohne ein Wort zu sagen. Schließlich holte sie ihm ein Glas Wasser.

„Sie muss verreist sein", brachte er schließlich heraus.

„Ohne sich zu verabschieden! Das ist nicht Frau Maybachs Art. Beruhigen Sie sich, die Sache wird sich schon aufklären."

„Sie muss in der vergangenen Nacht verschwunden sein. Haben Sie irgendetwas gehört?"

„Nichts. Ich schlafe gewöhnlich wie ein Bär. Aber fragen Sie doch mal den Hausmeister."

„Danke." Hagelstein setzte sich auf eine Treppenstufe und starrte in die Tiefe. Den Rosenstrauß hielt er umklammert, dass die Fingerknöchel weiß hervortraten. Nach einer Weile ging er in die Wohnung zurück, legte die Rosen auf den Küchentisch und suchte den Hausmeister auf. Der wusste von nichts.

Aus der nächsten Telefonzelle rief Hagelstein Albrecht Maybach an.

„Keine Ahnung, wir sind ja inzwischen geschieden, wie Sie wissen werden", lautete die Auskunft. Auf dem Weg zurück zum Bahnhof brach Hagelstein in haltloses Schluchzen aus. Keines klaren Gedankens mehr fähig, bestieg er den nächsten Zug nach Berlin. Zum Glück hatte er am Sonntag keine Bereitschaft.

Zum Frühstück am Montag musste Grimm allein in die Kantine, da Hagelstein sich krank gemeldet hatte. Schwere, fiebrige Grippe. Dienstagnachmittag rief die Kripo Dessau bei Grimm an.

„Sie ermitteln doch in der Mordsache Jefferson, Kollege. Darin ist unseres Wissens Frau Vera Maybach aus Dessau irgendwie involviert. Ihre Dienststelle, also das hiesige Mädchengymnasium, hat sich bei uns gemeldet. Frau Maybach ist bereits mehrfach vom Unterricht ferngeblieben, ohne sich mit einem Wort zu entschuldigen. Sie geht weder ans

Telefon noch öffnet sie die Wohnungstür. Wir haben dann die Wohnung durchsucht. Da war sie nicht. Die Nachbarin will Frau Maybach am vergangenen Freitag das letzte Mal gesehen haben. Sie erzählte uns, dass am Sonnabend ein Bekannter oder Freund der Frau Maybach aufgetaucht sei. Der Mann sei völlig verstört gewesen, weil er sie in der Wohnung nicht angetroffen habe. Nein, den Namen kannte die Nachbarin nicht. Wissen Sie vielleicht, Kollege, was da los ist?"

„Ich fürchte, nein. Maybach gehört zum weiteren Kreis der Verdächtigen. Fluchtgefahr haben wir bisher nicht angenommen, sonst säße sie schon in Haft. Jetzt sieht die Sache anders aus. Wir werden die Fahndung nach ihr einleiten."

50

„Eine Inventur ist fällig." Hagelstein holte seinen Kollegen Grimm einige Tage später zum Frühstück ab. Grimm schob sich zwei Stücke Apfelkuchen auf den Teller. Hagelstein, der einen dicken Schal um den Hals trug, nahm einen Tee mit Zitrone.

„Ist das ärztliche Gutachten über Laubers Forschungen inzwischen eingetroffen?" fragte Grimm.

„Der Gutachter hat es für die nächsten Tage angekündigt. Er hat dem telefonisch ein wenig vorgegriffen. Lauber hat sich auf die Erforschung und Untersuchung von Hirnströmen, Hirnnerven und Hirnregionen konzentriert. Der Zusammenhang zwischen Körperfunktionen und Denkprozessen, also zwischen Materie und Geist, hat ihn besonders beschäftigt. Immer wieder hat er todesnahe Erfahrungen und Erlebnisse analysiert."

„Gleichzeitig hat er medizinische Geräte aller Art entwickelt. Der Mann war genial. Ist seine Forschung denn für die Wissenschaft brauchbar?" Grimm spießte sich ein winziges Stück Kuchen auf die Gabel.

„Der Gutachter meint, einiges sei bahnbrechend."

„Am Ende wird Lauber auch noch posthum ausgezeichnet."

„Dem dürften seine Versuchsopfer im Wege liegen. Seid ihr bei der Suche vorangekommen?"

„Außer den beiden Leichen im Kühlfach, die inzwischen als Tecumseh und der letztlich vermisste Arbeitslose identifiziert worden sind, haben wir bisher keine gefunden. Der Radius ist zu groß."

„Eine Zeitlang setzen wir die Arbeit fort", bestimmte Hagelstein.

„Sarah Pedersen und Willi Justus? Wie steht es damit?" fragte Grimm.

„Dazu haben wir leider zu wenig."

„Ich kann dem wenigen etwas hinzufügen. Erinnere dich an die Kyffhäuser Dokumentation, die wir auf Laubers Schreibtisch gefunden haben. Ich habe die beiden Bände mal durchgeblättert. Worauf bin ich gestoßen? Neben den Namenskürzeln von Willi Justus und Sarah Braun beziehungsweise Pedersen und Vera Maybach hat Lauber jeweils ein dickes, schwarzes Kreuz aufgemalt. Lauber hatte den Tod dieser Personen beschlossen."

„Oder die Kreuze nachträglich aufgebracht, nachdem er vom Tod der Besagten erfahren hatte", wandte Hagelstein ein.

„Dann dürfte bei Vera Maybach kein Kreuz stehen."

„Gut, nehmen wir an, er hat die Todesurteile gefällt. Aber aus welchem Grund machte er das zwölf Jahre nach Ende des Krieges?" fragte Hagelstein.

„Dafür habe ich eine Erklärung. Schon im Jahre 1923 wurde die Dokumentation angekündigt. Das Vorhaben ist dann aber ins Stocken geraten. Veröffentlicht wurde das Werk, wie du wissen wirst, erst vor einem halben Jahr. Erst jetzt konnte Lauber nachlesen, dass seine Vertrauten und Bekannten von damals ihn schwer belastet haben. Damit hatte er vermutlich nicht gerechnet. Wie auch immer, lebende Belastungszeugen sind gefährlich. Deshalb beseitigte er sie, bis auf Frau Maybach, die ihm entwischte."

„Das klingt schlüssig und passt zu einer Bemerkung von Frau Maybach. Ihr gegenüber hatte Willi Justus mal angedeutet, er werde für eine Sensation sorgen. Möglicherweise meinte er damit Lauber. Sollte er Lauber aufgespürt und kontaktiert, vielleicht sogar erpresst haben, wäre das ein zusätzliches Motiv für Lauber gewesen, die alten Bekanntschaften auszulöschen. Ordnen wir also die beiden Morde Lauber zu. Weitere Ermittlungen stellen wir ein", schloss Hagelstein.

„Dann wären wir bei Hannes Voigt. Erklären wir es so, dass Lauber irgendwo in den Spreewerken auf Voigt gestoßen ist. Voigt könnte etwas entdeckt haben, was Lauber nicht passte, oder ihn hat Voigts Depot im Keller so dicht bei dem Schacht gestört. Deshalb musste Voigt sterben. Als Lauber die Leiche beseitigen wollte, wird ihm dieser Stadtstreicher, Jakob Kluge, in die Quere gekommen sein. Deshalb musste auch er sterben. Wir können uns ausmalen, wie er in den Kanal gelangt ist. Zunächst hat Lauber ihn betäubt, danach ertränkt. Lauber hat die Spuren so hinterlassen, dass Kluge in Verdacht geraten musste, der Mörder von Voigt zu sein. Das Ganze passt genau in die Hirnwindungen Laubers, der mit Toten schnell bei der Hand war. Auch die Schlinge um Voigts Hals trägt Laubers Handschrift. Erreicht hat er jedenfalls, dass die Luft in den Spreewerken für ihn wieder rein war."

„Nehmen wir das so an. Ich denke, weitere Ermittlungen in dieser Sache erübrigen sich. Sollten wir uns getäuscht haben, bleibt der Mord an Jakob Kluge hängen. Einen Dritten, noch Unbekannten, möchte ich ausschließen", sagte Hagelstein.

„Es bleibt noch die Hauptsache, der Mord an Jefferson. Die Rübsams haben damit nichts zu tun. Frau Rübsam hat von ihrem Vater eine Menge Geld geerbt. Damit konnten sich die Rübsams einiges leisten. Von Vera Maybach keine Spur. Nicht ein einziger brauchbarer Hinweis auf sie. Ich befürchte, sie ist uns unter ihrem Mädchennamen Orlow über die Ostgrenze entwischt. Ich habe bei der ostpreußischen Grenzpolizei angefragt. Sie prüfen die Ausreiselisten. Ich erwarte stündlich eine Antwort", sagte Grimm.

„Kaunitz hat angedeutet, dass er von weiteren Ermittlungen nicht viel hält. Ich schätze, es wird nicht mehr lange dauern, bis wir die Einstellungsverfügung auf dem Tisch haben", prophezeite Hagelstein.

Grimm schob das ganze Randstück seines Kuchens auf einmal in den Mund.

„Schluck deinen Ärger runter, Horst. Unser Arm ist nicht lang genug, um Jeffersons Mörder zu erreichen. Ich war ja von Anfang an skeptisch. Sollte das Verfahren auf höhere Weisung eingestellt werden, bleibt der Misserfolg nicht an uns hängen. Betrachte die Sache doch mal von dieser Seite", ergänzte Hagelstein.

„Dann könnten wir doch heute schon einen Schlussstrich unter das Ganze ziehen."

„Im Grunde schon. Ich erwarte keine Überraschungen bei diesem Mordfall."

51

Es war ein schwerer Brief, den Hagelstein in der Hand hielt, als Einschreiben zugestellt. Absender: Albrecht Maybach. Er riss ihn sofort auf. Zwischen einem gefalteten Briefbogen lag ein dickes Kuvert ohne Anschrift. Er faltete den Bogen auseinander und las.
„Sehr geehrter Herr Hagelstein!
Vera hat mich gebeten, Ihnen den beigefügten Brief frühestens eine Woche nach Ihrer Abreise zukommen zu lassen. Dieser Bitte komme ich hiermit nach.
Hochachtungsvoll
Albrecht Maybach."
Hagelsteins Hände zitterten, als er den Brief nahm und öffnete.
„Lieber Alex!
Bitte vernichte diesen Brief nach der Lektüre und verschließe das Gelesene in Deinem Inneren wie in einer Gruft.
Ich möchte mich nicht bei Dir entschuldigen für meine plötzliche, Dich bestimmt schockierende Abreise. Ich hatte keine andere Wahl bei meinem Handeln, es sei denn, ich hätte mich selbst getötet. Ja, das war der einzige Rest an Freiheit, der mir geblieben ist. Koffer packen und abreisen oder sich in den Kopf schießen, bevor das ein anderer tut. Ich habe Dich nicht einmal informieren dürfen, während die Vorbereitungen liefen. Ich kann Dir nicht schildern, was dabei in mir vorgegangen ist. Stell Dir vor, ich hätte nicht geschwiegen, sondern Dir mitgeteilt, was Du in diesem Brief gleich lesen wirst. Es hätte zu Auseinandersetzungen geführt zwischen uns, vielleicht sogar zu Streit. Oder Du hättest mich sogar verhaftet. Unser letzter gemeinsamer Abend, unsere letzte gemeinsame Nacht wäre ganz anders verlaufen, belastet, verhangen, vielleicht wäre sie sogar ganz gestrichen worden. Ich habe diese Stunden wie im Rausch mit Dir verbracht, so als gäbe es das Schreckliche nicht, als läge eine gemeinsame Zukunft vor uns. Was Du bisher nicht gewusst hast: Ich bin Agentin der GPU. Ich habe mich schon damals im Lager Perm der sowjetischen Tscheka angeschlossen. Seitdem bin ich dabei. Ohne Hilfe der Tscheka hätte ich das Lager in Begleitung des deutschen Offiziers Albrecht Maybach nicht Anfang 1918 verlassen und Maybach schon in St. Petersburg, wie die Stadt damals noch hieß, heiraten kön-

nen. Auch unsere gemeinsame Ausreise über Finnland ins Reich hatte die Tscheka ermöglicht. So wurde ich sowjetische Spionin in Dessau, nahe der Hauptstadt. Ich habe für Moskau Berichte verfasst. Mag sein, dass mich auch die Vorteile gereizt haben, die ich als Tschekistin genoss. Im Vordergrund aber stand und steht meine Überzeugung, dass der Marxismus-Leninismus uns zum Ziel der klassenlosen Gesellschaft in Freiheit und Gerechtigkeit führt. Daran mitzuwirken, sehe ich als meine Aufgabe an.

Die politische Entwicklung im Deutschen Reich wird auf eine Herrschaft der Nationalsozialisten hinauslaufen. Als Russin gehöre ich nicht zu der arischen Rasse, gelte somit als minderwertig. Der Schutz, den mir vielleicht die Ehe mit Albrecht hätte geben können, ist nach der Scheidung entfallen. Die von den Nazis zu erwartende Rigorosität würde nicht nur meine Arbeit in der GPU gefährdet haben, sondern auch mich selbst. Das gilt gleichermaßen für meine GPU-Genossen russischer Herkunft im Reich. Kurz und gut, ich bekam den Befehl aus Moskau, zu packen und nach Ausspruch meiner Scheidung auszureisen. Auch eine sofortige Trennung von Dir forderte man. Vermutlich haben die hartnäckigen Recherchen Deines Kollegen Grimm, über die ich Samsonow laufend unterrichtet habe, die mir gewährte Frist noch verkürzt. Hätte ich mich geweigert, um bei Dir bleiben zu können, wäre ich jetzt nicht mehr am Leben. Trotzdem, ich hatte es erwogen. Ein kühner Gedanke, nochmals unterzutauchen, wie kürzlich vor dem mordlüsternen Otto Lauber. Ein kühner Gedanke auch, was unsere gemeinsame Zukunft in einem Hitlerstaat betrifft. Ich hätte fortwährend in Angst leben müssen, dass mich die GPU trotz allem aufspürt und liquidiert, wie sie das mit Deserteuren und Klassenfeinden tut. Und ich hätte wie auch immer meine slawische Herkunft zu spüren bekommen. Was aber viel schmerzlicher gewesen wäre, ich hätte meine Arbeit für den Sozialismus an den Nagel hängen müssen. Was ist ein Leben wert, das gegen die eigene Überzeugung geführt werden muss? Nein, Alex, im Reich hätte ich meine Zukunft an Deiner Seite nicht gefunden. Ich werde nicht wieder zurückkehren. Und Du? Würdest Du mir in die UdSSR folgen? Deinen Beruf als Polizist würdest Du aufgeben müssen, Deine Pension wäre gestrichen. Dazu kämen Hürden über Hürden, um überhaupt einreisen zu können. Gewiss, als Kommunist hättest Du eine Chance. Für sozialistische Emigranten haben wir immer einen Platz. Doch müsstest Du Deine politische Gesinnung schon mal irgendwo nachgewiesen haben. Opportunisten werden rasch ausgesiebt. Wenn die gegenseitige Hetzerei weiter zunimmt und gar zum politischen Stil wird, könnte es Dir mit deutscher Herkunft in der UdSSR sogar ähnlich ergehen wie mir unter lauter Ariern. Weißt Du einen Ausweg? Findest Du eine Lücke, durch die wir schlüpfen könnten?

Ich komme gleich zu Lauber oder Jefferson. Hier möchte ich aber anmerken, was immer da geschehen ist, die Trennung von Dir, Alex, ist Schmerz, tiefer Schmerz, und ich kann nicht absehen, wann sich daran etwas ändern wird. Es ist etwas zerrissen, das zusammengehört. Ich gebrauche nicht gern das abgegriffene Wort: Liebe. Fast so schlimm wie der Schmerz ist die Perspektivenlosigkeit, die ich eben geschildert habe. Meine berufliche Zukunft in Leningrad ist übrigens gesichert. Ich werde am Gymnasium unterrichten.

Aber nun zu Jefferson alias Lauber.

Als ich bei Dir in Berlin aufgetaucht war, wusste ich ebenso wenig wie alle anderen, wo sich Otto Lauber aufhielt. Stutzig wurde ich erstmals, als ich hörte, dass Ihr einen Mann sucht, der den Fuß nachzieht, und dass der Gesuchte in Zusammenhang mit dem Verschwinden von Stadtstreichern steht. Die Gründe für mein Aufhorchen liegen weit zurück in der Lagerzeit. Otto Lauber hat gehinkt. Und Otto Lauber hat sich in einem Gespräch mit Watutin verraten.

Wenn Watutin Gäste hatte, stand ich oft hinter der Tür und lauschte. Eines Abends kam Lauber zu Besuch. Die beiden unterhielten sich über alles Mögliche. Dann fragte Watutin, der Laubers tödliche Experimente kannte, was er, Lauber, denn in der Heimat ohne Gefangene machen würde. Die Herren hatten schon kräftig getrunken und sprachen ziemlich laut. ‚Ich mache dort weiter, wo ich hier aufgehört habe. Für meine Versuche werde ich mir Bettler, Invalide und Stadtstreicher besorgen. Die hole ich mir von der Straße. Ihr Verschwinden fällt nicht besonders auf.'

Als Du mir dann Einzelheiten über den Kanalgänger Pluto berichtet hattest, verstärkte sich bei mir die Vermutung, dass Ihr, ohne es zu wissen, Otto Lauber auf der Spur wart. Um die Suche zu intensivieren, habe ich dann den Wachtmeister Zschoch mit Geld versorgt. Später, als wir beide in den Kanal abstiegen, stießen wir unter der Bernauer Straße auf die Firma Medizintechnik. Ich bin später bei meinen Rundgängen um die alten Spreewerke herum auf weitere Unternehmen gestoßen, die mit

Medizin zu tun hatten. Aber besonders die Medizintechnik hat mich an Lauber als Erfinder und Forscher erinnert. Es fehlten mir noch wenige Steine in meinem Mosaik. Diese Steine besorgte ich mir bei einem Freund unserer Familie, dem Privatdetektiv Liliencron in Dessau. Er observierte für mich die Inhaber einiger Firmen, die ich ihm im Umkreis der Spreewerke benannt hatte, insbesondere der Firma Medizintechnik. Auf einem Foto, das sein Mitarbeiter von Jefferson gemacht hatte, erkannte ich Otto Lauber. Ich hörte von seiner Gewohnheit, jeden Freitag das Spielkasino Westend aufzusuchen. Von Dir wusste ich, was Ihr in der Russischen Botschaft besprochen hattet, vor allem, dass Samsonow seinen ehemaligen GPU-Offizier Raditschew alias Lauber, alias Jefferson liquidiert wissen wollte. Ironie des Schicksals, dass Samsonow mein Vorgesetzter ist! Ich habe den Genossen Oberst über meine Entdeckungen verständigt. Er war entzückt und bestellte mich sofort in die Sowjetische Botschaft. Hier plante er die Tat mit mir unter vier Augen. Du solltest wissen, dass ich in den vergangenen Jahren einige heikle Aufgaben für die GPU erledigt hatte. Ich genoss Samsonows Wertschätzung und sein Vertrauen.

‚Ich möchte, dass Sie persönlich dabei sind, Genossin Maybach, damit nichts schiefläuft. Das hohe Risiko für Sie und die GPU ist mir bewusst. Sie gehören zum Kreis der Verdächtigen, da Sie ein starkes Motiv haben, Raditschew alias Lauber zu beseitigen. Sie müssen mit Verhören und Ermittlungen der zuständigen Kripo rechnen. Dennoch möchte ich bei der Ausführung nicht auf Sie verzichten. Sie werden sich ein handfestes Alibi besorgen müssen. Fühlen Sie sich dem gewachsen?' fragte Samsonow.

‚Ohne Weiteres. Es wäre mir sogar eine Genugtuung', antwortete ich.

‚In Ordnung, Genossin. Ich werde Ihnen einen zuverlässigen Mann zur Seite stellen, der das Grobe erledigen wird. Wie stellen Sie sich die Ausführung vor?'

Es waren nur vier Personen eingeweiht: Samsonow, sein Stellvertreter, mein Komplize und ich.

Du könntest mir vorwerfen, dass ich Dich nicht unterrichtet habe, ja, Dich hintergangen habe. Bedenke dabei bitte die Lage der GPU. Jefferson war mundtot zu machen. Er durfte nichts über seine Arbeit in unserer Organisation ausplaudern. Wir hatten es in der Hand, dieses Ziel zu erreichen. Wir benötigten die Hilfe von deutscher Seite dazu nicht. Wären Dir meine Recherchen bekannt gewesen, was hättest Du unternommen? Hättest Du selbst, wie wir es planten, Jefferson auf der Stelle liquidiert? Ich bezweifle das. Eher hättest Du Deine Kripo mobilisiert oder gar die Politische Polizei. Wie das dann ausgegangen wäre, ist nicht absehbar. Nach Recht und Gesetz hättet Ihr Jefferson festnehmen müssen. Er wäre verhört worden, stundenlang, tagelang. Wenn Ihr ihn überhaupt gefasst hättet! Wer konnte sicher sein, dass Jefferson bei seinem Instinkt und seiner Intelligenz euch nicht im letzten Moment entwischt wäre? Kurzum, mit einer Information an Dich wäre für die GPU das Gesetz des Handelns verloren gegangen. Ich habe meine eigenen Motive, Jefferson zu töten, mal ganz ausgeklammert.

Der Plan war, Jefferson an einem Freitag, wenn er von der Spielbank zurückkam, in seiner Villa zu überraschen. Dass seine Haushälterin freitags länger blieb, wussten wir. Wir wollten uns als Schupos verkleidet Eingang verschaffen. Zuvor sind wir jedoch zum Spielkasino Westend gefahren. Fotos vermitteln nicht immer die letzte Sicherheit. Ich wollte mir Jefferson aus der Nähe ansehen, um jeden Irrtum auszuschließen. Ich saß also an der Bar und beobachtete von dort den Spielbetrieb, eine wunderschöne Perücke auf dem Kopf und eine getönte Brille auf der Nase. So schaffte ich mir Gewissheit über die Identität des Gesuchten, der eifrig an drei Tischen gleichzeitig spielte.

Gegen neun Uhr öffnete uns Frau Rübsam die Haustür. Was ihr dabei widerfahren ist, hat sie Dir ja ziemlich detailliert geschildert. Dass ihr Mann ausgerechnet an diesem Wochenende unterwegs war, wussten wir nicht. Wir rechneten damit, dass der Mord noch in der Nacht entdeckt und Frau Rübsam befreit würde.

Pünktlich wie immer kam Jefferson zurück. Er hatte die Haustür noch nicht geschlossen, da schlug ihn mein Begleiter hinterrücks mit einem Hammer nieder. Um sicherzugehen, zog er ihm danach mit einer Drahtschlinge den Hals zu.

Jeffersons Tresor war gefüllt mit Banknoten und etlichen Goldbarren, die wir mitnahmen, um einen Raubmord vorzutäuschen. Das landete alles auf Samsonows Tisch.

Natürlich hätten wir Jefferson kurzerhand schallgedämpft erschießen können. Uns schien es aber angebracht, eine Methode zu wählen, die nicht sogleich auf die Geheimdienste schließen ließ, zumal auch ein Raub damit verbunden war.

Nach der Tat, wir ließen die Haustür angelehnt, bestiegen wir das abseits geparkte Auto meines Begleiters und fuhren nach Dessau. Hier hatte ich mein Alibi vorbereitet. Das sollten unsere Freunde, die Liliencrons, liefern. Ihre Aussagen dazu sind Dir ja bekannt. Was Du aber nicht weißt: Während ich mich mit meinem Genossen in Berlin aufhielt, fuhr mein Mann pünktlich zur angesagten Zeit mit unserem cremefarbenen BMW bei den Liliencrons vor. Neben ihm saß eine Schaufensterpuppe, die Hut und Mantel von mir trug. Albrecht fuhr zunächst, um die Puppe unbeobachtet aus dem Auto zu heben, in die Garage hinein. Später stellte er das Auto sichtbar in der Nähe der Einfahrt ab. Mein Helfer und ich kamen gegen Mitternacht in Dessau an. Ich stieg in der Nähe der Liliencron-Villa aus. Von dort ging ich durch den Garten und betrat das Haus durch die seitliche Kellertür. Beim Abschied gegen ein Uhr veranstalten wir einen beachtlichen Lärm. Wir rechneten mit einer Nachbarin, die für ihre Neugier bekannt ist, und sich wiederholt bei Frau Liliencron über ihren schlechten Schlaf ausgelassen hat. Dein Kollege Grimm hatte zwar eine zutreffende Vorstellung über den Verlauf, Ihr sprecht ja gerne vom kriminalistischen Gespür, das Bollwerk meines Alibis konnte er jedoch nicht durchbrechen.

Am Montag hörte ich von Dir, jemand habe Jefferson am Freitagabend umgebracht. In dem anschließenden Gespräch habe ich Dir Theater vorgespielt. Anders ging es leider nicht.

Als Oberst Samsonow meinen Bericht hörte, hat er schallend gelacht und gesagt, an dieser Mordsache würden Kaunitz und seine Ermittler sich allesamt die Zähne ausbeißen.

Lieber Alex, diesen Brief habe ich noch kurz vor der Abreise in meiner Dessauer Wohnung geschrieben und Albrecht anvertraut. Aus Russland wirst Du keine Post mehr von mir erhalten. Meine Adresse darf ich Dir nicht mitteilen. Du wirst verstehen, warum das so sein muss.

Lass uns in unseren Erinnerungen zusammenkommen. Vertrauen wir der Zeit, die bekanntlich alle Wunden irgendwann heilt. Lebe wohl! Ich küsse Dich!

Deine Vera."

Hagelstein las den Brief ein zweites Mal, danach holte er einen Kochtopf aus der Küche, worin er Blatt für Blatt verbrannte. Vera hatte ihn wenigstens von der Unsicherheit befreit, von der quälenden Ratlosigkeit und der Neigung, ihr Vorwürfe zu machen. Seine Depression zog allmählich ab wie eine finstere Wolke, wenn auch der Schmerz noch blieb.

52

Drei Monate später.

Die Ermittlungen in der Mordsache Jefferson waren zwar nicht formell eingestellt, doch hatte der Polizeipräsident intern die Weisung erteilt, den Fall als nachrangig ruhen zu lassen.

Hagelstein und Grimm standen abends gemeinsam vor dem Eingang des Polizeipräsidiums, um sich zu verabschieden.

„Da ist aber noch eine Kleinigkeit, Alex", sagte Grimm.

„Was?"

„Ich habe zufällig gesehen, wie du gestern vor dem Café Einstein eine Frau getroffen hast."

„Und?"

„Die Frau hat ausgesehen wie die Maybach. Du wirst die Gesuchte doch nicht unter deine Fittiche genommen haben?"

„Warum bist du nicht zu uns gekommen, um dich zu überzeugen?"

„Ich war drauf und dran. Doch dann habe ich mir gesagt: Besser du störst die beiden nicht."

„Beruhigt es dich, wenn ich dir versichere, dass sie nicht Frau Maybach war? Allerdings, sie sieht Frau Maybach ähnlich, zum Verwechseln ähnlich", entgegnete Hagelstein lächelnd.

„Könntest du uns bei passender Gelegenheit miteinander bekannt machen?"

„Aber gern."

WILFRIED VON SERÉNYI IM SCHARDT VERLAG

SCHWARZER FÜRST
Kriminalroman. Br. 160 Seiten, 12,80 Euro.
ISBN 978-3-89841-231-5

ROSOWSKIS TAGEBUCH
Kriminalroman. Br. 160 Seiten, 12,80 Euro.
ISBN 978-3-89841-336-7

AUF DER LISTE
Kriminalroman. Br. 166 Seiten, 12,80 Euro.
ISBN 978-3-89841-433-3

Eine erstaunliche Leistung meines Klassenkameraden Wilfried, den ich am 4. September in Kassel beim Abiturienten-treffen wieder getroffen habe. Mir imponiert die „verzwickte" Geschichte, die auch sehr viel Quellenforschung erforderte, die letztlich – mit einigen Umwegen auch zu einer schlüssigen Lösung – ohne Knalleffekt! – kommt.
Mir imponiert der Schreibstil, der munteres Empfinden, romantisches Beschreiben

mit dem rasanten Tempo der Krimi-Erzählung verbindet.

Ich habe es, das Buch, bis zum Schluss gelesen. Weil es spannend war.